Requiem meurtrier

Jamie Fessenden

Requiem meurtrier

Jamie Fessenden

 DSP PUBLICATIONS

Publié par
DSP PUBLICATIONS

5032 Capital Circle SW, Suite 2, PMB# 279, Tallahassee, FL 32305-7886 USA
www.dsppublications.com

Ceci est une œuvre de fi ction. Les noms, les personnages, les lieux et les faits décrits ne sont que le produit de l'imagination de l'auteur, ou utilisés de façon fi ctive. Toute ressemblance avec des personnes ayant réellement existé, vivantes ou décédées, des établissements commerciaux ou des événements ou des lieux ne serait que le fruit d'une coïncidence.

Requiem meurtrier
Copyright de l'édition française © 2017 DSP Publications.
Titre original : Murderous Requiem
© 2016 Jamie Fessenden.
Première édition : mars 2016
Traduit de l'anglais par Pauline Tardieu-Collinet.

Illustration de la couverture :
© 2013 Brooke Albrecht.
http://brookealbrechtstudio.com
Les éléments de la couverture ne sont utilisés qu'à des fi ns d'illustration et toute personne qui y est représentée est un modèle

Édition e-book en français : 978-1-63533-861-4
Édition imprimée en français : 978-1-63533-860-7
Première édition française : mai 2017
v 1.1

Édité aux Etats-Unis d'Amérique.

Aux Frères.

NOTE DE L'AUTEUR

LE TEXTE en grec ancien utilisé pour le livret et que nous voyons pour la première fois traduit dans le chapitre vingt est extrait d'un fragment de texte attribué à Euripide. Bien qu'ayant lu des références à ce fragment (connu sous le nom de *Euripide fragment 912*) dans plusieurs ouvrages consacrés à la magie en Grèce antique et sachant qu'il serait parfait pour ce roman, j'ai été incapable d'en trouver une traduction en anglais. Heureusement, mon mari étudie plusieurs langues anciennes et a pu me traduire ce passage. Voici sa traduction, ainsi que quelques notes qu'il y a ajoutées [1] :

Euripide fragment 912, traduit par Erich Rickheit
« À vous qui régnez sur toutes choses, Zeus ou Hadès, comme vous aimez être appelés, cette libation et ce bouillon j'apporte. Acceptez ce sacrifice, l'offrande non consumée de tous les fruits a été déversée devant vous, entre tous les dieux et les fils d'Ouranos, prenez le sceptre de Zeus et acceptez de partager avec Hadès le règne sur toutes choses terrestres, envoyez vers la lumière les âmes de ceux d'en bas, ceux qui sont prêts à combattre pour savoir avant les autres où pousseront les racines du mal, ce qui doit être offert afin que ceux qui sont sauvés trouvent le repos après l'effort. »

NOTES :
Les fils d'Ouranos : les Titans
Ceux qui sont prêts à combattre : tout est combat aux yeux des Grecs. Le sens est peut-être : « envoie ces âmes qui sont prêtes à échanger leurs prophéties contre un espoir de repos ».
Ceux qui sont sauvés : les morts
Trouvent le repos après l'effort : il s'agit de la traduction habituelle, mais *mokhthon* peut signifier souffrance, et pas juste travail intense.

---

1 La traduction française a été effectuée par la traductrice à partir de cette version anglaise.

PROLOGUE

JE RECONNUS immédiatement sa voix. Après huit ans, elle m'était encore familière, comme s'il me passait juste un coup de fil pour me demander si je voulais qu'il achète quelque chose en route avant de rentrer à la maison. Je sus tout de suite qu'il s'agissait de Bowyn, bien qu'il n'ait rien dit de plus que *Salut, c'est moi.*

Il commençait toujours les conversations téléphoniques de cette manière. En tout cas, avec moi.

— Qui ça ?

— Allez, Jeremy, ne fais pas semblant.

J'obtempérai en soupirant.

— OK, Bowyn. Qu'est-ce que je peux faire pour toi ?

— Nous devons nous voir. C'est important.

Quelque peu honteux de l'érection soudaine qui se déclencha à la simple idée de le revoir, je remerciai le Ciel qu'il ne soit pas là pour voir la protubérance qui déformait mon peignoir. Cela faisait presque dix ans que je ne l'avais pas vu, mais le son de sa voix douce et voluptueuse suffisait à m'exciter comme jamais. J'avais envie de lui. J'avais envie de lui aussi furieusement que chaque jour que nous avions passé ensemble.

— Je ne sais pas…

— Seth s'est procuré un document, s'empressa-t-il d'expliquer avant que je raccroche. Le genre de document que tu dois voir absolument.

La mention du nom de Seth éteignit mon désir aussi efficacement que si l'on m'avait jeté un seau d'eau glacée sur la braguette. Non pas que je détestais Seth. Je l'avais aimé jadis – presque autant que Bowyn. Mais la situation était devenue… embarrassante… lorsque j'étais parti. Et y repenser était encore douloureux.

— Je suis désolé, je n'ai vraiment pas le temps.

— Un manuscrit original de Ficin, poursuivit Bowyn comme si je n'avais rien dit. Et il contient une messe à quatre voix.

Marsile Ficin – ou Marsilio Ficino en italien – était un philosophe et savant du quinzième siècle qui avait traduit toute l'œuvre de Platon en latin depuis le grec. Il était aussi connu pour ses propres écrits sur la philosophie

1

et la magie, dont des textes sur les propriétés curatives de la musique. J'avais rédigé mon mémoire de master sur lui, et Bowyn m'avait aidé à organiser mes notes et avait relu certains de mes brouillons.

— C'est un faux, Bowyn. Ficin a écrit *sur* la musique, il a composé quelques morceaux pour lyre, mais jamais rien d'aussi complexe qu'une messe polyphonique.

— Nous ne pouvons pas être certains qu'il en est l'auteur, pas pour l'instant, mais il ne fait aucun doute que le document date de la fin du quinzième, expliqua Bowyn patiemment. Quelqu'un en Grèce traduit le livret pour Seth, mais il a besoin d'un expert comme toi pour transcrire la notation de la Renaissance en notation moderne.

— Comment ça, en Grèce ?

— Le livret est en grec ancien.

C'était tout bonnement impossible. Certes, Ficin connaissait le grec ancien. Mais la majeure partie de son travail avait été rédigée dans un dialecte italien archaïque et les textes des messes, les livrets, étaient généralement en latin.

— S'agit-il de Maureen ?

Maureen était une amie qui nous aidait à faire nos versions grecques lorsque nous étions étudiants.

— Non, nous n'avons pas réussi à la joindre, mais nous avons trouvé un professeur à l'Université de Crète qui était partant pour nous aider.

Je pris une tasse dans un placard de la cuisine, la remplis d'eau et la fourrai au micro-ondes. Davantage parce qu'il fallait que je m'occupe pour empêcher mes mains de trembler que parce que j'avais envie de thé.

— Ficin était un musicien et un chanteur talentueux, protestai-je. Mais une messe polyphonique… ?

— C'est pour ça que nous avons besoin de toi, Jeremy. Tu es le seul en qui Seth a confiance.

— Pourquoi moi ?

— Parce que tu es l'un des Frères.

Je claquai sur le plan de travail la boîte de thé que je venais de sortir de son placard, soudain très énervé.

— Je ne suis pas l'un de ces foutus Frères !

Bowyn se mit à rire doucement. Ce salaud m'avait toujours trouvé mignon lorsque je m'énervais.

— Mais enfin, Bowyn ! Combien d'années devrais-je mettre entre ce lieu et moi pour que Seth reconnaisse enfin que je suis parti ?

2

— Tu le connais, répondit-il d'un ton apaisant. Pour lui, tu fais partie de la famille quoi qu'il arrive.

Je retins une réponse agressive. Il avait raison. Seth était incapable d'intégrer l'idée que quelqu'un le quitte. Au fond, il était convaincu que tout le monde l'adorait. Et il était vrai que par le passé, je l'avais adoré…

Je ne doutais pas de ma capacité à réaliser la transcription. Pas plus tard qu'en début de semaine, je m'étais rendu à Londres afin de transcrire des morceaux datant de la Renaissance au British Museum dans le cadre de la rédaction d'un article sur les variations d'exécution. Un travail ardu… La notation était très différente des notations musicales modernes, et certaines parties du manuscrit étaient si endommagées qu'il était extrêmement difficile, voire impossible de les lire. Des hypothèses éclairées devaient servir à boucher les trous. Mais j'avais derrière moi des années d'expérience, et je n'étais pas mauvais.

Il est impossible de décrire à quelqu'un qui n'est pas un fanatique de la musique de la Renaissance comme moi l'effet qu'eut sur mon rythme cardiaque la perspective de travailler sur un document original de Marsile Ficin qui n'avait jamais été étudié ni traduit. Peut-être pas aussi stupéfiant que de mettre la main sur un écrit d'un apôtre pour un chercheur en théologie chrétienne… mais pas loin. Bowyn me connaissait bien et savait que je ne pourrais pas me retenir de mordre à l'hameçon.

Mais j'avais tourné la page de ma vie au Temple et n'avait aucun désir de revenir en arrière. Je fis une dernière tentative pour rester sagement à Durham au lieu de faire le déplacement dans le nord de l'état.

— Écoute, Bowyn, si Seth tient absolument à ce que je travaille sur ce document, dis-lui de m'envoyer par mail des photos *haute résolution*…

— Tu as pris ton semestre pour rédiger un article, protesta Bowyn. La secrétaire du département musique me l'a dit.

— Vivian devrait arrêter de donner des informations par téléphone aux étrangers.

— Nous n'avons besoin de toi que pour une semaine, Jeremy. Peut-être deux. Tu seras plus à même d'en juger quand tu auras jeté un coup d'œil au document. Je passerai te prendre chez toi demain après-midi.

Et il raccrocha alors que j'étais encore en train d'élaborer ma réponse. Ce vaurien savait bien qu'il avait gagné. J'avais toujours été incapable de lui refuser quoi que ce soit.

Sauf une fois.

I

LE MATIN suivant, j'essayai de travailler sur mon article, mais ce fut peine perdue. J'avais l'estomac noué à l'idée que Bowyn allait sonner à ma porte quelques heures plus tard. Je revivais tout l'enfer que nous avions traversé huit ans plus tôt – les disputes, les tentatives vouées à l'échec pour lui faire comprendre pourquoi nous ne pouvions pas continuer ainsi.

Sans parler de cette étrange angoisse de découvrir enfin à quel point il avait changé. Peut-être s'était-il laissé aller, peut-être avait-il coupé sa belle crinière blonde dans laquelle j'adorais glisser mes doigts, ou peut-être une calvitie en avait-elle eu raison ? Et si je ne le trouvais plus séduisant ? Je ne l'avais jamais compris jusqu'alors, mais une part de moi nourrissait toujours l'espoir infime que nous nous réconcilierions un jour, même après tout ce temps. Et si, en revoyant Bowyn, je prenais conscience que tout était définitivement terminé ?

Nous étions à la mi-octobre. Il faisait parfois très froid à cette période dans le sud du New Hampshire, mais c'était une belle journée, plutôt chaude. Je choisis l'un des meilleurs livres que j'avais sur la musique des messes catholiques de la Première Renaissance italienne et m'installai sous le porche pour lire avec une tasse de thé irlandais bien fort. L'air frais ainsi que les teintes orangées, rouges et jaunes des érables et des chênes de Riverside Drive m'apaisèrent.

La voiture qui descendit la rue peu après deux heures appartenait sans doute à Seth, à moins que Bowyn ait radicalement changé de l'homme que je connaissais. C'était une sorte de voiture de sport – j'étais incapable de les distinguer les unes des autres – basse et racée, et en l'occurrence décapotée. Elle n'était pas rouge – on échappait au moins au cliché de la voiture de la crise de la quarantaine – mais gris métallisé.

Bowyn était au volant et je pus dire avant même qu'il s'engage dans l'allée et qu'il extraie son corps dégingandé du véhicule qu'il n'avait pas changé du tout. En tout cas, physiquement.

Même à trente-cinq ans, il restait naturellement athlétique, vêtu d'un jean déchiré et d'un tee-shirt tout simple qui moulait les muscles bien dessinés de son ventre et de son torse, qui pourtant, je le savais bien,

4

n'avaient jamais vu une salle de sport. Son beau visage sensuel était encadré par de longs cheveux blonds et raides qui lui arrivaient presque jusqu'à la taille et n'avaient pas encore une touche de gris. Il était pieds nus, comme un étudiant rebelle.

— Tu es censé porter des chaussures pour conduire, lui dis-je tandis qu'il enlevait ses lunettes de soleil et révélait d'incroyables yeux bleu clair.

Bowyn remonta l'allée d'un pas nonchalant en riant.

— Allez-vous me mettre une heure de retenue, Professeur ?

— Nous ne donnons plus de retenues à l'université.

— Une fessée, alors ?

J'émis un grognement. Comment allais-je survivre une semaine, voire plus, en sa compagnie ? C'était une énigme. Rien qu'à le voir, j'avais envie de me jeter sur lui sous le porche, à la vue de tous mes voisins. À une certaine époque, je l'aurais peut-être fait d'ailleurs. Mais Seth était arrivé… et n'était toujours pas parti.

Bowyn ne m'avait pas vraiment quitté pour Seth. Nous avions tous deux été les amants de Seth pendant un temps, formant un trio passionné et incroyablement sexy. Mais je croyais que Bowyn et moi avions une relation privilégiée, indépendamment des autres personnes qui partageaient notre lit. Après tout, nous étions en couple bien avant l'irruption de ce troisième homme dans nos vies. À mon départ, je m'attendais à ce que Bowyn me suive. Mais il avait choisi de rester avec le Temple – et avec Seth.

— Tu as bonne mine, me dit-il sérieusement en gravissant les quelques marches en bois qui nous séparaient avant d'effleurer mon bras du bout des doigts.

Malgré moi, je frissonnai à ce contact.

Je n'avais jamais eu un corps comme le sien, mais à part mes tempes grisonnantes, je suppose qu'il avait raison lorsqu'il me disait que je n'avais pas beaucoup changé non plus. Toujours mince. Toujours les mêmes cheveux courts marron foncé et les mêmes pulls à losanges. Bowyn me taquinait toujours sur mon allure de professeur avant même que j'en devienne un.

Je reculai légèrement – à peine, juste histoire de lui faire passer le message. En quoi consistait le message exactement, je n'en étais pas bien sûr. Certainement pas *pas intéressé*. Peut-être juste *pas trop vite*. Je devais prendre du recul par rapport à ce qui était en train de se passer.

Il laissa retomber sa main.

— Bon, pouvons-nous nous mettre en route ?

J'avais préparé un sac et rentrai pour aller le chercher, laissant Bowyn patienter sous le porche.

Je savais bien que je serais logé au Temple. Seth ne m'aurait jamais laissé dormir dans un hôtel du coin. Je n'étais pas son esclave, bien sûr, mais cela ne valait pas la peine de se battre pour certaines choses. En plus, le Temple était suffisamment loin de tout pour que résider à l'hôtel soit peu commode.

— As-tu trouvé quelqu'un pour nourrir les chats ? me demanda Bowyn une fois dans la décapotable.

— Qu'est-ce qui peut bien te faire penser que j'ai des chats ?

— Un chien ?

— Non, pas d'animaux.

Bowyn enclencha la marche arrière et recula dans l'allée.

— Ton petit ami est allergique aux animaux ?

Je me tournai vers lui pour lui décocher un regard meurtrier.

— Très subtil.

— Tu apprécies ? me demanda-t-il en me lançant ce sourire impertinent que j'avais toujours trouvé adorable. J'y ai réfléchi à l'aller.

— Non, je n'ai pas de petit ami.

Bowyn rit.

— Bien, c'est une bonne chose. Parce que nous allons dormir dans la même chambre pendant ton séjour au Temple.

Ça promettait. Ce n'était pas vraiment une surprise, mais j'en fus agacé.

— Et baiser aussi, je présume ?

— J'espère bien.

Pendant que je préparais ma réplique, Bowyn enclencha la première et nous quittâmes le confortable cul-de-sac de banlieue où je vivais, direction le nord, direction les Montagnes Blanches et… le Temple.

Le Temple était un grand domaine que Seth avait acheté une vingtaine d'années plus tôt juste au nord-ouest de Berlin, dans le New Hampshire. S'y trouvait un immense… eh bien, on peut dire un immense manoir, ancien et de style victorien. Un riche industriel l'avait fait construire au début du dix-neuvième siècle, et la demeure reflétait l'opulence de l'époque. Elle était gigantesque. En plus d'abriter Seth et sa famille – qui était plutôt difficile à définir – elle faisait aussi office de logement pour la plupart des membres de l'Ordre. Il y avait également une chapelle sur la propriété, ainsi qu'une écurie transformée en garage et bien d'autres dépendances.

— Tu es toujours avec Seth ? lui demandai-je tandis que nous prenions la route 16 en direction de Conway avant de poursuivre vers Berlin.

C'était un peu abrupt, mais s'il prévoyait que nous partagions la même chambre – et le même lit – pendant les jours suivants, il fallait bien mettre les choses au clair. Bowyn vivait évidemment dans la même maison que Seth, mais il comprenait bien ce que je voulais dire. Il secoua la tête en riant.

— Pas vraiment. Il s'est trouvé un nouveau petit jeune. Rafe. Il l'a dégoté à Munich l'an dernier.

— Munich… en Allemagne ?

— Oui, c'est le genre Européen branché un peu désœuvré, répliqua Bowyn d'un ton amusé. Il a vagabondé à travers l'Europe en dilapidant ce qui lui restait de son héritage – ses deux parents ne sont plus de ce monde. Seth était là-bas pour la vente aux enchères où il a acheté le Ficin, et ils sont sortis ensemble. Tu vas le rencontrer. Et tu peux probablement te débrouiller pour coucher avec lui si tu ne t'en sors pas trop mal.

Je réfléchissais encore au *Pas vraiment*. Il n'avait pas répondu *Pas du tout*. Et puis, le fait que Bowyn ait envie de coucher avec moi ne voulait probablement pas dire grand-chose, à part qu'il me trouvait encore attirant. C'était bon à savoir, mais je l'avais quitté parce que je ne supportais plus de voir qu'il s'était tant attaché à Seth. Je n'étais pas sûr d'être prêt à les affronter tous les deux ensemble, s'il y avait encore quoi que ce soit entre eux.

Je ne désapprouvais pas les relations de sexe libre qui avaient cours au Temple. Moi-même j'y avais participé et en avais profité. Mais j'avais besoin de davantage, d'une sorte de… stabilité, de permanence. Pas tant sur le plan sexuel que sur le plan affectif. J'avais besoin d'avoir la sensation d'être au centre de l'univers de Bowyn, comme il était au centre du mien. Et c'était quelque chose que Bowyn n'avait pas été capable de me donner. J'avais fini par tellement en souffrir que j'étais parti.

Bowyn se tourna vers moi et me lança un sourire doux et amical avant de se concentrer de nouveau sur la route.

— Tu sais, si ça ne te plaît vraiment pas de dormir dans ma chambre, tu n'es pas obligé.

— Pas de problème, ça ne me dérange pas.

— Et rien ne nous force à coucher ensemble non plus, bien sûr. Je m'étais juste dit que nous étions suffisamment adultes pour partager un lit sans que cela vire au drame, et il n'y a vraiment plus aucune chambre de libre en ce moment. Mais je suis sûr que Marianne serait ravie de partager sa chambre, si cela ne te dérange pas de dormir sur un lit de camp.

J'ignorai sa dernière suggestion.

— Tu sais très bien que nous finirons par coucher ensemble ; c'est inévitable.

— Eh bien, répliqua-t-il, le visage illuminé par un grand sourire, c'est ce que j'espérais. Est-ce si mal ?

Il avait raison. Beaucoup de gens auraient été choqués, mais nous étions en route pour le Temple, un endroit où se jeter dans le lit du premier venu qui en avait envie était la norme. Vu le contexte, Bowyn ne se montrait pas tout à fait déraisonnable.

De plus, je me rendis compte que je n'avais aucune envie de demander une autre chambre ou de partager celle de Marianne. Je n'étais pas bien sûr de mes sentiments – peut-être étais-je nostalgique de ce qui avait existé entre nous, ce qui se combinait au désir le plus intense que j'avais ressenti depuis mon exode huit ans plus tôt. Je désirais Bowyn, terriblement.

À peine une heure ou deux plus tôt, je craignais encore de le revoir. Maintenant que nous étions assis à quelques centimètres l'un de l'autre et que j'avais pu constater qu'il était toujours tel que je l'avais laissé, je me rendais compte que mon désir pour lui n'avait pas faibli. Pas le moins du monde. Ni mes sentiments d'ailleurs. Cela faisait huit ans que je tentais de me convaincre que tout était bel et bien fini. Nous avions fait des choix, tous les deux, et il n'y avait pas de retour en arrière possible. Mais à l'instant même où j'avais posé les yeux sur lui, toutes ces années s'étaient évanouies et toutes mes convictions s'étaient effondrées. Je m'étais cru capable de le tenir à distance pendant mon séjour au Temple, mais je m'étais fait des idées.

Donc oui, je dormirais dans sa chambre. Et j'aurais de fantastiques et déchirantes relations sexuelles avec l'homme que je n'avais jamais cessé d'aimer. Puis je m'en irais, triste et brisé. Les choses semblaient ne pas pouvoir se dérouler autrement. Je priais seulement pour que le manuscrit de Ficin vaille l'enfer que j'allais traverser pour lui.

II

LE SOLEIL était couché lorsque nous arrivâmes sur la route sinueuse qui partait de la Route 110 pour rejoindre le Temple, non loin de la ville de Berlin, mais dans un endroit isolé. C'était un beau trajet, qui avait duré quatre heures. J'étais épuisé. Et Bowyn n'avait cessé de me tourmenter. La voiture de sport n'était pas très grande, et il s'amusait à me frôler la jambe à chaque changement de vitesse.

Ce fut un soulagement pour moi de distinguer les lumières du Temple. Même dans le noir, la vue était magnifique. Seth était amateur de l'ère victorienne et avait investi des sommes considérables afin de restaurer le manoir original. Il avait même fait remplacer les lampadaires de l'allée par des imitations de type victorien. Bien qu'électriques, ils vacillaient comme des lampes à gaz. Cela produisait un effet surnaturel, comme si l'on remontait cent trente ans dans le passé.

Bowyn gara la voiture dans l'écurie rénovée à côté de trois autres, et nous rentrâmes par la cuisine. Il n'eut pas à me guider – je connaissais la maison tout aussi bien que n'importe lequel des autres occupants. J'y avais vécu pendant quatre ans au début des années quatre-vingt-dix, au cours de sa première restauration, et d'après ce que je voyais elle n'avait pas beaucoup changé depuis.

— Jeremy, s'écria une voix féminine dès que je passai le seuil de la cuisine confortablement chauffée. Oh mon Dieu ! Nous ne nous sommes pas vus depuis des siècles !

Une femme surmontée d'un amas de boucles blondes m'enveloppa dans ses bras presque avant que j'aie le temps de la reconnaître. Mais une odeur capiteuse de tisanes dominée par le jasmin m'assaillit les narines, faisant remonter de doux souvenirs de thés magickes, de teintures aux herbes et de conversations tardives dans la cuisine.

— Alex, répondis-je lorsque la femme de Seth me libéra et fit un pas en arrière. Ça fait plaisir de te revoir.

Et j'étais sincère. Alexandra, qui approchait la cinquantaine, était une femme d'une beauté remarquable, encore dynamique et rayonnante dans une robe de plage large ornée de motifs indiens élaborés – le genre de robe qu'avaient rendue populaire les hippies dans les années soixante-dix. Elle était pieds nus, comme toujours. À part quelques légères rides au coin des yeux, Alex n'avait guère plus changé que Bowyn, ou le Temple lui-même. Je commençai à avoir l'impression d'être passé dans une faille temporelle.

Alex me prit la main en faisant tinter au passage ses larges bracelets et me fit asseoir à la table massive en chêne.

— Seth a mentionné le fait qu'il essayait de te faire venir pour un projet sur lequel il travaille, me dit-elle en souriant tendrement.

Elle semblait toujours complètement détachée du détail des *projets* de Seth. D'après ce que je savais, ils étaient encore mariés, mais avaient perdu tout intérêt l'un pour l'autre sur le plan romantique et sexuel depuis bien longtemps. Seth avait ses sciences occultes et ses jolies petites créatures – mâles et femelles – et Alex ses plantations, ses teintures et sa Magick culinaire. La situation était déjà ainsi lorsque j'avais fait leur connaissance et semblait leur convenir.

— Seth voulait le voir dès son arrivée, lui rappela Bowyn sans beaucoup de subtilité, mais Alex balaya cette idée d'un geste de la main.

— Le Grand Inquisiteur peut attendre. La dernière fois que je l'ai croisé, il montait à l'étage avec Rafe pour *méditer*, bref.

Il était clair au ton qu'elle employait qu'elle avait une piètre opinion du nouveau jouet de Seth. Il devait être vraiment désagréable pour qu'Alex daigne remarquer son existence.

— Veux-tu une tisane, Jeremy ?

Et nous prîmes une tisane. Certes, Alex n'était plus l'amante de Seth depuis longtemps, mais elle avait encore le pouvoir de se faire obéir au Temple. Lorsque j'y avais vécu, elle ne s'était jamais beaucoup intéressée aux activités occultes de l'Ordre, et j'avais l'impression que cela n'avait pas beaucoup changé. Mais elle était chez elle. Cela faisait vingt ans qu'elle habitait au Temple, et il ne s'agissait pas de plaisanter avec elle.

Après une heure passée à nous donner les dernières nouvelles, Bowyn et moi fûmes enfin capable de nous extirper de la cuisine. Il n'était pas si tard – peut-être dix heures. Mais j'étais fatigué du voyage et ne fus pas déçu lorsque Bowyn me dit qu'il voulait aller se coucher. Même si je devinais ce qu'il me réservait avant de dormir et n'étais pas sûr d'y être préparé.

Tandis que nous traversions le vestibule de derrière pour nous diriger vers le grand hall qui se trouvait à l'avant de la maison et où trônait un gigantesque escalier incurvé, nous croisâmes plusieurs personnes. La plupart étaient vêtues de la simple robe marron des initiés de l'Ordre, mais quelques néophytes portaient la robe blanc cassé. Certains étaient nus. Les vêtements étaient optionnels au Temple, comme au temps où j'y vivais. Quelques personnes saluèrent Bowyn en souriant, mais je n'en reconnus pas une seule.

Après avoir gravi deux paliers, Bowyn s'écria :

— Passons dire bonjour à Seth avant de nous coucher !

Je réprimai un grognement. Je savais que j'aurais à rencontrer Seth tôt ou tard, puisque j'étais là pour travailler sur le manuscrit pour lui, mais j'avais espéré pouvoir attendre jusqu'au lendemain matin.

Certains initiés et tous les néophytes étaient logés dans les chambres du premier étage, ce qui conférait à ce dernier une atmosphère de dortoir d'étudiants – ça courait dans tous les sens, ça bavardait dans le couloir, parfois il y avait des bagarres. Une fois atteint un certain rang, les initiés préféraient généralement résider au deuxième étage, loin du bruit. La chambre de Seth était la première à cet étage lorsque l'on arrivait en haut des escaliers ; à peine avais-je fini de gravir les dernières marches que Bowyn frappait déjà à sa porte.

— Qu'est-ce que c'est ? demanda une voix de l'intérieur.

Bowyn me jeta un coup d'œil accompagné d'un sourire malicieux et approcha son visage de la porte.

— Ton fils prodigue est de retour.

Je levai les yeux au ciel. La seconde suivante, la porte s'ouvrit brusquement et Seth apparut, entièrement nu.

Il devait avoir plus de cinquante ans désormais, mais hormis les très distingués reflets argentés de ses cheveux courts, il avait gardé le corps d'un homme de vingt ans de moins – larges épaules, abdos et pectoraux finement dessinés, jambes de coureur. Si l'on faisait abstraction du fait qu'il était nu – ce qui me rappelait les nombreuses fois où j'avais fait l'amour à ce corps – je l'aurais décrit comme le père typique d'une sitcom des années cinquante. Il avait ce visage à la beauté classique, forte mâchoire, nez large et sourire de tueur découvrant les dents les plus parfaites que j'aie jamais vues. Un peu comme le père dans le *Donna Reed Show*, sauf que Seth transpirait le sexe par tous les pores, qu'il soit vêtu ou non. Évidemment, le fait qu'il était particulièrement bien doté et partiellement en érection à l'instant ne gâchait rien.

Il fixa sur moi un regard de pur bonheur, puis m'emprisonna immédiatement dans ses bras puissants. Presque contre ma volonté, je lui rendis son étreinte, sans pouvoir m'empêcher d'apprécier la sensation de sa

11

peau douce et de ses muscles tendus, ainsi que la fine couche de transpiration qui lui recouvrait la peau et m'indiquait qu'il était… en plein effort juste avant d'ouvrir la porte. Je connaissais bien son corps, et que cela me plaise ou non, une partie de moi le désirait encore ardemment. Peu importait le fait que cet homme ait initié Bowyn aux pratiques du sexe libre qui avaient provoqué ma jalousie et finalement eu raison de notre couple. Peu importait que je me sois jadis senti étouffé par la conception de l'*amour* qu'il prônait. Je sentais ma résolution de le maintenir à distance s'effriter à son contact, exactement comme cela s'était produit avec Bowyn.

Je tournai la tête et l'autorisai à m'embrasser d'une façon bien peu paternelle.

III

IL M'EST difficile de décrire les émotions contraires qui m'assaillirent en cet instant, tandis que Seth pressait son corps nu contre le mien, son érection me rappelant la mienne, et que Bowyn se tenait juste derrière moi et posait une main possessive sur mon épaule. J'avais prévu d'éviter Seth autant que possible pendant mon séjour. Gérer les relations avec Bowyn s'annonçait suffisamment compliqué. La dernière chose dont j'avais besoin, c'était que Seth se glisse entre nous deux dans le lit.

Une partie de moi avait désespérément envie d'eux – de tous les deux. Mes problèmes avec Seth dépassaient la simple jalousie, mais pour l'instant, j'avais juste envie de l'allonger sur le tapis victorien et de le baiser dans le couloir. Sans compter que je désirais Bowyn depuis son appel de la veille.

Mais les deux ensemble ? Je ne pensais vraiment pas être capable de le supporter. Cela me rappellerait trop le passé – et les raisons qui m'avaient forcé à partir.

Heureusement, une voix douce et profonde venant de la chambre nous interrompit.

— Vas-tu me présenter ton ami ?

C'était sans doute Rafe. Lorsque Seth interrompit son baiser pour se tourner vers le jeune homme, je pus constater que ce dernier était d'une beauté remarquable avec ses cheveux noir de jais et son teint olive. Il était nu lui aussi, et le sourire qu'il me lança était plus qu'aguicheur. Je suppose que je ne suis pas trop désagréable à regarder, mais je ne m'imaginais pas ce genre de type courir après les professeurs de musique de trente-cinq ans portant des pulls à losanges. J'avais dû mal le juger en me fondant sur son apparence de mannequin, mais il est vrai qu'il ne m'aurait sans doute même pas regardé dans d'autres circonstances. Il venait de voir son amant – le frater superior de l'Ordre – me donner un long baiser passionné, ce qui devait me rendre intriguant à ses yeux.

— Rafe, annonça Seth d'un ton léger, voici Jeremy. C'est l'un des Frères.

C'est Bowyn et moi qui avions lancé l'Ordre lorsque nous étions à l'université, tous deux versés dans les sciences occultes. Nous avions

13

volontairement choisi un nom ironique, étant donné que nous n'étions pas suffisamment nombreux pour constituer un *ordre*. Puis nous avions fait la connaissance de Seth et Alex lors d'une journée de rencontre de la franc-maçonnerie à Portsmouth. Aucun d'entre nous n'était finalement devenu franc-maçon, mais Bowyn et moi avions été séduits par ce couple plus âgé qui avait accumulé plus d'expérience de l'occulte que n'importe qui de notre connaissance ; ils avaient même été membres de l'Ordo Templi Orientis – l'ordre occulte dont Aleister Crowley avait pris le contrôle en 1925. Nous les avions invités à participer à certains rituels magickes auxquels nous nous étions essayés. Notre Ordre eut bientôt quatre membres, puis six lorsque nos amis Marianne et Jack nous rejoignirent.

Nous décidâmes de nous appeler *les Frères*, mais ce n'était qu'une blague entre nous ; nous nous moquions de nous-mêmes en employant cette désignation solennelle. Nous utilisions parfois même le mot latin comme titre individuel ; j'étais *Fratres Jeremy*, ce qui était, en plus, la forme plurielle. Mais cette erreur volontaire était une autre pique contre nos prétentions.

Treize ans plus tard, d'après ce que m'avait dit Bowyn dans la voiture, l'Ordre était passé de six à trois cents membres – ce qui était tout simplement ahurissant. Il y avait désormais de nombreuses générations d'initiés et j'avais en quelque sorte le statut de membre fondateur, ce qui ne me mettait pas particulièrement à l'aise.

Rafe posa une main sur son cœur et effleura de l'autre ses parties génitales en s'inclinant.

— Fratres. C'est un honneur.

Ne sachant pas trop comment réagir, je m'inclinai à mon tour. En relevant les yeux, je vis que Rafe me lançait encore ce regard qui suggérait qu'il aurait bien emmené le vieux faire un tour, histoire de voir s'il avait encore de la reprise.

— Si ça ne vous dérange pas, dit Bowyn en me prenant par le coude pour essayer de m'enlever à cette réunion improvisée, Jeremy et moi avons aussi pas mal de temps perdu à rattraper.

Cela faisait plus d'un an que je n'avais pas eu un peu d'*action* dans ma vie, et voilà que trois hommes magnifiques semblaient prêts à tirer à la courte paille pour déterminer lequel d'entre eux me dégusterait en premier. *Mon Dieu...*

— Évidemment, répondit Seth en me prenant par l'autre coude, mais j'ai quelque chose à montrer à Jeremy avant.

14

— Je suis vraiment épuisé, protestai-je.

Mais Seth me répondit en souriant :

— Tu ne le regretteras pas.

Et il me traîna presque à travers le couloir de l'étage, toujours nu comme un ver, Bowyn et Rafe sur nos talons. Incroyable comme en quelques minutes à peine tout ressemblait au bon vieux temps…

Nous croisâmes quelques personnes, hommes et femmes, qui marchaient dans les couloirs ou étaient juste dans leur chambre porte ouverte. Certains étaient engagés dans des activités qui partout ailleurs auraient justifié que l'on ferme la porte ; mais pas au Temple. L'un des principes de base, et ce dès le début, avait toujours été : *Nous avons des pénis et des vagins. Agissons en conséquence.* C'était surtout venu de Seth et d'Alex, qui avaient vécu dans une communauté naturiste du Vermont dans les années quatre-vingt, mais comme nous étions à l'époque des étudiants surexcités, personne n'avait émis la moindre objection.

Seth nous emmena sous les combles, où se trouvaient d'autres chambres plus petites, aménagées dans les anciennes chambres de bonne. L'une des pièces était fermée à clé – une exception dans le Temple. Évidemment, Seth n'avait pas de clé sur lui, mais Bowyn, si. Seth lui adressa un signe de tête, et Bowyn ouvrit la porte.

Nous pénétrâmes dans un sas. Je n'en avais jamais vu dans la réalité, uniquement dans les films. Il s'agissait d'un petit espace triangulaire, où nous fûmes un peu à l'étroit à quatre ; sur le mur le plus large, se trouvait une autre porte en métal. Juste à côté, des tableaux de contrôle affichaient la température et le taux d'humidité de la pièce suivante. Bowyn sortit de sa poche une carte électronique qu'il glissa dans le lecteur. La porte se déverrouilla, et Bowyn la poussa.

De l'autre côté se trouvait une magnifique bibliothèque de style victorien. Des étagères en recouvraient les murs du sol au plafond, et des échelles sur glissières permettaient d'y accéder. L'ameublement se composait d'anciens fauteuils rembourrés et de tables en acajou que des lampes Tiffany éclairaient d'une douce lumière. Un globe immense, une antiquité lui aussi, reposait dans un coin de la pièce. Il y avait même une cheminée, bien qu'électrique, qui ne produisait sans doute pas la moindre chaleur étant donné les contrôles auxquels était soumis l'environnement.

— N'était-ce pas une chambre auparavant ? demandai-je en me promenant dans la pièce.

— *Trois* chambres, répondit Bowyn.

— Aujourd'hui, c'est la bibliothèque occulte de l'Ordre, expliqua Seth en décrivant des cercles et en accompagnant ses paroles de grands gestes. Uniquement des éditions originales, collectées partout dans le monde – Crowley, Fortune, Levi, Dee, Mathers, Regardie, Waite... Les ouvrages originaux, dans leur toute première incarnation. Tu ne trouveras aucune réédition ici. Aucun livre de poche bon marché produit en masse.

Il prononça les mots *livre de poche* comme si le concept même le dégoûtait.

— Et tout est gardé sous clé ?

— Tous les initiés de niveau cinq et six ont une clé, répondit Seth.

Il n'y avait que sept niveaux au sein de l'Ordre, les Frères constituant le septième et le plus élevé.

— Les autres ont accès à la bibliothèque par le biais d'une base de données interne, mais seuls les initiés de haut niveau peuvent venir ici et véritablement toucher les livres, les lire de première main.

Connaissant la fascination de Seth pour l'histoire et les antiquités, je ne fus pas surpris qu'il soit si important pour lui de posséder une édition originale du *Livre des Mensonges*. Tout cela me paraissait un peu extravagant, d'autant plus si ces achats étaient financés par les fonds du Temple – ce que je soupçonnais fortement. Mais tant que les autres membres de l'Ordre n'y voyaient aucun inconvénient, je n'avais rien à y redire. Je dus me forcer à me rappeler que tout cela ne me concernait plus. J'avais quitté l'Ordre.

Seth se dirigea vers le fond de la pièce, où se trouvaient de nombreux tiroirs en retrait.

— Et ceci est la fierté de notre collection.

Je m'approchai tandis qu'il faisait glisser l'un des tiroirs. Celui-ci contenait plusieurs pages de ce qui semblait être un document unique – plutôt ancien, à en juger par l'aspect jauni du parchemin et de l'encre passée – maintenu en place sous une large plaque de Plexiglas.

— Nous avons rassemblé certains des plus vieux textes occultes qui existent : des fragments de grimoires médiévaux, des pages d'Agrippa, de Fludd, de Paracelse, de Weyer, de Borch...

Il actionna un interrupteur sur le côté du tiroir et de longs faisceaux de lumière noire jaillirent, faisant ressortir l'encre des manuscrits par luminescence.

— Et voici, mon fils prodigue, ce que tu es revenu chercher à la maison.

J'ignorai cette allusion agaçante, entièrement captivé par les magnifiques portées qui miroitaient sur le parchemin. Je m'approchai, désolé de constater le mauvais état de bien des pages. Les contours étaient effilochés et des empreintes de doigts – peut-être insoupçonnables au moment où elles furent faites, mais désormais gravées dans le parchemin – masquaient une partie de l'écriture. Une petite tache d'un liquide non identifié avait étalé l'encre sur le coin supérieur de l'une des pages. J'aurais des hypothèses à faire sur le contenu de certains passages...

Mais c'était un objet splendide. Le frontispice était une gravure complexe, dans le style incroyablement détaillé de l'époque : un homme se tenait debout, les bras croisés sur sa poitrine – signe d'Osiris massacré – tandis que lions, dragons et anges s'ébattaient autour de lui au milieu de symboles géométriques représentant les quatre éléments ainsi que divers objets et procédés alchimiques. L'image entière était enchâssée dans un serpent géant qui se mordait la queue – Ouroboros, le Serpent-Monde – et, sur le serpent lui-même, dans la partie inférieure de l'illustration, étaient gravés des symboles planétaires. L'ensemble était d'une sophistication incroyable.

— À en juger par la date du manuscrit, dit Seth, il a été écrit vers la fin de la vie de Ficin.

— Dis-moi que tu ne te fondes pas sur ça pour l'authentification, ripostai-je en faisant la grimace. N'importe quel faussaire peut écrire une date et signer d'un faux nom. C'était une pratique courante au Moyen-Âge et pendant la Renaissance.

— Bien sûr, répondit Seth. Nous avons consulté un expert graphologue qui l'a comparé à d'autres manuscrits de Ficin. Nous avons également fait analyser le frontispice et d'autres gravures du document. Nous avons toutes les raisons de penser que le document date de l'époque de Ficin, et l'écriture semble correspondre.

— Pourquoi personne n'a-t-il entendu parler de cette œuvre ? Il n'était pas particulièrement secret.

— Elle n'a jamais été terminée, et aucune partie n'en a jamais été publiée. Cavalcanti a farouchement gardé le manuscrit jusqu'à sa mort dix ans plus tard.

Marsile Ficin, l'un des plus grands penseurs de la Renaissance italienne, était gay. Et cela n'avait pas l'air de beaucoup le déranger, pour l'époque. C'était peut-être ce qui l'avait attiré chez Platon. Étant donné sa réputation et le fait qu'il devint prêtre vers la fin de sa vie, il fut plutôt chanceux de réussir à garder ses penchants secrets de son vivant. Mais l'Église catholique dissimula précautionneusement cette nouvelle inédite pendant de longues années après sa mort.

Giovanni Cavalcanti était un poète qui vivait à Florence et avec qui, selon les rumeurs, Ficin aurait eu une relation. Il serait le destinataire des lettres d'amour passionnées publiées plus tard sous le titre *Epistulae*.

— Comment as-tu mis la main là-dessus ?

— La famille de Cavalcanti l'avait gardé, expliqua Seth. Le document a été transmis de génération en génération comme un héritage familial privé.

— Pendant cinq siècles ? C'est rare qu'un document reste si longtemps dans une famille.

— Ça s'est déjà vu. Je l'ai acheté au cours d'une vente aux enchères en Allemagne. Le vendeur le tenait de son grand-père, qui l'avait lui-même acheté lors d'une vente aux enchères en Italie plus de soixante ans auparavant, juste après la Seconde Guerre Mondiale. Les propriétaires d'origine avaient perdu leur fortune pendant la guerre et ont dû vendre la plupart de leurs terres et de leurs biens pour rembourser des dettes.

Je n'étais pas certain de croire à cette histoire, mais c'était plausible. Je n'étais pas sûr non plus qu'il soit légal de la part de Seth de posséder un document susceptible d'être considéré comme un trésor national par le gouvernement italien. Mais tout cela pouvait attendre. Pour l'instant, il fallait que j'examine l'objet de plus près.

— Nous devrons photographier ces pages afin d'éviter que je les abîme davantage en les étudiant.

Seth acquiesça.

— Déjà fait. Des copies numériques ont été envoyées à notre traducteur grec et d'autres ont été chargées dans l'ordinateur portable mis à ta disposition.

— Cette illustration, remarquai-je en désignant le frontispice, contient une quantité incroyable de symboles alchimiques. Les avez-vous déchiffrés ?

— En partie, mais pas tous. Hormis la musique, il y a très peu d'indications sur son utilité dans le manuscrit, mais je suis persuadé que c'est la clé de tout – le rythme, l'ordre… Tout ce dont nous avons besoin pour interpréter la messe et le rituel qui l'accompagne doit s'y trouver.

Pendant la Renaissance, les détails des opérations alchimiques et magickes étaient souvent chiffrés sous forme de symboles afin d'éviter qu'ils soient découverts par les autorités ou les non-initiés.

— Qu'est-ce qui te fait dire qu'il y a bien un rituel ?

— Je le sens, rétorqua Seth. Ou au moins ces symboles planétaires…

Il montra du doigt les glyphes qui ornaient le corps de l'Ouroboros.

—… indiquent un alignement précis, et donc un moment précis.

— L'heure à laquelle la messe doit être jouée ?

— Bien sûr, quoi d'autre ?

Je fronçai les sourcils, dubitatif.

— Admettons que tu dises vrai, ce serait pour quand ?

Seth tapota le Plexiglas au-dessus du frontispice du bout de son index.

— Qu'est-ce que tu vois ?

J'examinai de plus près les symboles planétaires. Quatre étaient gravés sur la moitié inférieure du corps de l'Ouroboros : les symboles du Soleil, de la Lune, de Mercure et de Saturne. Le symbole alchimique du Soleil est un simple cercle avec un point à l'intérieur. La Lune est la plupart du temps représentée par un croissant. En l'occurrence, elle était représentée par un cercle rempli de noir, le symbole de la nouvelle lune.

L'Ouroboros lui-même était plus sombre sur sa partie supérieure que sur sa partie inférieure, avec de petits symboles en forme de têtards dessinés tout en haut et tout en bas. D'après mes souvenirs, ces symboles représentaient tout simplement le jour et la nuit en renforçant les contrastes entre le sombre et le clair.

— La partie nocturne monte, remarquai-je, ce qui semble indiquer que l'opération doit avoir lieu de nuit. Et le fait que la partie sombre représente plus de la moitié du cercle signifie sans doute que ce serait après l'équinoxe d'automne, lorsque la nuit est plus longue que le jour.

Seth était ravi.

— Excellent ! Je vois que tu ne t'es pas trop ramolli en huit ans. Et comment interprètes-tu ceci ? me demanda-t-il au sujet des symboles planétaires de la partie inférieure de l'Ouroboros.

— Saturne est dans la partie éclairée, sur la gauche, comme si elle se trouvait à l'ouest, tandis que Mercure et la nouvelle lune sont sur le point de se lever sur la droite.

— Je suis d'accord avec toi, dit Seth avec le sourire, en se penchant plus près. Et… à quel moment penses-tu que cet alignement planétaire précis ait des chances de se produire ?

— Ce soir ?

C'était complètement fantaisiste, puisque je n'en avais aucune idée ; mais je soupçonnais que nous n'aurions pas trop à attendre, vu l'état d'excitation de Seth.

— Non. La semaine prochaine. Dans sept jours exactement, à environ vingt-trois heures.

J'éclatai de rire.

— Tu ne me demandes pas sérieusement d'avoir terminé dans sept jours ?

— J'ai foi en toi, Jeremy.

Voilà, il recommençait à m'agacer.

— Seth, tu n'as aucune idée du but de cette messe, à supposer qu'il y en ait un…

— Évidemment qu'il y en a un, Jeremy ! Pourquoi préciser un alignement de planètes s'il n'y a aucune utilité magicke ?

— Peut-être, mais si tu voulais que je transcrive la musique à temps, tu aurais dû m'appeler il y a plusieurs semaines – ou mieux, il y a plusieurs mois.

— Tu étais à Londres quand j'ai essayé de te joindre il y a trois semaines, remarqua Bowyn en levant les mains comme pour s'excuser.

— Jeremy, reprit Seth, je sais bien que les conditions ne sont pas idéales. Mais nous t'offrons une opportunité sans précédent : être le premier à transcrire ce qui est sans doute la seule messe polyphonique complète mise sur parchemin par Ficin. Comment pourrais-tu laisser passer une chance pareille ?

Il avait raison, et je le savais bien. Je me penchai de nouveau sur les pages du parchemin, sentant déjà monter en moi une irrépressible envie de commencer à le déchiffrer. La notation était époustouflante, méticuleusement rédigée à la main à une époque où la musique n'était pas encore imprimée, les notes soigneusement espacées, montant et descendant telles des vagues en travers de la page. Le livret était soigneusement rédigé à l'encre sur une page séparée, au lieu d'être inséré sous les portées comme c'est le cas de nos jours, et les lignes avaient tendance à pencher vers la droite. Des annotations presque illisibles étaient gribouillées ici et là, d'une écriture qui sans aucun doute ressemblait aux échantillons que j'avais vus de celle de Ficin, de petites lettres bien ordonnées et compressées, toutefois garnies d'envolées dramatiques sur les zones médianes et supérieures. Quant au frontispice, il était splendide avec ses innombrables symboles qui m'appelaient par-delà les siècles.

Sur un plan plus pragmatique, je savais que si je parvenais à prouver que ce document était un original de Ficin et à en donner la première – et définitive – transcription, ma réputation dans les cercles universitaires en sortirait grandie.

— Très bien, dis-je, je m'en charge.

IV

UNE FOIS la bibliothèque soigneusement refermée, je refusai poliment, mais fermement l'invitation de Seth à les rejoindre Rafe et lui pour le jeu quelconque auquel ils s'adonnaient avant mon arrivée, et Bowyn et moi pûmes enfin rejoindre notre chambre au bout du couloir du deuxième étage. Lorsque je dis *notre chambre*, je ne fais pas seulement allusion à celle que nous allions partager pendant la semaine. Je veux dire qu'il s'agissait de *notre* chambre, celle que nous partagions huit ans plus tôt, celle qui donnait sur l'arrière de la maison et sur la chapelle.

Je suppose que cela avait du sens pour Bowyn de continuer à vivre dans cette pièce, mais je ne m'y étais pas vraiment préparé. Dans mon esprit, c'était notre chambre à tous les deux, et une partie irrationnelle de mon cerveau avait dû considérer qu'elle s'était évaporée en même temps que notre relation. Ce qui évidemment n'était pas le cas.

Elle n'était pas tout à fait dans l'état où je l'avais laissée. Bowyn avait remplacé le vieux couvre-lit jaune et miteux que nous avions récupéré à l'Armée du Salut par un autre couvre-lit en peluche bordeaux, et les posters sur les murs reflétaient un intérêt particulier pour *Le Seigneur des Anneaux*. Mais mon poster du zodiaque était toujours accroché au mur, un peu plus pâle qu'à mon départ, et je reconnus quelques-uns de mes livres sur les étagères. Pas d'autel flippant dédié à mes sous-vêtements ni rien du genre, mais l'effet était tout de même déconcertant.

— Incroyable, dis-je en parcourant la pièce des yeux tandis que Bowyn refermait la porte. Les choses n'ont pas beaucoup changé ici.

— Bah, tu as vu la bibliothèque.

— C'est vrai.

— Et Jack…

Cette remarque me ramena un peu les pieds sur terre. Je me tournai vers Bowyn et lui sourit tristement.

— Oui, Jack.

J'avais appris la nouvelle peu après, par un e-mail de Marianne. Elle était fiancée à Jack, avant que le cancer l'emporte. Je n'avais pas pu me rendre aux funérailles.

— Comment va Marianne ?

Bowyn sembla se renfrogner comme si quelque chose le tracassait, mais il finit par dire :

— Elle va bien. Tu la verras demain, c'est sûr.

Il se tenait devant moi et paraissait aussi timide que le premier soir où il m'avait proposé que nous devenions plus que des colocataires. À l'époque, je n'avais eu aucun scrupule à sauter dans son lit, mais c'était différent ce soir. Je ne savais plus très bien ce que je voulais.

— Bien, quel est le programme maintenant ? demandai-je en jetant un coup d'œil au lit à baldaquin.

— Eh bien, commença Bowyn tout doucement, à moins que tu aies une objection, j'avais prévu de te plaquer sur le lit et de m'occuper de toi.

Je ris sans réussir à imaginer une réponse. J'aimais toujours Bowyn et j'avais toujours envie de lui. J'avais de bonnes raisons d'éviter que notre relation reprenne une tournure sexuelle, mais j'eus du mal à me les remémorer sur le moment.

Lorsque le destin nous avons rassemblés dans la même chambre à l'université, nous avions rapidement découvert que l'un de nos points communs était notre respect pour Aleister Crowley. Évidemment, je sais bien que beaucoup de gens le considèrent comme une mauvaise personne, mais pour nous il s'agissait d'un brillant occultiste qui avait aussi le goût d'effrayer son entourage.

L'un des principes fondamentaux de la philosophie magicke de Crowley était *Fais ce que tu désires, là réside toute la loi.* Ce qui fut fréquemment interprété, à tort, comme *Comporte-toi comme un parfait égoïste*, alors que ce qu'il voulait dire était que c'était à nous de déterminer notre but ultime et d'agir en conséquence. Ou que nous ne devons pas avoir peur de faire ce que nous dictent, au fond de nous, notre cœur et notre conscience.

C'est en partie ce qui me traversa l'esprit lorsque je m'avançai vers Bowyn et le pris dans mes bras. Il fut d'abord surpris, mais lorsque mes lèvres trouvèrent les siennes, il ferma les yeux et me rendit mon baiser avec avidité. Je sentis ses bras dans mon dos, qui me plaquèrent contre son torse musclé, et je ne pus réprimer un grognement. Il avait les lèvres douces et chaudes, et même après huit ans, elles restaient si familières que j'avais peine à croire que j'étais resté si longtemps sans en connaître le goût. Je compris avec consternation que je ne parviendrais jamais à me libérer totalement de Bowyn. Je lui appartenais tout autant aujourd'hui que la nuit où il m'avait pris sur le matelas en vinyle, inconfortable et trop petit, de notre chambre d'étudiants.

Bowyn me guida doucement en arrière jusqu'à ce que mes mollets cognent contre le côté du lit. Je me laissai faire quand il m'allongea délicatement sur le dessus de lit rouge foncé et grognai de nouveau quand il se hissa sur moi. Il frotta son érection contre la mienne à travers de frustrantes couches de jean et de coton tout en explorant ma bouche avec sa langue.

Au bout de quelques minutes, je fus incapable de supporter plus longtemps les vêtements qui séparaient nos corps et je lui dis en haletant :

— Je veux sentir ton corps nu !

Bowyn s'esclaffa et m'embrassa tendrement sur le bout du nez avant de se relever. Debout, il retira son tee-shirt et révéla son torse parfaitement modelé ainsi que l'ondulation des muscles fermes de son ventre. Le spectacle de son corps me fit littéralement saliver. J'avais envie de lécher chaque centimètre carré de sa peau lisse et dorée, j'avais envie d'en connaître le goût. Dans le passé, égoïstement, j'avais considéré ce corps comme m'appartenant – jusqu'à ce que Seth le revendique. Désormais, tout en sachant à quel point c'était puéril, j'avais terriblement envie de me l'approprier de nouveau.

Je m'assis sur le lit et tendis les bras vers lui. Bowyn s'approcha de moi sans hésiter. J'entourai sa taille de mes bras et promenai mes mains sur les muscles du bas de son dos, sentant la chaleur suinter de sa peau tandis que je lui embrassais le ventre. Je suivis la fine piste de poils blonds qui descendait depuis son nombril et tombai sur la ceinture de son jean usé.

— Enlève-le, grommelai-je.

Bowyn rit devant ma soudaine agressivité et s'exécuta, ouvrant le bouton et défaisant la fermeture éclair. Il ne portait pas de sous-vêtements. Comme d'habitude. J'inhalai l'odeur musquée, propre mais très, très masculine qui était comme une drogue et me rendait fou. J'attrapai l'arrière de son jean et le descendis d'un coup sec.

Libéré de la contrainte du pantalon, son membre dur vint caresser ma joue, chaud et doux comme le satin ; je le pris sans attendre dans ma bouche. Il y était à sa place, comme si le sexe de Bowyn avait été créé pour moi et personne d'autre. Je l'avalai profondément, de plus en plus profondément, mon propre sexe durcissant dans mon pantalon au fur et à mesure.

Bowyn se mit à gémir. Passant la main dans mes cheveux, il m'aidait à le prendre, et enfin il me dit d'un air taquin :

— J'ai envie d'être en toi.

Techniquement, il l'était déjà. Mais je comprenais bien ce qu'il voulait dire, et j'en avais envie moi aussi. Plus que je n'avais désiré toute autre chose dans ma vie.

Je me levai et retirai mon pull, puis laissai Bowyn lentement déboutonner ma chemise tout en guettant sur son visage des signes de déception devant mon corps vieilli. Mais je ne lus dans ses yeux que du désir et une excitation grandissante.

— Mon Dieu, murmura-t-il, comme ça m'a manqué de pouvoir te toucher.

Il défit ma ceinture et me descendit pantalon et caleçon sur les genoux en un seul mouvement, puis il s'agenouilla et me prit dans sa bouche. Ce qu'il me faisait était exquis. Il savait mieux que quiconque ce qui me faisait plaisir, et une fellation de Bowyn valait largement une semaine de sexe avec un autre homme. Et pourtant, cela ne me suffisait toujours pas. Et à lui non plus.

Je le repoussai à contrecœur.

— C'est merveilleux, mais il faut que tu me prennes avant que je perde complètement la tête.

Bowyn rit de nouveau avant de taquiner une dernière fois le bout de mon sexe avec sa langue. Il se leva et se dirigea vers la table de nuit d'où il sortit une petite bouteille de lubrifiant et un préservatif pendant que je m'asseyais sur le lit pour retirer mes chaussures et mon pantalon.

En me voyant l'observer pendant qu'il enfilait son préservatif, il me dit :

— Ce n'est pas parce que je me méfie de toi. C'est juste qu'avec toutes les coucheries qui ont lieu ici, j'ai appris à être prudent.

Je n'étais pas le moins du monde offensé. À vrai dire, j'étais soulagé d'apprendre qu'il n'avait pas fait l'amour avec un nombre incalculable de partenaires pendant toutes ces années sans se protéger.

— Pas de problème.

Je terminai de me déshabiller et m'allongeai sur le lit, écartant les jambes sans honte, comme un chien en rut. Mon sexe était déjà suintant, et lorsque Bowyn rampa sur moi et glissa une main entre mes jambes pour que son doigt aille chercher mon sphincter, je crus que j'allais exploser sur-le-champ.

— Oh oui, soupirai-je, impatient qu'il aille plus loin.

Il se pencha pour m'embrasser, et sa langue pénétra dans ma bouche au moment même où son doigt touchait ma prostate. Je m'efforçai de ne pas jouir, bien décidé à atteindre l'orgasme lorsque Bowyn serait profondément enfoncé en moi. Ce n'était pas gagné. Lorsqu'il glissa un deuxième doigt en moi, je fus parcouru d'un spasme et un peu plus de liquide s'écoula de mon sexe.

— Viens en moi, l'implorai-je à bout de souffle. Maintenant !

— OK, bébé, j'arrive.

J'étais encore contracté quand il me pénétra, mais ce ne fut pas douloureux. Je ne ressentis que le plaisir extatique de sentir l'homme que j'aimais profondément en moi. Il ne m'aimait peut-être pas – en tout cas pas autant qu'il aimait l'Ordre ou le Temple – mais au moins, il me désirait. Et pour l'instant, c'était suffisant. Je m'agrippai fermement à lui ; la sueur s'accumulait entre nos deux corps surchauffés tandis qu'il s'enfonçait encore et encore. J'aurais voulu que cela ne s'arrête jamais.

Ni l'un ni l'autre n'était capable de tenir longtemps avec la frustration qui s'était accumulée tout au long de la journée. Bowyn grogna dans ma bouche et donna vigoureusement le coup final. Je sentis les pulsations de son membre au fond de moi, et cela me fit jouir. J'éjaculai d'épaisses traînées de sperme entre nos deux ventres.

Bowyn resta un moment allongé sur moi à m'embrasser tendrement tandis que nous reprenions notre souffle.

— Tu m'as manqué, Jeremy, murmura-t-il d'une voix tremblotante comme s'il était au bord des larmes. Tu n'as pas idée.

Je posai ma main sur sa nuque pour le caresser sous ses cheveux dorés qui tombaient en cascade sur ses épaules, doux comme de la soie de maïs.

— Je crois que j'imagine très bien.

Nous avions bien d'autres choses à nous dire, mais aucun de nous ne voulait rompre la magie du moment. Nous aurions bien le temps de revenir sur les anciennes querelles, de nous demander pourquoi nos sentiments n'avaient pas suffi à prévenir la rupture. Mais pour l'instant, nous pouvions nous permettre de profiter de ces sentiments qui étaient toujours bien présents, même après tout ce temps.

Il finit par se glisser au bas du lit en me disant avec son sourire enfantin :

— Désolé, je dois aller faire pipi.

Eh oui, il disait *faire pipi*, comme un gamin de cinq ans. J'avais toujours trouvé ça très mignon.

— OK, mais je suis encore excité. Donc si dans deux minutes tu n'es pas revenu, je devrais peut-être aller retrouver Rafe.

Bowyn secoua la tête en grommelant.

— Comme je te l'ai dit, si tu en as envie, je suis sûr que tu peux l'avoir. Ce type donne un nouveau sens à l'expression *Marie-couche-toi-là*.

— Jaloux ?

— Que tu couches avec lui ? Non. Je me suis déjà un peu amusé avec lui et crois-moi, son pouvoir de séduction s'évanouit assez rapidement. Mais je pourrais arranger un coup à trois si tu veux. Ou même à quatre si tu veux que Seth se joigne à nous.

Je commençais à regretter de l'avoir taquiné. Être capable de faire ma sélection d'hommes et de les assembler dans toutes les combinaisons possibles n'était pas sans attrait, mais je n'étais pas d'humeur à penser à Bowyn et Seth ensemble pour l'instant.

— Non, merci. Va pisser et ramène tes fesses vite fait.

— Bien, M'dame !

Il se précipita dans le couloir sans prendre la peine d'enfiler quelque chose. Au bout d'une minute, fatigué d'être allongé seul sur le lit, j'entrepris de m'essuyer avec ma chemise sale puis me levai pour faire le tour de la pièce. J'étais curieux de savoir s'il avait gardé des souvenirs de moi. Je fus content de voir qu'il avait quelques photos de nous deux, souvent avec Seth ou Marianne, ou d'autres membres de notre vieux gang. Mais sur l'une d'entre elles, nous n'étions que tous les deux – c'était une petite photo prise par Marianne un jour où nous faisions la sieste ensemble sur le canapé du salon au rez-de-chaussée. Bowyn était allongé derrière moi et m'enlaçait de ses bras protecteurs.

Une tristesse insurmontable m'envahit tout à coup, comme si je tenais la preuve que j'avais possédé quelque chose d'incroyable... que j'avais perdu. Je reposai la photo à plat sur le manteau de la cheminée.

Une petite porte se trouvait près de la cheminée. Quiconque n'aurait pas été familier du Temple ou des maisons victoriennes en général l'aurait prise pour une porte de placard ; mais je savais qu'il n'en était rien. Je l'ouvris, constatant qu'il n'y avait toujours aucun moyen de la verrouiller, et scrutai l'obscurité du minuscule couloir qui se trouvait de l'autre côté. Il faisait partie d'un labyrinthe de couloirs et d'escaliers qui reliait toutes les pièces les unes aux autres. À l'époque victorienne, les domestiques utilisaient ces passages pour se déplacer discrètement de pièce en pièce sans déranger les maîtres. Bowyn et moi les avions explorés à notre arrivée et les avions souvent utilisés, puis nous nous en étions lassés. À en juger par les larges toiles d'araignée qui obstruaient le passage, Bowyn ne l'avait pas utilisé depuis bien longtemps.

Je refermai la porte et en restai là de mon exploration pour l'instant. La lune éclairait vivement la pièce, mais je me rappelais pourtant que ce n'était que le dernier quartier ce soir-là. Même après avoir vécu loin du Temple pendant toutes ces années, j'avais gardé l'habitude de surveiller avec obsession les phases de la lune, en digne étudiant de l'occulte. Et puis, Seth avait dit que l'alignement pour le rituel – qui tombait au moment de la nouvelle lune – était pour dans sept nuits.

J'allai me poster près de la grande fenêtre à plusieurs panneaux afin de regarder le jardin du Temple. Quelque part au-dehors, douce et à peine audible, la cloche d'une église sonna – une note unique qui retentit au milieu de la nuit. Étrange, car dans le passé il n'y avait pas de cloche, mais je ne pris pas le temps d'y réfléchir davantage.

Je me souvenais que la vue de jour était jolie, car la fenêtre donnait sur la chapelle et sur les montagnes au loin. La nuit, l'entrée de la chapelle était éclairée par d'autres fausses lampes à gaz, créant ainsi un beau tableau gothique, quoiqu'un peu inquiétant.

Il y avait quelqu'un dehors – un homme, qui se tenait sur le chemin pavé qui menait à la chapelle. Il était nu.

Ce qui n'aurait pas été très surprenant au Temple si nous n'avions pas été en octobre. À cette heure de la nuit, il ne devait pas avoir chaud. Il paraissait très jeune, presque adolescent, même si j'espérais qu'il n'avait pas moins de dix-huit ans. Le Temple n'avait jamais accueilli aucun mineur, et j'aurais été troublé d'apprendre que cette règle avait changé.

Dès que j'entendis Bowyn rentrer dans la chambre, je l'en informai.

— Il y a quelqu'un dehors.

— Et alors ?

Il grimpa sur le lit, apparemment peu intéressé.

— Il est nu.

Bowyn éclata de rire.

— Il s'amuse juste à courir tout nu ou il se masturbe ?

— Ni l'un ni l'autre.

Que faisait-il au juste ? C'était difficile à voir depuis la fenêtre. Il regardait vers le nord et semblait faire le Signe de l'Eau – le pouce et l'index de chaque main rassemblés pour former un triangle pointé vers le bas, au niveau de l'estomac. Je jetai un coup d'œil à la vieille pendule qui se trouvait sur la cheminée. Il était minuit.

— Je crois qu'il fait Resh.

Resh était une méditation rituelle que nous avions empruntée aux rituels thélémiques de Crowley en remplaçant les références aux divinités égyptiennes par des invocations aux dieux grecs. Elle s'exécutait au lever du soleil, à midi, au coucher du soleil ou à minuit. À chacun de ces moments correspondait une direction particulière qui dépendait de la position du soleil dans le ciel. À minuit, on se tournait vers le nord. Puis il s'agissait de prendre certaines postures et de chanter le chant rituel qui correspondait lui aussi à l'heure choisie. Son apport majeur, à mon avis, était d'enseigner la discipline. Comme mon emploi du temps actuel n'y était pas vraiment propice, j'avais peu à peu abandonné cette pratique. Apparemment, Bowyn aussi.

— Est-ce qu'il ressemble à un beau petit chérubin blond ?

— Il est blond, mais il est trop loin pour que je vois son visage. Il a la toison pubienne un peu trop développée pour un chérubin, je trouve.

— Attends de l'avoir vu de plus près. Il s'appelle Christopher. Et tout le monde ici se l'arrache avec une seule idée en tête : le dévorer.

Bowyn n'avait pas le même sens de l'humour que moi. Cette tournure était un peu trop prédatrice à mon goût.

— Il est majeur ?

— À peine, répondit Bowyn. Il nous envoyait des e-mails depuis plus d'un an pour nous supplier de l'accepter, mais Seth n'a pas voulu tant qu'il n'a pas eu dix-huit ans. Et il les a eus il y a neuf mois.

Christopher conclut le rituel et ramassa une robe par terre qu'il enfila par la tête. Puis il disparut dans les ténèbres.

J'allai m'asseoir sur le lit près de Bowyn, mais je n'étais plus sûr de me sentir excité.

— Est-ce que Seth séduit encore tous les jeunes néophytes qui passent la porte ?

Je ne pris pas la peine de dissimuler mon mépris. Seth avait agi de la sorte un nombre incalculable de fois, et cela me dégoûtait toujours. Il n'y avait rien d'illégal et il ne forçait personne, mais cela ne me semblait pas très éthique. Et c'était à cause de ce genre de comportements que les leaders religieux avaient mauvaise réputation.

Bowyn haussa les épaules. Contrairement à moi, il ne s'était jamais senti agressé par les pratiques sexuelles de Seth.

— Il ne s'est rien passé avec celui-là. Je crois que Christopher est hétéro, mais surtout, il a été agressé sexuellement par son père, et il ne supporte même pas que quelqu'un le touche.

Bowyn me caressa les cuisses tandis que je m'allongeais près de lui. Mon corps commençait à répondre à ses gestes, malgré les pensées déplaisantes qui tourbillonnaient dans mon cerveau.

— Tant que Seth ne force pas le gamin.

— Il n'est pas si terrible ! Il a une vie sexuelle débridée, certes, mais ce n'est pas un violeur. Et le gamin va bien. Je veux dire, il est un peu bizarre, mais il a l'air heureux ici.

D'un petit coup de coude, il me fit signe de rouler sur le dos pour qu'il puisse me sucer, et je le laissai faire. Mais je ne pouvais m'empêcher de me demander si le Temple était un endroit indiqué pour un jeune homme qui avait été victime de violences sexuelles. S'il était aussi beau que le disait Bowyn, Seth avait forcément des vues sur lui, même s'il ne le forçait à rien. Et cela sentait le désastre.

V

LORSQUE JE me réveillai le lendemain matin, Bowyn faisait Resh face à la fenêtre et au soleil levant. Apparemment, il n'avait pas complètement abandonné cette habitude. Je me sentis un peu coupable de ne pas me joindre à lui, mais cela faisait si longtemps que je n'étais pas sûr de me souvenir de toutes les paroles. Je restai allongé à l'observer en attendant qu'il ait terminé.

Il se retourna vers moi et me sourit, son corps nu éclairé par derrière par la lumière du soleil, comme s'il resplendissait.

— Bonjour, bel homme. J'allais te laisser dormir.

Je m'étirai en profitant de l'agréable sensation du matelas en peluche sous mon corps.

— Puisque tu es levé, je vais me lever aussi.

— Le petit déjeuner devrait être servi dans une demi-heure. Je m'apprêtais à descendre aux douches.

Les *douches* étaient une nouveauté. De mon temps, nous nous partagions deux salles de bain, un cabinet de toilettes avec lavabo et un WC mobile derrière l'étable. Ce qui obligeait à établir un planning de douche très strict que tout le monde détestait, sans parler de l'immonde corvée hebdomadaire de vidange du WC à laquelle se collaient les pauvres néophytes. Nous avons perdu au moins deux néophytes pour cette raison, mais Seth insistait sur le fait que cela faisait partie de leur entraînement. Personnellement, je pensais que ce type avait regardé trop d'épisodes de *Kung Fu* quand il était petit.

Nous avions souvent parlé d'installer des douches styles douches de vestiaires dans le sous-sol, ce qui avait finalement été fait après mon départ. La pression n'était pas incroyable, mais il y avait huit cabines avec rideaux, pour un minimum d'intimité. Évidemment, tout le monde ne prenait pas la peine de fermer son rideau. Les douches étaient mixtes, donc quand Bowyn et moi entrâmes, des hommes et des femmes étaient nus au centre de la pièce remplie de vapeur, discutant ou chahutant en attendant qu'une douche se libère. Les toilettes se trouvaient dans une section séparée au fond de la pièce et de temps en temps on entendait crier « Chasse ! » afin que les autres

31

puissent s'écarter du jet de leur douche avant de se faire ébouillanter. On se serait cru en camp de vacances. Mais à la mode Paul Verhoeven.

Dès que nous entrâmes dans la pièce, des néophytes s'écartèrent pour nous laisser leur place dans la queue – ce qui ne me plut pas beaucoup. Le même genre de phénomène se produisait quand je faisais du karaté : les grades inférieurs s'effaçaient toujours devant leurs supérieurs. Je n'appréciais pas l'idée de prendre la place de quelqu'un ; pour Bowyn, au contraire, cela semblait tout à fait normal. Et je pense que, dans son esprit, ça l'était.

Nous prîmes notre douche et enfilâmes les robes en coton marron que portaient les initiés la plupart du temps. Je n'y voyais aucune objection, elles étaient très confortables. Si j'avais eu le choix, je crois que j'en aurais porté tout le temps – même à l'université.

Nous nous dirigeâmes vers la salle à manger qui, pour sa part, n'avait pas changé en huit ans et où il fallait manger en plusieurs services. Une vingtaine de personnes tenaient autour de la table, et il y avait bien plus de résidents au Temple qu'à l'époque où j'y vivais. Les gens mangeaient rapidement pour laisser la place aux autres, ou abandonnaient tout bonnement l'idée de s'asseoir et mangeaient debout. D'autres encore emmenaient leur assiette dans le salon et s'installaient dans les fauteuils ou sur les chaises qui s'y trouvaient. Il était question, m'informa Bowyn, d'ajouter une extension à la maison qui comprendrait de nouveaux dortoirs et une salle à manger plus grande. Mais certaines acquisitions de Seth pour la bibliothèque – dont le manuscrit de Ficin, qui avait coûté quelques centaines de milliers de dollars – avaient remplacé ce projet.

Bien sûr, il était inimaginable de réussir à le convaincre que la bibliothèque n'était pas essentielle à l'Ordre. Bowyn semblait tolérer les excentricités de Seth avec bonne humeur, mais je commençais vraiment à me rappeler pourquoi j'avais fui cet endroit. Certes, il y avait des choses et des gens au Temple qui me manquaient – surtout Bowyn – mais Seth... Bon, je ne le détestais pas et il me manquait même un peu, mais il avait vraiment le don de m'énerver.

La nourriture était excellente, comme toujours. Alex était responsable de la préparation ; elle avait sous sa coupe quelques cuisiniers et était elle-même une vraie magicienne aux fourneaux. Comme elle avait grandi dans le sillage de la génération hippy, le Temple était soumis à un régime strictement végétarien. Mais tout était tellement délicieux que peu de gens s'en plaignaient. En tout cas, de mon temps, tout le monde était satisfait. Si les nouveaux initiés osaient défier Alex à ce sujet... eh bien, c'était qu'ils avaient plus de couilles que moi.

Nous fîmes un bref passage dans la cuisine pour lui dire bonjour, mais elle eut juste le temps de nous envoyer un baiser avant de se mettre à vociférer contre un néophyte malchanceux qui venait de renverser un plateau de saucisses aux protéines végétales sur les tomettes.

Requiem in pace, néophyte.

Les néophytes étaient les nouveaux arrivants qui n'étaient pas encore assez instruits au sujet des opérations et principes de base pour être promus initiés du premier niveau. Et même s'ils n'étaient pas traités avec le même mépris et la même indifférence que, disons, un cadet de première année dans une académie militaire, ils n'en étaient pas moins tout en bas du totem. Tout en étudiant pour passer ce premier grade, ils étaient censés accomplir les tâches les plus ingrates du Temple. Pas toutes, bien sûr. Il n'y avait pas assez de nouveaux pour prendre en charge *toutes* les corvées quotidiennes induites par le maintien en ordre de la maison et du terrain. Mais ils s'occupaient des pires tâches. L'idée de Seth était que si les néophytes ne pouvaient pas supporter une année de vaisselle et de ménage des toilettes, ils n'avaient rien à faire dans l'Ordre. Cette attitude ne m'enchantait pas, mais personne n'était jamais mort de son bizutage au Temple. Et, heureusement pour les petits nouveaux, on s'était débarrassé du WC mobile des années plus tôt.

En général, il fallait un an d'esclavage pour mémoriser les postures et les chants et étudier les fondations occultes de l'Ordre avant d'être initié au Premier Niveau. Du Premier au Sixième Niveau, les membres étaient tous appelés des *initiés*. Au-delà, c'étaient les Frères – le septième rang et le seul qui était inatteignable à moins d'y être dès le départ. Ce qui signifiait que nous, les Frères, allions tous mourir un jour, ou que Seth devrait changer les règles.

Après le petit déjeuner, je suivis Bowyn à la chapelle pour l'office du matin. L'Ordre n'était pas religieux au sens où nous ne croyions pas en un dieu ou en des dieux spécifiques. Nous croyions en des forces sous-jacentes à la structure de l'univers – des forces qui constamment façonnaient et refaçonnaient l'ordre des choses – et en la capacité de la volonté humaine d'agir sur ces forces et donc sur notre monde. Certains qualifieraient une telle posture de religieuse, et je ne les contredirais pas, mais nos offices ressemblaient davantage à des leçons de philosophie qu'à des cultes et s'accompagnaient d'exercices visant à augmenter notre capacité à diriger notre volonté. J'avais également insisté pour que l'Ordre dispose d'un chœur qui chante à la fin de chaque office.

Je devais bien reconnaître que Seth n'avait pas son pareil pour organiser d'impressionnants spectacles. Il pouvait se tenir au centre de la chapelle en tenue d'apparat – robe argentée et bordeaux et bijoux qui auraient rendu Cléopâtre jalouse – et réciter Platon ou Aristote, et en faire la chose la plus fascinante que vous ayez entendue de toute votre vie.

Ce matin-là, sans doute inspiré par le manuscrit, il parla d'Orphée.

— Orphée est né d'un père mortel, le roi Œagre, mais sa mère était la muse Calliope, commença Seth, et c'est d'elle qu'Orphée apprit à chanter. Le dieu Apollon, qui courtisait l'une des sœurs de Calliope, rencontra le jeune garçon lors de ses visites dans la maison familiale. Il se prit d'affection pour lui et lui offrit une lyre, puis lui apprit à en jouer. Orphée avait un don pour la musique. Il fit quelques modifications sur la lyre qu'Apollon lui avait donnée jusqu'à être capable de jouer et de chanter si magnifiquement qu'il pouvait paraît-il charmer les bêtes sauvages et même persuader les arbres et les pierres de danser !

Seth exécuta un pas de danse qui suscita une onde de rire au sein de la congrégation.

— Mais l'histoire la plus fameuse qui nous soit parvenue concerne sa femme, Eurydice. Un matin, elle mourut des suites d'une piqûre de vipère tandis qu'elle marchait dans les champs, et Orphée fut si accablé de chagrin qu'il se rendit jusqu'aux enfers afin de la ramener avec lui. Là-bas, sa musique conquit les cœurs d'Hadès et de Perséphone, si bien qu'ils autorisèrent Eurydice à retourner avec lui dans le monde des vivants. Mais attention, s'écria Seth en marquant une pause dramatique, il y avait une condition. Il devait marcher devant Eurydice et ne pas se retourner tant qu'ils ne seraient pas revenus tous deux dans le monde des vivants. Orphée obéit et revint dans le monde des vivants. Mais il fut pris tout à coup d'une grande angoisse et il se retourna afin de s'assurer que son épouse était derrière lui. Mais Eurydice n'avait pas encore pénétré dans la lumière du jour… Et Orphée la regarda avec horreur disparaître et retourner aux enfers… pour toujours.

Le sermon – si l'on pouvait appeler cela un sermon – se conclut sur un chant du chœur que j'avais moi-même écrit au moins dix ans plus tôt. C'était un arrangement de l'un des hymnes orphiques – des poèmes traditionnellement attribués à Orphée lui-même, ce qui était hautement improbable. Orphée n'avait très certainement jamais existé. Même Aristote doutait de son existence, à une époque où son historicité était communément admise. Mais peu importait, c'était un joli poème.

Je fus émerveillé par la beauté de la pièce chantée. Pas tant parce qu'il s'agissait d'un travail de génie de ma part – ce qui n'était pas le cas, même si ce n'était pas mal étant donné que je n'avais même pas trente ans quand je l'avais réalisé – mais la voix envoûtante et éthérée du ténor soliste élevait le morceau au-dessus de sa médiocrité. Chantée par cette voix, la mélodie plutôt plate que j'avais composée me faisait monter les larmes aux yeux. Et la beauté d'un autre monde du chanteur n'enlevait rien au charme de la scène.

Il s'agissait de Christopher, cela ne faisait pas le moindre doute. Ses cheveux blonds, presque blancs, encadraient un visage doux et enfantin qui rappelait effectivement les chérubins. Ou en tout cas les anges. Mais, bien qu'il ait dix-huit ans, il paraissait si jeune et vulnérable que sa beauté ne suscitait aucun désir en moi. Elle instillait simplement une puissante envie de le réconforter et de le protéger. Ses immenses yeux bleus semblaient sur le point de verser des larmes tandis qu'il chantait, comme si les paroles de la chanson étaient si sublimes que les interpréter le blessait. Si quelqu'un pouvait persuader les arbres et les pierres de danser avec ses chansons, c'était lui.

VI

— JEREMY !

J'entendis la voix de Marianne crier mon nom au moment même où je sortis de la chapelle. Je n'avais pas encore eu le temps de tourner la tête que je sentis ses bras autour de mon cou et que son cri suraigu me causa une perte d'audition définitive dans l'oreille droite.

— Je n'arrive pas à y croire ! Je te croyais parti pour de bon, chenapan.

La dernière apostrophe s'accompagna d'une tape sur l'épaule, puis elle me relâcha et recula de quelques pas. C'était une jolie femme dotée d'une flamboyante chevelure rousse et bouclée, chaleureuse et avenante, quoiqu'un peu enrobée. Je lui avais toujours dit que ça la rendait mignonne, et j'étais sincère ; mais bien sûr, elle n'était pas du même avis. Elle n'avait aucune envie de ressembler à la jolie voisine aux joues rebondies. Elle voulait être la poulette sexy qui mène les hommes à la baguette.

Apparemment, la vie au Temple lui convenait tout à fait. Ou, pour être plus précis, la cuisine saine d'Alex. Marianne n'avait certes pas l'allure d'un top-model – elle avait toujours un peu de ventre – mais elle avait pas mal maigri.

— Tu es splendide !

J'étais ravi de la revoir, et elle avait vraiment l'air en forme. Marianne s'esclaffa et fit un petit tour sur elle-même.

— Ça se voit tant que ça ? demanda-t-elle en sachant bien que oui, ça se voyait.

— Tu es vraiment belle.

— Merci. « Comment puis-je avoir l'air si jeune ? C'est simple. Régime exclusivement végétarien, douze heures de sommeil par nuit…

— Et beaucoup, beaucoup de maquillage », dis-je en complétant la citation de la comédie de Neil Simon, *Un cadavre au dessert*.

Nous éclatâmes de rire tous les deux. Bowyn, qui arrivait derrière moi, leva les yeux au ciel.

— Et les voilà repartis avec leurs citations de films. Vous êtes impossibles, tous les deux.

— Viens, chéri, me dit Marianne en me prenant par le bras tout en l'ignorant. As-tu déjà fait le tour du propriétaire ?

— J'ai l'impression que presque rien n'a changé depuis mon départ, dus-je avouer.

— Sans doute, mais cette promenade nous donnera l'occasion de rattraper un peu le temps perdu.

Il faudrait bien que je me mette au travail sur le manuscrit de Ficin, mais pour l'instant, nous nous dirigeâmes tous les trois vers le jardin en jacassant sur tout ce qui s'était passé au cours des huit dernières années. Au final, la réponse fut *Pas grand-chose*. C'est vrai, Jack était mort – ce qui nous remplissait tous de tristesse, mais nous décidâmes tacitement de ne pas nous attarder sur le sujet. Et j'étais devenu professeur à l'université. Quelques rénovations avaient été effectuées au Temple, mais je les avais déjà toutes vues.

J'avais craint que Seth et Bowyn ne soient devenus un couple inséparable, mais j'aurais dû me douter que ce ne serait pas le cas. Seth passait d'un petit jeune mignon à un autre comme une abeille qui butine du pollen. Il ne changerait jamais. Bowyn était encore incroyablement sexy et pouvait passer la nuit avec Seth dès qu'il en avait envie, mais j'avais l'impression qu'il le faisait de plus en plus rarement.

— Sérieusement, tu ne veux pas me faire croire que tu n'as trouvé personne d'autre ? lui demandai-je en me trahissant bien plus que je l'aurais voulu.

Bowyn secoua la tête avec un sourire timide.

— Crois ce que tu veux, mon chou. J'ai pas mal papillonné ces dernières années, bien sûr, mais il n'y a rien eu de sérieux.

J'aurais été heureux de l'apprendre si je n'avais pas perçu au même moment l'expression étrange de Marianne. Elle faisait comme si elle s'intéressait à quelque chose de l'autre côté de la cour, mais l'espace d'un instant, un air de – quoi ? jalousie ? – se peignit sur son visage. Aurait-elle craqué pour Bowyn ? J'espérais bien que non.

Une autre pensée me vint à l'esprit, qui me donna la nausée. Marianne n'était tout de même pas l'une des personnes avec qui Bowyn avait papillonné, si ? J'aurais eu du mal à expliquer pourquoi cette idée me dérangeait davantage que de savoir qu'il avait couché avec des légions d'autres initiés — mais bon, il ne les faisait pas payer… Et pourtant, c'était le cas. Peut-être parce que nous connaissions Marianne depuis si longtemps. Ce n'était pas un coup d'une nuit solitaire dont il se souviendrait à peine.

Marianne était une amie. Ou bien était-elle davantage à présent ? Était-il possible qu'ils forment un couple ?

J'étais bien conscient de retomber dans un schéma qui m'était familier – je redevenais jaloux dès qu'il était question de quelqu'un avec qui Bowyn avait couché plus d'une ou deux fois. C'était pour cette raison que j'avais définitivement quitté le Temple. J'étais capable de supporter qu'il s'amuse avec d'autres ; j'avais fait la même chose. Mais lorsqu'il avait commencé à passer des nuits entières avec Seth, et parfois plusieurs de suite, cela ne m'avait plus amusé du tout. Bien sûr, la porte était toujours ouverte et je savais que je pouvais les rejoindre quand je voulais, mais j'étais tourmenté par l'angoisse que Bowyn se mette à aimer Seth plus que moi. J'avais fini par poser un ultimatum : qu'il reste au Temple avec Seth ou qu'il me suive à Durham.

Il avait choisi de rester.

L'idée que Bowyn puisse être bisexuel était un peu déconcertante, mais je n'étais pas inquiet. Cela n'aurait pas changé grand-chose en ce qui me concernait. Mais s'il était tombé amoureux de Marianne ? Bowyn et moi n'étions plus en couple, je devais m'en souvenir malgré nos galipettes de la veille. La relation qu'il pouvait avoir avec Marianne – ou avec qui que ce soit d'autre – ne me regardait plus.

Tout à coup, Marianne sembla apercevoir quelque chose à la lisière de la forêt et je vis un petit sourire en coin se dessiner sur ses lèvres.

— Oh, regardez ! Voilà Saint François.

Je suivis son regard et aperçus Christopher. Il avait un sac rempli de… miettes de pain ? qu'il jetait par poignées entières à une multitude d'oiseaux noirs rassemblés autour de lui. Ils paraissaient trop grands pour être des corneilles. Peut-être étaient-ce des corbeaux. Les corbeaux étaient rares dans le New Hampshire quand j'étais petit, mais j'avais lu quelque part qu'ils étaient de plus en plus nombreux.

— Sois gentille, l'avertit Bowyn.

— Je plaisante, c'est tout, rétorqua Marianne en levant les yeux au ciel comme si Bowyn était le pire des rabat-joie. Il les nourrit tous les jours, m'expliqua-t-elle en parlant manifestement de Christopher. Il passe plus de temps avec les oiseaux qu'avec les gens.

— Bowyn m'a un peu parlé de lui hier soir, répondis-je. J'ai l'impression qu'il a des problèmes que le Temple ne pourra pas régler. Je ne suis pas un spécialiste, mais s'il ne supporte pas que les gens le touchent parce qu'il a été victime d'abus… ne devrait-il pas être suivi ?

Elle sembla réfléchir à ma remarque, mais haussa les épaules.

— Tu as peut-être raison. Mais que pouvons-nous y faire ? Nous n'avons pas d'autorité sur lui, nous ne pouvons pas le forcer à consulter. Et si nous lui demandons de partir, qui sait ce qui pourrait lui arriver ? Il était accro à l'héroïne quand il est arrivé. Au moins, il a arrêté les drogues.

Mon Dieu. Plus j'en apprenais sur ce gamin, plus il me fascinait. Malgré ce que m'avait dit Marianne, je résolus d'en parler à Seth. Je savais bien que je ne pouvais pas être d'un grand secours, je n'étais pas psychologue. Et Bowyn et Marianne avaient peut-être raison en pensant qu'un endroit sûr où se retirer du monde qui l'avait traité avec tant de cruauté était tout ce dont Christopher avait besoin pour l'instant.

Mais j'avais quand même besoin de m'assurer que Seth avait à cœur le bien-être de ce jeune homme.

J'EUS L'OCCASION de parler à Seth juste avant le déjeuner. J'étais heureux de profiter de mon retour et de revoir tous ces gens, mais je commençais à avoir hâte de me mettre au travail sur le manuscrit. Dès que je pus m'éclipser poliment, je partis à la recherche de Seth. Je m'attendais à moitié à ce que Bowyn m'accompagne, mais à ma grande surprise – et j'avoue que je fus un peu suspicieux et jaloux – il décida de rester avec Marianne.

Je m'efforçai de ne pas tomber dans la paranoïa et de rester concentré sur la tâche qui m'attendait.

Après avoir erré un moment et posé quelques questions, je trouvai Seth dans les douches. Avec Rafe. Et ils ne se contentaient pas de se laver. En fait, tout un public s'était rassemblé pour les observer, ce qui avait toujours beaucoup plu à Seth. Je n'irais pas jusqu'à dire qu'il était ennuyeux de le voir labourer le cul parfait de Rafe sous le jet de la douche, mais c'était un peu comme se rendre compte que toutes les scènes d'une même star du porno étaient exactement identiques. Seth était toujours au-dessus. Il aimait toujours mordiller le cou de celui qui était en dessous de lui – surtout quand il jouissait – et ne se préoccupait pas vraiment du plaisir de son partenaire. Il ne s'embêtait même pas à caresser Rafe pendant qu'ils baisaient. Rafe devait se masturber tout seul.

Je savais bien que Seth allait me faire des avances avant la fin de la semaine. C'était inévitable. Je savais aussi que Bowyn ne m'en voudrait pas si j'acceptais. Et, pour être honnête, j'en avais envie. Enfin, une partie de moi en avait envie. Mais en voyant Seth dans les affres de l'orgasme tandis que le pauvre Rafe se caressait furieusement pour le rattraper, je pris ma décision.

C'est moi qui serais au-dessus cette fois. C'était ça ou rien.

Une fois le spectacle terminé et la foule dispersée, j'attendis que Seth et Rafe aient terminé de prendre leur douche et répondis par un aimable *Pas maintenant, merci* au regard lascif de Rafe qui m'informa qu'il serait prêt à repartir pour un tour dans quelques minutes. J'avais du travail.

Seth envoya Rafe se chercher une autre occupation pour passer le temps, un peu comme un parent ordonnerait à son enfant d'aller jouer ailleurs, et m'escorta jusqu'à la bibliothèque. Sa main réussit à se retrouver sur mes fesses dans l'escalier, mais je l'ignorai. Ce ne serait pas si facile pour lui – pas cette fois.

À la décharge de Seth, il ne se formalisait pas que ses avances soient repoussées. Pour lui, tout n'était qu'un jeu, et je pense qu'il profitait de la chasse au moins autant, sinon plus, que du sexe qui était en jeu. Si quelqu'un ne cédait pas tout de suite, cela l'excitait. Une fois cela compris, il n'était pas si difficile à gérer.

C'était plus compliqué pour les néophytes. Trop souvent, ils se sentaient flattés par les avances de Seth sans comprendre que leur nouveauté, tout simplement, les rendait séduisants à ses yeux. Ils cédaient donc trop rapidement et s'apercevaient qu'il s'était lassé d'eux après le premier coup. Parfois, si un jeune homme ou une jeune femme était suffisamment attirant, Seth était capable de maintenir son intérêt pendant quelques semaines ou quelques mois. Mais jamais plus longtemps.

Cela avait été différent avec Bowyn et moi, sans doute parce que nous avions été ses premiers hommes. Sa relation avec Alex s'était déjà détériorée au point qu'ils n'avaient plus de relations sexuelles lorsque nous nous étions rencontrés tous les quatre. Dès le premier dîner, Bowyn et moi nous étions peu à peu aperçus que Seth avait des vues sur nous. Je pense qu'il venait juste de pleinement comprendre son attirance pour les hommes, et voilà qu'il se retrouvait face à deux jeunes hommes de vingt et un ans qu'il semblait enthousiasmer – et qui étaient gays. Les premières semaines avaient été tendues ; nous ne savions pas vraiment ce qu'en penserait Alex, ni si nous avions envie d'élargir notre vie sexuelle à une troisième personne. Mais l'attente ne fit que renforcer la détermination de Seth. Et il finit par nous avoir, après qu'Alex nous avait glissé en privé que cela ne la dérangeait pas le moins du monde.

— J'AI DEMANDÉ à Bowyn de te procurer une clé, me dit Seth en ouvrant la bibliothèque. Et ta propre carte aussi. En tant que Frère, tu y as droit de toute façon.

Je fronçai les sourcils en le suivant dans la pièce.

— Je ne suis plus l'un des Frères, Seth. Je suis parti il y a huit ans.

— Il est impossible de *ne plus être* l'un des Frères. Les Frères sont les fondateurs de l'Ordre. Comment cesser d'être un fondateur ? C'est un fait accompli.

Bien conscient qu'il était inutile de discuter, je laissai tomber. J'aurais de toute façon besoin d'une clé pour la semaine, et j'avais intérêt à ne pas me mettre Seth à dos. J'avais en tête le projet d'écrire un article sur ma transcription s'il m'en donnait la possibilité.

En journée, les vitraux de la bibliothèque – traités anti-UV, m'informa Seth – étaient éclairés par l'extérieur, projetant des motifs colorés sur le tapis. Les fenêtres étaient disposées de manière à maintenir les livres anciens à l'abri de la lumière du soleil, tout en en laissant entrer suffisamment. C'était un endroit magnifique.

Seth ne se dirigea pas vers le tiroir où se trouvait le manuscrit. Il m'emmena vers un bureau en acajou près de la fausse cheminée, sur lequel on avait disposé un ordinateur portable.

— Ton poste de travail, m'annonça-t-il avec fierté.

L'ordinateur était flambant neuf et puissant. Je l'allumai et réprimai un grognement désapprobateur à la vue de l'insigne minutieusement reproduite et affreusement pompeuse de l'Ordre qui jaillit sur le bureau, une épée levée transperçant un croissant de lune, gravée dans du marbre bleu-gris et entourée de flammes jaune-rouge resplendissant depuis l'intérieur de la pierre. Il y avait sur le bureau un dossier nommé *Missa Spiritus* – la Messe de l'Esprit – qui contenait plusieurs fichiers images haute résolution ; lorsque j'ouvris le premier, je constatai que c'était effectivement le titre que lui avait donné son compositeur.

Ce titre évoquait vaguement l'alchimie. Comme beaucoup de savants alchimistes, Ficin croyait en l'existence d'une Âme du Monde – *anima mundi* – qui serait l'âme de tout, de toutes choses vivantes. Notre âme individuelle provient de cette *anima mundi*. D'une certaine manière, l'âme d'un homme est conçue dans l'*anima mundi*, comme une pensée est conçue dans l'esprit. Et cette âme, cette *anima*, est l'image parfaite de l'homme qui réalise toutes ses potentialités. Le corps humain, en revanche, est inerte et privé de vie sans son âme. Mais il existe aussi une substance éthérée que l'on appelle le *spiritus* – l'esprit ou le souffle – qui lie l'âme au corps et permet à l'âme d'animer le corps et de connaître et ressentir le monde physique à travers les sens du corps. Ficin croyait que l'esprit humain était susceptible de répondre à certaines harmonies musicales capables de renforcer le lien à l'âme. Et si ce lien est renforcé, alors le corps se rapproche de l'image parfaite de lui-même qu'est l'âme, se défait de toute maladie et de tout déséquilibre et retrouve sa santé.

En plus des images, se trouvait sur l'ordinateur un programme de notation musicale simple que j'avais déjà utilisé. Il me simplifierait la vie. Le MIDI – Musical Instrument Digital Interface – y était également installé, comme sur beaucoup d'ordinateurs, ce qui me permettrait d'écouter la transcription au fur et à mesure que j'y travaillerais. Évidemment, les instruments MIDI ne ressembleraient en rien à de véritables voix humaines interprétant la messe, mais ils seraient d'une aide précieuse pour traiter les passages du manuscrit difficilement lisibles.

— Suis-je autorisé à sortir le portable de la bibliothèque ?

Seth parut sincèrement choqué.

— Autorisé ? Mais il n'y a pas de règles pour toi ici, mon amour. Tu peux faire ce que bon te semble.

— Vraiment ? rétorquai-je, mécontent qu'il m'ait appelé *mon amour*. Dans ce cas, je crois que je vais pisser sur le manuscrit de Ficin – ou peut-être juste le brûler.

Seth se mit à rire et s'affala dans l'un des fauteuils anciens qui se trouvaient de part et d'autre de la cheminée.

— Touché. Ça, ça m'ennuierait vraiment. Disons que tu peux faire tout ce que tu veux, dans les limites du raisonnable. Et prendre le portable dans ta chambre ou dehors pour travailler au grand air me semble parfaitement raisonnable.

— Et si je voulais l'emporter à l'université ?

— Je ne préférerais pas.

J'étais resté debout pour examiner le contenu de l'ordinateur. Je m'assis désormais sur la chaise de bois tapissée de cuir qui se trouvait devant mon bureau. Elle était confortable, mais sans doute davantage pour lire que pour rester penché en avant devant un ordinateur. J'aurais préféré un véritable fauteuil de bureau, mais celle-ci ferait l'affaire.

— Comme je ne suis pas rémunéré pour ce travail…

— Oh, Jeremy ! Je pensais que tu serais enchanté d'être le premier à transcrire un morceau si rare.

—… j'aimerais rédiger un article sur ma transcription et le soumettre à des presses universitaires. Publier un tel texte dans une publication lue par mes pairs serait un événement considérable. Au moins dans les cercles universitaires où j'évolue.

Seth interrompit ses protestations et me lança un regard rusé. Il ne m'avait jamais révélé ce qu'il faisait exactement dans le monde de l'entreprise avant de prendre sa retraite précoce, mais je le soupçonnais d'avoir une bonne expérience du commerce.

— Le manuscrit appartient à l'Ordre et au Temple.

— Et je suis un membre éminent de l'un comme de l'autre, insistai-je. Tu ne cesses de me le rappeler.

— C'est vrai.

J'aurais peut-être dû éviter d'insister sur ce point. J'avais l'impression de lui avoir concédé une victoire mineure et d'avoir fait un pas vers l'univers auquel j'essayais d'échapper.

Les doigts de Seth pianotèrent un rythme hasardeux sur le bras de son fauteuil.

— Combien de temps te faudrait-il pour rédiger cet article ?

— Quelques mois, répondis-je.

J'allais essayer de terminer la transcription à la date fixée par Seth, puis je devrais soigneusement vérifier ce travail effectué à la hâte et le comparer à d'autres pièces musicales de la même période. Je n'avais aucune raison de me précipiter puisque, à ma connaissance, personne d'autre n'avait même connaissance de l'existence de cette œuvre.

— Peut-être six mois, ajoutai-je.

Ma réponse sembla le satisfaire. Il hocha la tête et se leva. Mais si je m'attendais à ce qu'il me laisse travailler tranquillement, je me trompais. Je l'observai errer parmi les rayonnages un moment puis revenir vers moi avec un exemplaire de l'*Alchimie* de Carl Jung.

Il se rassit dans son fauteuil en me lançant un regard interrogateur :

— Ça ne te dérange pas ? Si je fais quelques recherches de mon côté pendant que tu travailles ?

L'ouvrage de Jung était une analyse poussée du symbolisme de l'alchimie d'un point de vue psychologique, et c'était une bonne référence pour tenter de déchiffrer le frontispice.

— Non, ça va.

Je laissai Seth à son étude et ouvris l'une des images sur l'ordinateur. Il fallait d'abord que je l'agrandisse afin de la rendre plus lisible, et encore une fois je constatai que Seth avait pensé à tout. Le logiciel dont j'avais besoin était déjà installé.

Je me penchai sur l'ordinateur et me mis au travail.

QUICONQUE A vu le film *Amadeus* m'imagine peut-être transcrivant la notation de la Renaissance en entendant les mélodies et les harmonies prendre forme dans mon esprit et me subjuguer par leur splendeur. Malheureusement, je ne connus jamais semblable expérience. J'arrivais plutôt bien à déchiffrer des partitions et à me faire une idée d'une mélodie écrite sans l'aide d'un instrument, mais transcrire une partition du quinzième siècle à partir d'un document mal conservé était un travail lent et minutieux. Il me faudrait au moins une journée avant d'obtenir un résultat cohérent.

Quelques heures plus tard, Seth brisa ma concentration en s'écriant :

— C'est terminé pour ce matin. Le déjeuner va être servi dans cinq minutes.

Je levai la tête de mon écran en clignant des yeux comme une marmotte qui pointe son nez hors de son terrier.

— Déjà ?

— Viens. Tu pourras t'y remettre après t'être rassasié.

Je m'étirai et m'aperçus que mon corps était très mécontent de la position que je lui avais imposée. Emporter l'ordinateur dans la chambre de Bowyn n'était peut-être pas une mauvaise idée.

Je le rangeai dans l'étui que j'avais trouvé sous le bureau, puis suivis Seth.

Nous étions sur le palier entre le deuxième et le premier quand la cloche de l'église sonna de nouveau.

— Midi, m'expliqua Seth.

Il me fallut un temps pour comprendre qu'il sous-entendait que c'était l'heure de Resh.

La large fenêtre voûtée du palier donnait sur l'avant de la maison – c'est-à-dire le sud.

Par une heureuse coïncidence, c'était la direction à suivre pour le Resh de midi, le soleil étant au sud à cette heure de la journée. Enfin, à condition d'être dans l'hémisphère nord.

Resh est la lettre de l'alphabet hébreu qui correspond au *R* de l'alphabet latin, et l'on pourrait traduire son nom par *tête*. Faire Resh, c'est maintenir une certaine discipline spirituelle, mais pas seulement. Il s'agit aussi d'honorer la tête, représentée par le soleil – l'intellect et la pensée consciente – et de réaffirmer sa dévotion à ce que Crowley appelait le *Grand Travail*. C'est-à-dire le travail nécessaire pour atteindre un niveau de conscience et de spiritualité élevé et entrer en communication avec la partie supérieure de son être.

Seth se mit naturellement en position et fit le signe du feu – un triangle renversé réalisé en pressant les uns contre les autres les pouces et les index – quelques centimètres devant son front en chantant :

— Khaire o Helie ! Nous te saluons Hélios triomphant, bel Hélios qui traverse les cieux dans ton chariot au milieu du jour. Tes étalons lanceurs de flammes, Pyrois, Éuos, Actéon et Phlégon te tirent à travers les cieux. Khaire su ek thronon eou ! Nous te saluons depuis le Trône matinal !

Ceux qui sont familiers de la version de Crowley de cette adoration s'apercevront immédiatement que nous l'avons modifiée. Dans les premiers temps de l'Ordre, une de nos amies – Maureen Katt, qui étudiait la religion de la Grèce antique – nous avait aidés à explorer des versions grecques de ces adorations qui étaient plus en phase avec ce que nous faisions.

Je posai l'ordinateur dans un coin et imitai Seth du mieux que je pus, un peu embarrassé de ne pas me souvenir du chant entier.

Évidemment, nos incantations et nos postures auraient paru ridicules et bizarres à quelqu'un qui n'aurait pas étudié la Magick cérémoniale. Ç'avait d'ailleurs été ma première impression lorsque Bowyn et moi avions commencé à nous y intéresser des années plus tôt. Mais Bowyn avait reçu une éducation catholique et il m'assurait que les Catholiques avaient leurs propres rituels qui n'étaient pas si différents, de son point de vue. Je l'avais cru. Je venais d'une famille baptiste et l'on nous apprenait que les Catholiques vénéraient des idoles et étaient malgré eux les outils de Satan.

Je frissonnai en songeant à ce que le révérend Thompson penserait de moi à présent.

Dehors, sur la pelouse, plusieurs initiés et néophytes avaient interrompu leur activité afin de faire Resh eux aussi. Vu depuis le palier, c'était une vision étrange qui me rappela un vieil épisode de *Star Trek* dans lequel tous les habitants de la ville devenaient temporairement fous à une certaine heure. Sauf que ceux qui se trouvaient sur la pelouse se tenaient immobiles et chantaient au lieu de courir partout en arrachant leurs vêtements.

Puis, comme si de rien n'était, ils se remirent en mouvement et reprirent ce qu'ils étaient en train de faire.

L'un d'eux en particulier attira mon regard. Christopher, encore. Le jeune homme ne s'était pas contenté de faire Resh comme les autres, il avait retiré sa robe pour cela. Et nous ne portions rien du tout sous nos robes.

Seth suivit mon regard et sourit.

— Je ne sais pas où ce gamin est allé pêcher qu'il devait être nu pour faire Resh, ou n'importe quel autre rituel d'ailleurs. Mais je ne peux pas dire que ça me dérange. Il est beau, n'est-ce pas ?

Le ton qu'il employa m'irrita, comme s'il exhibait une œuvre d'art qu'il venait juste d'acheter. Je me tournai vers lui et lui dit sèchement :

— Et hors d'atteinte d'après ce que j'ai compris.

— Il a dix-huit ans.

— Ce que je veux dire, c'est qu'il n'aime pas qu'on le touche, à cause d'une histoire d'agression.

— Tu es triste de devoir y renoncer ?

Cette question m'énerva plus encore.

— Non. Je m'inquiète pour lui. Le Temple est le dernier endroit où j'enverrais un jeune homme qui a ce genre de problèmes.

— Il est en sécurité ici, remarqua Seth avec un geste de la main indiquant qu'il souhaitait changer de sujet.

— Oui, je sais, il est très heureux ici et finirait héroïnomane si nous le jetions dehors ; j'ai déjà entendu le baratin.

Je n'avais pas eu l'intention de dire *nous*, mais cela m'avait échappé.

Seth continua à observer Christopher par la fenêtre et, enfin, son visage exprima plus de compassion que de lubricité.

— Bowyn t'a-t-il expliqué que le père de Christopher non seulement abusait de lui, mais en plus le prostituait quand il avait besoin de cash ou d'héroïne ?

J'en eus la nausée. J'avais dû mener une vie très protégée, car je ne parvenais même pas à concevoir qu'un père puisse faire une chose pareille.

— Non.

— Crois-tu vraiment que le Temple est pire, que *je* suis pire que ça pour le gamin ?

Il avait l'air davantage blessé qu'en colère, et j'eus envie de faire un pas vers lui, de me montrer conciliant ; mais une dernière chose me tracassait.

— Bowyn m'a dit que Christopher avait correspondu une année entière avec toi avant de venir ici.

— Il était mineur. Aucun mineur de moins de dix-huit ans n'a jamais été autorisé à venir au Temple. Tu étais là quand j'ai instauré cette loi.

— Oui, mais pourquoi n'as-tu rien fait pour l'aider pendant cette année ? Pourquoi n'as-tu pas appelé la police ? Ou alerté les services sociaux ?

Seth secoua la tête en soupirant.

— Jeremy, je te jure que je l'aurais fait si j'avais su ce qui se passait. Mais ce n'était pas le cas, honnêtement. Dans ses e-mails, il ne me parlait que de la philosophie du Temple, me disait à quel point elle était en accord avec ses propres croyances – il se fondait largement sur ce qu'il avait lu sur notre site internet – et qu'il désirait plus que tout rejoindre l'Ordre. La seule chose qu'il m'ait jamais dite au sujet de sa vie familiale était qu'il était malheureux avec son père et devait s'en aller le plus rapidement possible. Rien de bien original pour un adolescent. Je ne suis pas psychologue.

Il me prit par l'épaule et me regarda droit dans les yeux.

— J'étais vraiment content que tu reviennes, mais tu sembles déterminé à me détester.

— Ne sois pas mélodramatique, rétorquai-je avant d'ajouter sur un ton plus doux : Et je ne te déteste pas.

— Qu'est-ce qu'il y a, alors ?

Nous avions déjà discuté de tout cela avant mon départ, et la plupart des sentiments que je ressentais huit ans plus tôt avaient disparu – mais pas tous.

— Je t'aime beaucoup Seth.

Comme il commençait à sourire, je m'empressai d'ajouter :

— Mais je ne te fais pas confiance.

— Pourquoi ?

— Parce que tu manipules les gens. Tu as toujours fait ça.

— Dans quel but ?

— Pour qu'ils t'aiment.

Seth parut abasourdi pendant un instant ; il lâcha mon épaule et recula d'un pas. Mais il n'était pas du genre à être déstabilisé si facilement.

— Je n'ai pas besoin de manipuler les gens pour qu'ils m'aiment, Jeremy, dit-il en souriant avec un geste du bras dramatique. Ils ne peuvent tout simplement pas faire autrement.

Et je ne pus m'empêcher de rire. Dans un sens, il avait raison. Il était incroyablement égocentrique, mais il l'exprimait avec une joie puérile qui le rendait attendrissant. Même Alex, qui le connaissait depuis bien plus longtemps que nous, tolérait ses facéties avec un sourire amusé.

— Si tu n'avais pas demandé à Bowyn de choisir, remarqua-t-il, nous serions restés ensemble, tous les trois. Nous aurions appris à surmonter nos différences, et je suis sûr que nous aurions été encore plus heureux.

Je ne pouvais pas le contredire. La solution que j'avais choisie n'avait rendu personne plus heureux.

— Tu as peut-être raison.

Il se pencha pour déposer un baiser sur mes lèvres, et je le laissai faire.

— Allons déjeuner, mon amour. Sens-toi libre de discuter avec Christopher de la correspondance que nous avons entretenue avant son arrivée. S'il te donne son accord, je suis prêt à te laisser lire nos e-mails. Je suis sûr qu'ils te rassureront.

L'ATMOSPHÈRE DU déjeuner était tout aussi effrénée que celle du petit-déjeuner. Je fus déçu de ne pas trouver Bowyn et Marianne, mais tandis que je me promenais dans la salle à manger avec mon sandwich de tofu mariné plongé dans une levure nutritionnelle, épicé et frit, je découvris Christopher perché sur un bras du canapé. Décidément, je ne pouvais pas lui échapper. Après tout, nous vivions tous dans la même maison, même si elle était énorme.

Je me dis que c'était le moment idéal pour faire sa connaissance. La pièce était bondée et je n'allais certainement pas commencer à m'immiscer dans sa vie privée, mais je pouvais au moins me présenter.

Je m'assis sur le canapé près de lui, ce qui le mit dans une drôle de position, puisqu'il me regardait d'en haut.

— Salut Christopher. Moi, c'est Jeremy.

Je lui tendis la main, mais il l'ignora. Il se contenta d'un discret signe de tête et me répondit :

— Salut.

— Je t'ai entendu chanter ce matin, insistai-je. Tu as une voix magnifique.

48

Au lieu de me remercier ou quelque chose du genre, il plissa les yeux d'un air soupçonneux et me lança :

— Écoute, je suis sûr que tu as entendu plein d'histoires pourries à mon sujet, mais je ne me laisse plus baiser, c'est clair ?

Bien. C'était clair. Le gamin me faisait passer pour un pervers juste parce que j'avais osé lui parler.

— Je n'essayais pas de te séduire, Christopher.

— Tu m'observes.

Je ne sus que répondre, d'autant plus que c'était vrai. L'une des jeunes femmes qui passaient à ce moment-là lui dit en riant :

— Tout le monde te regarde, mignon.

Elle disparut et Christopher continua à me fixer de son regard accusateur.

— Tu as raison, avouai-je. Je t'observe. Pour plusieurs raisons. Mais pas parce que je veux coucher avec toi.

— Pourquoi alors ?

— Eh bien, pour commencer, je suis professeur de musique et je dirige des chœurs depuis cinq ans. Je ne mentais pas lorsque je te disais que tu avais une belle voix. J'adorerais avoir l'occasion de te diriger dans un chœur un jour.

— Je ne chante que pour les dieux, répliqua le jeune homme.

— Certains en particulier ou tous les dieux ?

— Odin.

Figure paternelle, songeai-je. Et pas des plus sympathiques. Dieu des guerriers, Odin avait tendance à « récompenser » ses adeptes en les faisant mourir sur le champ de bataille afin qu'ils le rejoignent plus tôt au Valhalla. Ses animaux de compagnie étaient plutôt du genre à ratisser les champs de bataille à la recherche de corps à déchiqueter – des loups ou des corbeaux.

— C'est la raison pour laquelle tu nourris les corbeaux ? lui demandai-je.

C'était maladroit. Christopher parut très mal à l'aise et se leva.

— J'apprécierais vraiment que tu arrêtes de surveiller tout ce que je fais.

Il s'en alla, et les gens qui se trouvaient à proximité firent l'effort de faire comme s'ils n'avaient pas écouté.

Je voulais juste m'assurer que tout allait bien pour lui, mais sa réaction me donnait l'impression de l'avoir harcelé. Il avait sans doute raison. Il avait dix-huit ans, ce qui faisait de lui, légalement, un adulte. Et ce n'était pas parce qu'il ressemblait à un ange blessé qu'il ne pouvait pas se prendre en charge tout seul.

De toute façon, il m'avait clairement dit de le laisser tranquille ; je n'avais donc pas le choix.

VII

Je me retirai dans la chambre de Bowyn après le déjeuner. La bibliothèque était un lieu très agréable, mais je n'avais pas envie de sentir Seth rôder autour de moi pendant que je travaillais. Et je commençais à m'inquiéter de ne pas voir Bowyn : il n'était pas descendu pour le déjeuner, ni Marianne.

Je savais que je n'avais pas le droit d'être jaloux s'ils avaient une liaison. C'était moi qui l'avais quitté, pas l'inverse. Certes, je m'étais attendu à ce qu'il me suive, et il avait pris une autre décision. Mais Seth l'avait très justement dit : si je ne l'avais pas mis au pied du mur, nous serions peut-être encore tous ensemble. Il avait bien le droit d'être avec Marianne ou avec n'importe qui d'autre maintenant. Il avait couché avec moi le soir précédent, mais cela ne voulait pas dire grand-chose dans l'univers de Bowyn. Il avait toujours été très libre sur ce plan-là, déjà à l'université.

Et puis, tout cela n'était que pure spéculation. J'étais peut-être complètement à côté de la plaque.

Je fis de mon mieux pour me concentrer sur le manuscrit de Ficin, bien conscient du temps précieux qui s'écoulait, tout en espérant secrètement que Bowyn surgirait dans la pièce.

Le garage se trouvait à l'arrière de la maison, si bien que je pouvais en voir une partie depuis la fenêtre de la chambre. Vers vingt heures, je vis rentrer la voiture avec laquelle Bowyn était venu me chercher. Quelques minutes plus tard, Bowyn et Marianne sortirent du garage – tous deux en vêtements de ville – et se dirigèrent vers la maison. En chemin, Bowyn leva les yeux vers ma fenêtre et je me reculai instinctivement, espérant qu'il ne m'avait pas vu l'espionner.

Il ne tarda pas à ouvrir la porte de la chambre.

— Salut, lança-t-il en s'efforçant de faire comme si de rien n'était.

Mais il était tendu et ses mouvements n'avaient pas leur fluidité habituelle. Quelque chose le crispait.

— Tu as bien avancé ?

— Un peu, répondis-je avant d'ajouter sans trop réfléchir : Tu es parti longtemps.

Bowyn hésita, puis ferma lentement la porte derrière lui avant de répondre.

— Oui. Marianne avait un rendez-vous chez le médecin à Berlin, je l'y ai conduite. Je ne m'étais pas rendu compte que ça prendrait si longtemps. Puis nous sommes allés dîner quelque part. Tu as eu besoin de moi pour quelque chose ?

— Non, répondis-je en toute sincérité. Et ça ne me regarde pas ; c'était de la simple curiosité.

— Pas de problème. Tiens, dit-il en me lançant un porte-clés. Seth m'a chargé de faire faire ça pour toi.

Il y avait une clé et une carte magnétique, de toute évidence pour accéder à la bibliothèque.

— Merci.

S'ensuivit un silence embarrassé, au cours duquel nous cherchâmes tous deux quelque chose à dire. Cela ne nous arrivait jamais d'habitude, mais je me sentais coincé, j'avais envie d'enquêter sur ce qui se passait entre Marianne et lui tout en sachant que je n'en avais pas le droit. Apparemment, il n'allait pas m'aider.

Enfin, Bowyn s'approcha du bureau pour regarder par-dessus mon épaule les notations que j'avais rentrées sur l'ordinateur.

— Je peux écouter ?

— Pas encore, répondis-je en secouant la tête. Ça ne ressemble à rien pour l'instant. J'ai juste entré les hypothèses que je jugeais les plus probables pour chacune des quatre voix, mais quand je les assemble, ça ne sonne pas bien du tout. Celui qui a écrit ça n'a pas utilisé des notations conventionnelles, ajoutai-je, mais il est vrai que les conventions à l'époque variaient énormément.

La notation musicale moderne, au moins pour piano et chœur, a recours à ce que l'on appelle un système de portées, qui présente toutes les parties – soprano, alto, ténor et basse – sur deux ou quatre portées disposées les unes au-dessus des autres, si bien que les harmonies apparaissent de façon évidente à quiconque lit la musique. Au quinzième siècle, en revanche, chaque partie était écrite séparément, parfois sur différentes pages. Et une partie qui comportait beaucoup de notes pouvait remplir une page entière tandis qu'une partie comprenant moins de notes, mais d'une durée plus longue – ce qui équivalait au même temps musicalement – pouvait tenir sur quelques lignes afin de gagner de la place. Il revenait aux interprètes et au chef d'en faire un ensemble cohérent lorsque la pièce était jouée. Pour compliquer encore un peu les choses, la notation de la durée des notes était souvent approximative. Les longues notes étaient souvent représentées sur la portée par des traits longs, les notes courtes par des traits courts. Si plusieurs notes devaient être interprétées de façon liée, de fines lignes les reliaient. Dans d'autres cas, elles se fondaient en une seule ligne, comme on aurait pu le faire avec un marqueur épais. Les silences étaient souvent encore plus vagues. Et l'on pouvait oublier les barres de mesure, les chiffrages de mesure et les liaisons de prolongation. C'était pour les faibles. Si les interprètes chantaient leur partie correctement, ils se coordonneraient et finiraient tous en même temps.

Bonne chance. Que Dieu soit avec toi.

— Tu n'es toujours pas convaincu qu'il s'agisse de Ficin, hein ? me demanda Bowyn, sans doute parce que j'avais précisé *Celui qui a écrit ça.*

Je haussai les épaules.

— Ce n'est pas impossible, avouai-je. L'écriture des quelques mots griffonnés dans les marges ressemble bien à la sienne, même si je ne suis pas graphologue.

Je serais sans doute contraint d'accepter les conclusions des experts que Seth avait engagés. Mais j'hésitais toujours. Si je publiais un article dans lequel j'affirmais que Ficin avait écrit une messe polyphonique et qu'il s'avérait que le document était un faux, plus personne ne me prendrait au sérieux.

— As-tu réussi à en déchiffrer une partie ?

— Un peu, oui. Mais la plupart des notes en italien sont des instructions destinées au chœur sur la façon d'interpréter tel ou tel passage. Rien qui pourrait indiquer de façon certaine que Ficin est le compositeur. J'aimerais vraiment savoir ce que contient le livret.

Bowyn hocha la tête et se dirigea vers le placard. J'avais conscience qu'il avait pris soin de ne pas m'embrasser ni même me toucher l'épaule. Il était vraiment inquiet.

Je l'observai pendant qu'il se déshabillait, profitant de la vue de cette peau douce et dorée et de ces muscles si précisément dessinés au fur et à mesure qu'il enlevait ses vêtements. Il enfila l'une de ses robes marron et jeta ses vêtements de ville dans le panier qui se trouvait au fond du placard. Il avait dû se changer avant de sortir, pendant que j'étais dans la bibliothèque.

Comme Seth dans la bibliothèque, Bowyn prit un livre et s'installa pour lire. Il se jeta sur le lit et me jeta un rapide coup d'œil :

— Ça ne te dérange pas si je reste là pendant que tu travailles ?

— Non, bien sûr que non.

Il se mit à lire et je me replongeai dans mes recherches.

Hormis les difficultés techniques que je rencontrais avec la musique, d'autres éléments de la messe me tracassaient. Le début suivait la structure typique d'une messe et commençait par le Kyrie et le Gloria. Le livret du Kyrie était en grec, mais il est identique pour toutes les messes ; je n'eus donc aucun mal à le traduire.

Kyrie eleison ;
Christe eleison ;
Kyrie eleison.
Seigneur, aie pitié ;
Christ, aie pitié ;
Seigneur, aie pitié.

Le Gloria était en latin. Je lis le latin, et encore une fois le livret est identique pour chaque messe, ce ne fut donc pas compliqué. Mais, dans une messe traditionnelle, la pièce suivante aurait été le Credo. Ce n'était pas le cas ici. Une pièce complètement différente se trouvait à sa place, très, très lente, qui peu à peu prenait de l'ampleur, gagnait en intensité et comportait vers la fin de plus en plus de notes tenues et de suspensions.

Il y a dans l'*Adagio pour cordes* de Samuel Barber une note tenue qui semble ne jamais finir – qui dure jusqu'à neuf temps dans certaines interprétations. Bien plus longtemps que ce à quoi l'auditoire s'attend. Je me souviens d'un jour où je me trouvais dans une pièce remplie de gens en pleine discussion avec ce morceau en fond sonore. Tout à coup, tout le monde se rendit compte au même moment qu'ils avaient cessé de parler, car cette note les forçait à retenir leur respiration. Elle s'arrêta enfin, et au cours du long silence qui s'ensuivit, tout le monde reprit son souffle comme une seule personne. Certains passages de cette pièce du manuscrit de Ficin me rappelaient ce phénomène – ces notes qui menaçaient d'épuiser l'interprète au fur et à mesure que la musique gagnait en intensité.

Bien sûr, en pratique, un chœur était capable de tenir une note très longtemps tout simplement en décalant le moment de respiration de chacun des interprètes. Si l'un des interprètes est à bout de souffle, il peut discrètement reprendre sa respiration puis se réinsérer dans le chant, à condition que personne d'autre ne fasse de même au même moment. Il n'était pas rare de prévoir des temps de respiration de sorte qu'ils ne soient pas audibles.

Mais quel était le but de toutes ces notes tenues et de ces crescendos ? Je n'en avais pas la moindre idée. Ce style de musique était atypique pour l'époque ; j'aurais donc à prouver qu'il ne s'agissait pas d'un faux. Le livret de cette pièce était rédigé en alphabet grec, et je supposai qu'il s'agissait de la partie envoyée au traducteur en Grèce. Il faudrait que je voie avec Seth s'il y avait eu des progrès de ce côté-là.

De plus, d'étranges symboles que je ne parvenais pas à identifier était insérés dans la partition elle-même. Ils ressemblaient à des caractères grecs, mais je savais qu'ils ne faisaient pas partie de l'alphabet grec standard. Ils étaient disposés apparemment au hasard, éparpillés dans les parties de voix. Chaque symbole était accompagné d'un caractère latin, mais s'il s'agissait de traductions des symboles, je n'étais pas plus avancé. Il n'y avait que des consonnes, aucune voyelle, qui formaient des suites comme MCMGHPD.

Que cela pouvait-il bien signifier ? Dans les langues sémitiques, comme l'hébreu, on n'écrit pas les sons vocaliques – bien que l'hébreu moderne dispose d'un système de voyelles. Mais si ces symboles provenaient d'un autre alphabet, je ne le connaissais pas.

Je ne parvenais pas à comprendre si ces étranges symboles faisaient partie du morceau ou non. Les ignorer paraissait fonctionner. Ils étaient situés la plupart du temps au-dessus ou en dessous de la portée ; il était donc improbable qu'ils représentent des notes. Mais les harmonies étaient souvent surprenantes, comme incomplètes. Par exemple, la mélodie s'interrompait parfois sur un accord à quatre voix, mais les ténors octaviaient les basses – c'est-à-dire qu'ils chantaient la même note, mais un octave plus haut – et les sopranos octaviaient les altos, créant un accord constitué de deux notes. Mais deux notes ne font pas un accord – pas en musique occidentale. Nos oreilles s'attendent à une troisième note. Deux notes nous laissent un sentiment d'incomplétude, de déséquilibre, comme si nous ne pouvions pas définir l'accord que nous écoutions.

Le crépuscule fut annoncé par un tintement de cloche profond et majestueux qui résonna sur les terres du Temple.

Bowyn posa son livre sur le lit et se leva pour s'étirer. Puis il commença à faire Resh face à la porte de la chambre, soit vers l'ouest, en gros. Je me joignis à lui, dans l'idée que je pouvais bien reprendre cette habitude le temps de mon séjour ici.

Aussitôt après, nous descendîmes pour le dîner. Le petit déjeuner, le déjeuner et le dîner avaient toujours lieu après Resh, ce qui voulait dire que l'on mangeait à neuf heures en juin et à quatre heures trente en décembre.

Cela faisait partie de la discipline. Ne me demandez pas lequel d'entre nous avait eu cette brillante idée dix ans plus tôt. À l'époque, ça nous avait paru bien.

Bowyn était toujours distrait, et cela m'inquiétait. Il m'avait rapidement embrassé sur la bouche avant de quitter la chambre, l'esprit ailleurs. Dès que nous rejoignîmes les autres dans la salle à manger, il s'éloigna de moi.

Frustré, je décidai de remonter dans la chambre avec mon assiette. Alex m'aurait tué si je ne l'avais pas rapportée à la cuisine, mais je prévoyais de m'en occuper plus tard. En remontant l'escalier, je me trouvai face à face avec Rafe.

— Frère, me dit-il doucement en réussissant je ne sais comment à rendre ce mot sexy.

Je sentais ses yeux me détailler de la tête aux pieds tandis qu'il me souriait.

— Comment ça va, la Renaissance ?

Ne sachant pas s'il était sarcastique ou juste espiègle, je me contentai de répondre :

— Pas trop mal, je pense.

— Tu penses ?

Je haussai les épaules, commençant à trouver lourde l'assiette de risotto que j'avais dans la main.

— Il y a des symboles sur la portée que je ne parviens pas à déchiffrer. Je veux dire, ils me semblent familiers, mais je ne les reconnais pas.

— Des symboles ? demanda-t-il en s'approchant d'un pas.

Sa main sur la rambarde effleura la mienne. Je fus tenté de la retirer, mais ne songeai à aucune bonne raison de le faire. Il était vraiment sexy, après tout. Et Seth et Bowyn ne se formaliseraient sans doute pas d'apprendre que j'avais flirté avec lui. Ou plus, d'ailleurs.

— J'ignore de quoi il s'agit. Peut-être une sorte d'alphabet occulte, mais rien de familier. Il y a toujours une lettre latine à côté, mais même celles-ci n'ont aucun sens. Ce ne sont que des consonnes, il n'y a pas de voyelles.

Rafe me fixait intensément de son regard sombre et pénétrant. Il y avait quelque chose de grave dans son expression, même si ses doigts continuaient à caresser les miens dans un geste séducteur, sans équivoque.

— Je me souviens les avoir vus sur le manuscrit, ronronna-t-il. Je peux te montrer de quoi il s'agit.

— Vraiment ?

Il était extrêmement arrogant de ma part de considérer que Rafe, juste parce qu'il ressemblait à un top model de défilé, ne pouvait pas connaître quelque chose que moi, Herr Professor, je ne connaissais pas. Je me giflai mentalement et lui demandai :

— De quoi s'agit-il ?

Il sourit et se pencha vers moi pour approcher ses lèvres de mon oreille.

— Viens dans la chapelle après minuit.

Je sentis son souffle chaud sur le lobe de mon oreille, et ma voix trembla un peu lorsque je lui répondis :

— Je ne vais pas te baiser dans la chapelle.

Il éclata de rire et m'embrassa dans le cou, ce qui me fit frissonner.

— On peut faire ça quand tu veux, où tu veux, Frère. Mais le rendez-vous de la chapelle n'aura rien de sexuel. Il y a de meilleurs endroits pour ça.

Puis il fit glisser le long de ma joue son menton rêche recouvert d'une barbe de trois jours et m'embrassa fermement sur la bouche. Il embrassait sacrément bien.

Il s'écarta en s'esclaffant, puis descendit le reste de l'escalier le sourire aux lèvres. Je restai planté là quelques secondes comme un idiot, mon assiette dans une main et ma robe déformée par un début d'érection, puis finis par reprendre mon ascension. Indépendamment de ce qui se passerait dans la chapelle, j'étais prêt à le prendre au mot.

BOWYN NE revint pas dans la chambre après le repas. J'avais renoncé à tenter d'être raisonnable. Où pouvait-il bien être ? Il s'était montré si prévenant la veille. Pourquoi un tel changement ? Se passait-il quelque chose avec Marianne ? Était-elle gravement malade ? Dans ce cas, pourquoi ne pas m'en parler ?

Je sentis mes cheveux se dresser sur ma tête tandis qu'une autre possibilité me venait à l'esprit. Et si le petit ventre de Marianne que j'avais remarqué le matin même était autre chose que quelques kilos en trop ? Et si elle était enceinte ? De Bowyn ?

Oh mon Dieu... Voilà qui compliquerait bien les choses. Quel événement... Mais ce n'était probablement rien d'autre qu'un fantasme de mon esprit jaloux.

D'innombrables hypothèses et peu de faits. Il était inutile de m'inquiéter alors que je n'étais au courant de rien. Mais il fallait tout de même que je parvienne à faire parler Bowyn au sujet de ce qui le tracassait. Entre-temps, un manuscrit du quinzième siècle requérait toute mon attention.

Minuit sonna. Je n'avais pas avancé dans l'interprétation de ces étranges symboles, et Bowyn n'était pas rentré. Frustré, je fis Resh et descendis jusqu'à la chapelle pour retrouver Rafe. J'espérais qu'il aurait vraiment des informations valables – même si je me demandais bien pourquoi il ne m'avait rien dit au dîner.

Si ce n'était qu'une ruse pour m'avoir pour lui tout seul, j'en serais bien embêté. Je coucherais avec lui, bien sûr, mais je n'en serais pas moins agacé.

VIII

EN MARCHANT sur le petit sentier qui menait à la chapelle, je sentais le vent froid fouetter ma robe contre mes jambes et traverser le tissu pour faire naître une chair de poule sur ma peau. Les robes d'hiver étaient en laine doublée de coton, mais celle que je portais à présent était faite d'un coton moyennement épais. Amplement suffisant la journée, mais un peu juste par une nuit d'octobre.

Non seulement il faisait froid, mais l'environnement était carrément flippant. J'étais seul dehors, d'après ce que je pouvais voir ; les nombreux nuages cachaient la lune et les lampadaires pseudo-victoriens ne diffusaient pas autant de lumière que je l'aurais voulu. Je devais traverser précipitamment des carrés d'obscurité entre deux éclairages. Le bruit étouffé de mes pas sur les pavés, ajouté au souffle du vent et au léger grésillement des ampoules vacillantes, constituait une bande-son idéale pour un film d'horreur.

Quel imbécile ! J'aurais dû apporter une lampe de poche.

Je fus soulagé d'atteindre enfin la chapelle, mais ce sentiment agréable fut de courte durée. J'ouvris la porte en métal grinçante – car évidemment, les gonds grinçaient ! – et me retrouvai plongé dans une obscurité totale. Ou peut-être pas totalement *totale*. Juste en dessous du dôme se trouvaient sept vitraux représentant les symboles alchimiques des sept planètes astrologiques – le Soleil, la Lune, Vénus, Mars, Mercure, Jupiter et Saturne. La lumière anémique et grisâtre de la lune les éclairait de l'extérieur.

Je tendis la main sur ma droite à la recherche de l'interrupteur qui se trouvait à cet endroit des années plus tôt, mais le mur était lisse.

— Seth a fait retirer l'interrupteur.

Je sursautai en entendant la voix de Rafe surgir des ténèbres.

Il alluma une torche électrique, dirigea le faisceau vers moi pendant quelques secondes, puis l'écarta de mon regard. Mais je ne pouvais toujours pas le voir. Je ne percevais qu'un point lumineux au centre du bâtiment.

— Mais pourquoi a-t-il fait ça ? demandai-je en tentant de dissimuler ma nervosité – ce qui fut totalement inefficace.

— De fausses lampes à gaz ont été installées ; elles sont contrôlées par un interrupteur caché derrière l'autel. Tu sais qu'il aime donner l'illusion que nous sommes des contemporains de Crowley et de l'Aube Dorée.

Je le savais, mais cela n'expliquait pas pourquoi Rafe s'amusait avec moi.

— OK. Et pourrais-tu allumer ces lumières, s'il te plaît ?

— Pas encore.

Le faisceau de la torche éclairait le plafond tandis que je me demandais encore si je devais faire confiance à Rafe au point de pénétrer à l'intérieur de la chapelle. Je me tenais toujours sur le seuil, si bien que rien n'entravait ma retraite. J'aurais probablement pu m'échapper en cas de besoin. À moins qu'il ne soit armé. C'était une idée ridicule bien sûr. Pourquoi aurait-il eu une arme ? Ce décor terrifiant me montait à la tête.

Pourtant, je reculai d'un pas et m'agrippai au chambranle de la porte. Rafe resta silencieux pendant un temps étrangement long, balayant l'intérieur avec sa torche, éclairant chaque vitrail l'un après l'autre.

Je n'étais guère plus avancé, et le vent glacial me mordait toujours les fesses.

— Écoute, Rafe, si tu n'as rien à me dire au sujet des symboles du manuscrit, j'aimerais autant retourner au chaud.

— Je t'ai dit que je t'aiderais, et je t'aiderai.

Il pointa sa torche vers le bas afin d'éclairer le sol, dessinant un chemin sur le sol entre lui et moi.

— Viens ici.

Je me sentais toujours nerveux à l'idée d'être seul avec lui tant qu'il jouait à ce petit jeu stupide. Mais j'inspirai profondément afin de me calmer et fis quelques pas vers lui sur le sol de marbre. Dès que j'approchai, je sentis sa main m'agripper l'épaule. J'eus bien du mal à me retenir de hurler lorsqu'il m'attira contre lui et passa son bras autour de mes épaules. Nos visages étaient si proches l'un de l'autre que je sentais l'odeur de son parfum et percevais la chaleur qui émanait de sa peau. Lorsqu'il parla, son souffle vint me caresser l'oreille.

— À quoi ressemblaient les symboles ?

Ça commençait bien. Comment pouvait-il prétendre savoir ce qu'ils signifiaient s'il ne savait même pas à quoi ils ressemblaient ? Mais je décidai de jouer le jeu.

— À des lettres de l'alphabet grec. Mais je connais l'alphabet grec – enfin, un peu – et ces symboles sont différents.

— Différents, répéta-t-il doucement comme pour confirmer mes propos. Mais grecs malgré tout.

Il dirigea le faisceau de la lampe vers le haut, le long d'une colonne de marbre jusqu'au niveau du plafond, là où la colonne rejoignait une corniche circulaire. Au-dessus, de plus petites colonnes s'élevaient jusqu'à une deuxième corniche ; les vitraux se trouvaient entre les colonnes. Et encore au-dessus commençait le dôme. Ce dernier était majestueux, orné d'une fresque de style Renaissance représentant la chute de Prométhée. J'étais encore au Temple lorsque Seth l'avait commandée à une artiste de Boston dont j'avais oublié le nom.

Mais mon attention fut attirée par les symboles gravés sur les petites colonnes qu'éclairait Rafe. Sept symboles disposés à la verticale. Ils se trouvaient à plus de dix mètres au-dessus de moi, mais il n'y avait aucun doute.

— C'est ça ! criai-je à Rafe qui riait doucement à mon oreille. Ou en tout cas en partie.

Tous les symboles du manuscrit ne se trouvaient pas sur cette colonne, mais Rafe dirigea le faisceau lumineux vers une autre colonne en disant :

— Est-ce ceux-là ? Ou ceux-ci ?

Les symboles de la deuxième colonne étaient différents – en tout cas, certains. Rafe éclaira une troisième colonne.

— Ou ceux-ci ?

Il éclata de rire lorsque sous le coup de l'excitation je lui saisis le bras et dirigeai sa main d'une colonne à l'autre afin d'examiner la totalité du cercle qui se trouvait au-dessus de nous. Sur chaque colonne se trouvaient sept symboles, et je compris qu'ils n'étaient pas disposés au hasard. Le premier symbole d'une colonne devenait le second de la colonne suivante, puis le troisième de celle d'après, et ainsi de suite. L'ordre des symboles restait identique, si bien qu'en parcourant le cercle dans le sens des aiguilles d'une montre, j'eus l'impression d'un flot régulier de symboles en pleine ascension.

Si j'étais sûr d'une chose, c'était que ces symboles n'étaient pas là huit ans plus tôt. Seth avait dû les faire ajouter.

— De quoi s'agit-il ?

— À ton avis ? demanda Rafe, décidément exaspérant. Sept lignes de sept symboles ? Sept symboles *grecs anciens* ?

— Plutôt quatorze symboles, remarquai-je – c'était pour cela qu'aucune colonne ne les contenait tous.

À ce stade, Rafe n'essayait même plus de faire preuve de subtilité lorsqu'il frottait le bout de son nez contre mon oreille. Quand il commença à me mordiller le lobe, je sentis mon sexe se durcir, mais je l'ignorai. Quelque chose me poussait à découvrir la nature exacte de ces symboles.

Tout à coup, ce fut comme une révélation. Bien sûr.

— Des notes de musique, déclarai-je. Ces symboles sont des notes de musique. Ces gravures sont les sept gammes de la musique grecque : Lydien, Phrygien, Dorien, Hypolydien, Hypophrygien, Locrien et Mixolydien.

Chaque gamme comprenait sept notes, séparées par des tons ou des demi-tons. Le fait qu'il y en ait ici quatorze indiquait tout simplement que les gammes parcouraient deux octaves, ce qui correspondait à la tessiture moyenne d'une voix humaine.

La main de Rafe trouva mon sexe et commença à le pétrir à travers ma robe.

— Bravo, petit. Tu mérites une récompense.

C'était agréable, mais je repoussai sa main. Même si notre doctrine prônait le sexe sans entraves – d'aucuns diraient effréné – la chapelle était un lieu sacré, et il m'aurait semblé irrespectueux d'y recevoir une petite branlette.

— Pas ce soir, lui dis-je en trouvant sa bouche dans le noir pour l'embrasser en guise de remerciement. Nous prendrons le temps de jouer demain.

— Promis ?

— Promis.

Mais j'étais encore tracassé par quelque chose – et c'était plus une question de fierté.

— Si tu savais que ces symboles étaient des notes, pourquoi ne les as-tu pas transcrits toi-même ?

— Je n'y connais rien en musique, répondit Rafe. Si tu venais ici tous les jours, ces symboles seraient gravés dans ton esprit, comme c'est le cas pour tout le monde ici.

— Seth devait savoir qu'il s'agissait de notes.

— C'est évident, confirma Rafe comme si la conversation l'ennuyait maintenant qu'il savait qu'il n'y aurait pas de sexe à la clé. Et il pensait que tu les reconnaîtrais immédiatement. Tu es un expert en musique, après tout.

Aïe.

— Les notations de la Grèce antique n'ont jamais fait partie de mon champ d'expertise, protestai-je.

Rafe balaya mes propos d'un geste dédaigneux.

— Eh bien, maintenant tu les connais. Quant à Seth, il connaît peut-être ces symboles, mais ça ne veut pas dire qu'il sait ce qu'ils font là éparpillés aux quatre coins du manuscrit.

Bien sûr. Ça, c'était à moi de le découvrir.

À MON retour, Bowyn était dans la chambre, déjà déshabillé et au lit avec un bouquin. Il me lança un regard absolument furieux quand j'entrai dans la pièce.

— Tu t'es bien amusé ? me demanda-t-il.

Je n'aimais pas son ton accusateur.

— Amusé ?

— Avec Rafe. Dans la chapelle.

Bien sûr, la fenêtre de la chambre donnait sur la chapelle. Il avait dû nous voir entrer et sortir. Mais cela ne lui ressemblait pas d'être jaloux.

— Nous n'avons pas fait l'amour dans la chapelle, si c'est ce que tu sous-entends – et ce n'est pas faute d'efforts de sa part.

Il ne sut que répondre. Je retirai mes chaussures – mes mocassins, pour être exact – et ma robe, que j'étendis sur le dossier de la chaise de bureau.

— Si tu veux vraiment savoir, nous avons décidé de nous voir demain pour ça.

Bowyn posa son livre sur la table de nuit en soupirant.

— Je suis désolé. Tu as raison, je suis ridicule.

Nu, je rampai sur le lit et l'enfourchai. Il était sous les couvertures jusqu'à la taille, mais je plantai un baiser sur son torse nu avant de lever la tête pour l'embrasser sur la bouche.

— Ce n'est pas comme si coucher avec Rafe était l'un de mes buts dans la vie, lui dis-je. Si tu préfères, je lui dis non.

— Je suis vraiment désolé, ce n'est pas ce que je veux. Vas-y, amuse-toi avec lui ou n'importe qui d'autre. Je suis juste dans une sale humeur. Et, franchement, il y a plein d'autres types ici que je te recommanderais. Tu peux trouver mieux que cette diva égocentrique.

Le jugement me paraissait sévère, ce qui m'étonnait d'autant plus venant de Bowyn. Il était plutôt du genre *Chacun vit sa vie comme il l'entend*. Que s'était-il passé entre eux ? Étaient-ils en froid ?

— Je n'avais pas vraiment l'intention de l'épouser. C'est juste un coup.

Bowyn éclata de rire, mais une once d'inquiétude perdurait dans son regard.

— J'aimerais bien que tu me parles de ce qui te tracasse, lui dis-je doucement. Ce n'est que le deuxième jour que nous passons ensemble, et c'est déjà aussi tendu entre nous que si nous nous étions disputés.

Bowyn m'effleura le visage du bout des doigts. Il hésita longuement ; manifestement, il avait envie de me parler, mais ne savait pas comment s'y prendre. J'attendis patiemment, sans le brusquer.

— Marianne est enceinte, me dit-il enfin.

— De toi.

Il parut surpris de constater que j'avais deviné par moi-même, mais répondit tout simplement :

— Oui.

Même si je m'y attendais, l'entendre me l'avouer de vive voix me fit un drôle d'effet. Suite à la nuit précédente, une partie de moi avait espéré que nous pourrions d'une certaine façon nous réconcilier et reprendre une relation. Cela paraissait peu probable désormais.

— Vous êtes en couple, c'est ça ?

Il secoua la tête.

— Non, pas du tout. Depuis la mort de Jack... elle regrettait qu'ils n'aient pas pu avoir d'enfant ensemble. Ils avaient essayé, elle était même tombée enceinte, mais avait fait une fausse couche.

Ça, on ne me l'avait jamais raconté.

— Elle était anéantie, bien sûr, poursuivit Bowyn, et elle n'avait pas voulu réessayer aussitôt. Puis on a diagnostiqué chez Jack... enfin, bref, ça ne s'est jamais fait. Elle s'en veut maintenant, de ne pas avoir tenté le coup quand il était encore temps.

— Tu lui as donc proposé un don de sperme ?

— Oui, en gros, répondit Bowyn en passant la main dans son épaisse chevelure blonde. Pour être honnête, je commence à regretter de ne pas être allé à la clinique pour me masturber dans un pot.

— Vous avez couché ensemble ?

Il acquiesça.

— Je pensais que ce serait simple. Ça ne m'enthousiasmait pas plus que ça, je ne suis pas très attiré par les femmes sexuellement. Mais avec un peu de préparation, j'ai réussi à m'en sortir.

L'image qui me vint à l'esprit était amusante et je dus me retenir de rire. Quelque chose le tracassait vraiment, et nous n'étions pas encore arrivés à cette partie de l'histoire. Je me doutais bien qu'il ne s'agissait pas des rapports sexuels en soi. Bowyn avait couché avec de nombreux hommes au fil des années dont certains qu'il ne trouvait pas attirants – il me l'avait avoué par le passé. Mais il l'avait parfois fait pour ne pas les heurter.

— Nous l'avons fait presque toutes les nuits pendant deux semaines, puis nous avons fait une pause. Heureusement, ça a marché. Je n'avais pas tellement envie de remettre ça.

— Et quel est le problème ?

Il reposa sa tête sur l'oreiller, se la cogna doucement contre la tête de lit et gémit.

— Tout. Elle se comporte bizarrement depuis que nous avons couché ensemble. Elle est devenue possessive. J'ai été stupide de penser qu'on pouvait avoir des rapports sexuels sans que cela ait d'incidence sur notre amitié. C'est plutôt sympa d'imaginer que je vais devenir papa. Je suis très enthousiaste, mais quand on a lancé tout ça… je ne m'attendais pas à tant de changements. En plus, elle risque de perdre le bébé.

— Quoi ? Comment ça ?

— Ça s'appelle l'incompatibilité Rhésus. Après sa fausse couche, son corps a développé des anticorps contre le sang rhésus positif. Et grâce à moi, le bébé est rhésus positif, dit-il en se frottant le visage des deux mains. Ils lui ont fait une injection d'immunoglobuline anti-D juste après la fausse couche afin d'éviter ça, mais ça n'a pas marché. Elle n'aurait probablement pas dû réessayer d'avoir un enfant ou… elle aurait dû me faire faire un test sanguin d'abord. Mais elle ne l'a pas fait, et je ne savais pas que ça pouvait poser problème. Donc la voilà enceinte, et son corps produit des anticorps qui attaquent le nouveau bébé.

Je n'avais jamais rien entendu de tel. C'était terrible. Je pris sa main dans la mienne pour la caresser, ne sachant pas quoi faire pour le réconforter. La pauvre Marianne devait traverser une mauvaise période avec cette menace d'une nouvelle fausse couche. Je n'arrivais même pas à imaginer à quel point cela devait être difficile pour elle.

— Y a-t-il quoi que ce soit à faire ? demandai-je, bien conscient de ma maladresse.

— Elle est sous surveillance, et apparemment le bébé ne court pas de grand danger pour l'instant, dit Bowyn en haussant les épaules. Elle en est à quatre mois tout juste, et jusqu'ici tout va bien. Mais son médecin a décidé de lui injecter de l'immunoglobuline anti-D aujourd'hui et ça l'a rendue un peu malade.

— Comment va-t-elle à part ça ?

— Pas trop mal, je crois. Elle n'est juste pas dans son assiette. On a fait des offrandes à Ilithyie et on croise les doigts.

Ilithyie est la déesse grecque de l'enfantement. Eh oui, en plus de l'aspect cérémoniel, les membres de l'Ordre croyaient et vénéraient les anciens dieux grecs. Techniquement, on croyait en *tous* les dieux ; mais ceux que nous vénérions étaient principalement ceux du Panthéon grec. L'Ordre n'aurait exclu personne sous prétexte qu'il vénérait Odin, comme le faisait Christopher, ou n'importe quel autre dieu, y compris Yahvé ou le Christ. Mais l'Ordre s'intéressait principalement aux divinités grecques. C'était l'une des différences majeures entre notre Ordre et l'ordre occulte de Crowley, l'Ordo Templi Orientis, qui était centré sur les divinités égyptiennes.

Je me levai pour aller éteindre la lumière puis me glissai sous les couvertures pour me pelotonner contre Bowyn. Je semblai être le bienvenu cette fois. Nous nous enlaçâmes et nous serrâmes fort l'un contre l'autre. Nous étions tous les deux nus, mais ni l'un ni l'autre ne fit la moindre tentative pour exciter l'autre. Je n'étais pas d'humeur à ce moment-là, et Bowyn non plus. Nous restâmes juste l'un près de l'autre.

Beaucoup de mes questions étaient encore sans réponse, mais je devrais attendre. Pour l'instant, Bowyn avait besoin de réconfort, et j'allais lui en donner. Nous pourrions discuter le lendemain, et j'espérais trouver le moyen d'aider Marianne elle aussi.

JE ME réveillai au milieu de la nuit avec la vague impression d'avoir entendu quelque chose – quelque chose de louche. Bowyn était enroulé derrière mon dos, profondément endormi, et je sentais son souffle léger et régulier chatouiller ma nuque. La pièce paraissait complètement silencieuse, éclairée par la lueur pâle de la lune décroissante.

Puis le bruit recommença. Un bruissement bref et à peine audible qui semblait provenir à la fois de l'intérieur et de l'extérieur de la pièce. Je m'assis dans le lit afin d'essayer de l'entendre plus distinctement, sans avoir une oreille enterrée dans l'oreiller.

Je l'entendis à nouveau. Cette fois, le bruissement s'accompagnait d'un coup sourd, comme un pas trop fort, mais semblait venir de plus loin. Les sons provenaient de l'autre côté du mur, là où se trouvait le passage des domestiques. Quelqu'un rôdait par-là.

Je n'étais pas vraiment inquiet. Comme je l'ai dit, Bowyn et moi avions fréquemment utilisé ces passages à notre arrivée. Ils nous semblaient mystérieux et fascinants à l'époque. Il n'était pas étonnant qu'ils attirent certains néophytes pour les mêmes raisons.

Il était tout de même troublant de se dire que quelqu'un errait dans les murs de ma chambre. Je me glissai hors du lit et me dirigeai vers la porte sans faire de bruit dans l'espoir d'apercevoir le flâneur. Mais, lorsque j'ouvris, il n'y avait de l'autre côté que des ténèbres profondes pour m'accueillir. Il avait disparu.

Je refermai la porte et retournai dans la chaleur confortable du lit et des bras de Bowyn.

IX

BOWYN ET moi rencontrâmes Marianne dès le petit déjeuner le lendemain matin, et nous allâmes tous les trois nous asseoir sous le kiosque du jardin ouest afin de pouvoir discuter sans être dérangés. Marianne avait l'air épuisée, comme si elle n'avait pas fermé l'œil de la nuit.

— Je t'en serais vraiment reconnaissante si tu pouvais garder l'info pour toi, me mit-elle en garde tandis que nous nous asseyions sur le banc en bois qui se trouvait au bord du kiosque. Alex et Seth sont au courant pour le bébé, et je suppose que Seth en a parlé à Rafe, ajouta-t-elle en faisant la grimace, mais personne d'autre ne sait.

Elle jouait avec son jeu de tarot préféré, le Rider-Waite, tirant les cartes apparemment au hasard, bien qu'elle ait peut-être posé des questions dans sa tête. Je n'en savais rien.

— Pourquoi tiens-tu à garder le secret ?

Le regard de Marianne se perdit dans l'étendue du jardin, et je fus frappé par la beauté de son profil, encadré par sa chevelure flamboyante qui étincelait dans le soleil du matin. Elle tira le Huit d'Épées et fronça les sourcils. C'était une carte surprenante et quelque peu perturbante ; elle représentait une femme attachée aux yeux bandés qui se tenait au centre d'un cercle d'épées. Je n'étais pas un expert en tarot, mais je me souvenais que cette carte symbolisait la maladie et la jalousie. En revanche, je n'avais aucune idée de ce qu'y voyait Marianne.

— Si je fais une autre fausse couche, remarqua-t-elle en se détournant de ses cartes, qu'elle enveloppa dans un morceau de soie bleue ornée d'étoiles et de lunes jaunes, je préférerais que personne ne soit au courant. C'est suffisamment difficile de perdre un bébé pour ne pas avoir à gérer en plus les commentaires et la compassion de tout le monde.

Je ne sus que répondre ; je m'assis tout simplement près d'elle et passai mon bras autour de ses épaules.

— Mes lèvres sont scellées. J'exige seulement d'être parrain.

Marianne se tourna vers moi avec un sourire espiègle sur les lèvres.

— Ou plutôt la marraine la bonne fée ?

Bowyn et moi accueillîmes sa plaisanterie douteuse par un grognement, mais c'était bon de la revoir sourire.

— Bowyn t'a-t-il révélé le prénom que nous avons choisi ? me demanda Marianne.

— Vous connaissez déjà le sexe ?

— Bien sûr. Le miracle de l'échographie. C'est un garçon. Il s'appellera Jay.

— Jay pour Jason ? demandai-je.

Marianne sourit à Bowyn en lui adressant un clin d'œil.

— Vas-y, dis-lui.

— Eh bien… commença Bowyn d'un air embarrassé. Marianne voulait l'appeler Jack, mais, euh… je voulais…

Pour je ne savais quelle raison, il ne parvenait pas à conclure son explication. Marianne prit le relais en ricanant.

— Bowyn voulait l'appeler Jeremy. Nous sommes donc parvenus à un compromis : Jay, la première lettre de vos deux prénoms.

Bowyn était rouge comme une tomate et regardait ailleurs, ne sachant plus où se mettre. Quant à moi, je n'en revenais pas. J'étais sincèrement touché, mais d'une certaine façon cela rendait la situation encore plus douloureuse. Je tentai de dissimuler ma gêne derrière un sourire et demandai :

— Et quels sont vos projets pour après la naissance ?

Ils échangèrent un regard, puis Bowyn s'éclaircit la voix et expliqua :

— Nous sommes tous les deux d'accord pour dire que ce n'est pas un environnement idéal pour un enfant. Enfin, peut-être pour la première année, mais après…

Je devais bien reconnaître que j'étais d'accord avec lui. Je n'étais pas contre le fait que les enfants soient occasionnellement exposés à la nudité. Certes, je n'étais pas qualifié pour en juger, mais certains psychologues considéraient qu'il était sain de découvrir le corps humain avant d'être frappé de plein fouet par la confusion de la puberté, et ce point de vue me paraissait sensé. Après tout, de nombreux parents emmenaient leurs enfants sur des plages ou dans des camps de nudistes. Mais la nudité au Temple était plus qu'anecdotique. Et si l'on exigeait des néophytes qu'ils soient majeurs pour rejoindre l'Ordre, il était idiot de songer élever un enfant ici. Sans compter ce qu'en penseraient les services de protection de l'enfance.

— Vous allez donc quitter le Temple ?

— Mes parents ont une propriété dans l'état de New York, à Shokan, dit Marianne. Ils pensent que nous pourrions faire construire une maison là-bas, ou juste installer une caravane. Et mon père accepte d'engager Bowyn en tant que responsable dans sa quincaillerie.

Bowyn ? Derrière un comptoir ?

L'expression de mon visage avait dû trahir ma surprise, car Bowyn s'empressa d'ajouter :

— Avec un bon salaire.

Je sus en cet instant précis à quel point j'avais désiré que tout redevienne comme avant – Bowyn et moi ensemble, surmontant les conflits qui nous avaient séparés, peut-être vivant ici tous les deux, au Temple – car je sentis ce rêve s'effondrer. C'était comme si mon cœur était criblé de fragments de verre. Qu'il m'aime ou non, Bowyn m'échappait. Il allait fonder une famille, sans moi.

Notre chance à tous les deux était définitivement passée.

— Mais tu ne crois pas que Seth te paierait pour continuer à gérer le Temple, même si tu vivais ailleurs ? demandai-je en luttant pour garder une voix ferme.

Marianne intervint.

— Nous en avons parlé, mais nous pensons tous les deux qu'il serait bon pour nous de nous éloigner un peu de… tout ça. Au moins pour quelques années. Seth domine nos vies depuis trop longtemps.

En voyant l'expression de Bowyn – qu'il semblait soigneusement contrôler – je me demandai s'il partageait vraiment ce sentiment ou s'il se pliait aux souhaits de Marianne.

La perspective de vivre dans une caravane dans l'état de New York ne me paraissait pas très attrayante. Mais ce ne serait peut-être pas si terrible… J'avais moi-même grandi dans un parc de mobile homes à Gorham dans le New Hampshire, et quand j'étais gamin, ça me plaisait bien. Mais je me souvenais aussi des joies de l'isolation déplorable en hiver et des nuits de tempête où l'on s'attendait à être retournés d'un instant à l'autre. Ma famille avait été ravie d'en partir.

Le problème majeur, évidemment, était que Bowyn et Marianne étaient loin de former un couple de jeunes mariés comblés. Il arrivait parfois qu'un homme gay s'installe avec une femme afin d'élever un enfant, mais seraient-ils vraiment heureux en menant ce genre de vie ? Bowyn continuerait probablement à avoir des relations sexuelles avec des hommes – je ne pouvais pas imaginer le contraire – mais il aurait du mal à retrouver la sexualité facile et décontractée du Temple.

Et je ne serais pas son partenaire. Même si cela ne dérangeait pas Marianne, l'état de New York était trop loin de Durham pour qu'il soit envisageable de faire les allers-retours. Bien sûr, nous pourrions nous voir de temps en temps, et peut-être coucher ensemble. Mais ces nouvelles circonstances annihilaient toute possibilité pour nous de reformer un couple permanent. En tout cas, de la façon que j'avais envisagée. Finie la petite maison de banlieue. Nous nous verrions juste pour baiser comme des lapins – peut-être – puis je le quitterais pour retourner à ma petite vie pendant qu'il rentrerait changer les couches et lutter pour faire rentrer la poussette et l'assurance maladie dans le budget familial. Quel idiot j'avais été de nourrir de nouveaux espoirs après une simple nuit de folie. Certes, nous tenions encore beaucoup l'un à l'autre, mais notre relation n'irait pas plus loin.

J'enterrai cette pensée au fond de mon esprit. J'étais blessé, mais il n'y avait plus rien à faire, et leurs problèmes étaient bien plus urgents que les miens.

Avaient-ils déjà parlé de leur départ à Seth ? Il ne serait pas heureux de les perdre tous les deux. Au final, il avait toujours dépendu de Bowyn, d'Alex et même de moi pour garder les pieds sur terre. Et sans Marianne, il serait incapable de gérer les finances du Temple à moins d'embaucher un comptable extérieur. Elle gérait même son compte en banque personnel – il détestait s'embarrasser de détails financiers.

Bowyn s'était assombri et semblait éviter mon regard. Un silence bref mais embarrassant régna pendant quelques secondes, puis il dit brusquement :

— On devrait y aller, ça va être l'heure de l'office du matin.

LE THÈME de l'office était Pythagore – ses théories musicales et sa conviction que les mathématiques étaient à la base du fonctionnement du monde. Le sermon traitait de la Musique des Sphères, l'idée que le cosmos entier résonne harmoniquement et que les harmonies musicales imitent l'harmonie du cosmos. Certaines harmonies et schémas mélodiques nous émeuvent parce qu'ils entrent en résonance avec les harmonies entre le corps humain et notre esprit. Certains philosophes de la Renaissance comme Ficin croyaient que le corps pouvait être guéri – ou blessé – par le biais de la musique, en particulier des harmonies qui renforcent ou affaiblissent le lien qui existe entre le corps et l'esprit.

Certains groupes de Chrétiens fondamentalistes avaient entrepris depuis des décennies de prouver les effets nocifs de la musique rock – au-delà du contenu des paroles – et leurs théories faisaient écho aux théories de la Renaissance, bien qu'ils les formulent en des termes médicaux. Un docteur australien prétendait que le rythme anapeste – deux rythmes courts suivis d'un rythme long, comme dans *We Will Rock You* de Queen – détruisait la symétrie entre les deux hémisphères du cerveau et entraînait toutes sortes de conséquences dangereuses allant de la sensation de panique à l'excitation sexuelle, l'agressivité ou l'incapacité totale de distinguer les stimulations saines des stimulations malsaines. Il ne faisait aucun doute qu'il pouvait aussi inciter à l'horrible pratique de la masturbation. Une autre de ces prétendues études scientifiques prétendait que la musique vaudou poussait les rats à se dévorer les uns les autres.

Croyais-je moi-même que la musique avait de tels pouvoirs ? La plupart de ces croyances me paraissaient ridicules, mais j'avais toujours été fasciné par cette incroyable capacité à susciter des émotions. C'était la raison pour laquelle j'avais décidé de consacrer ma carrière à étudier cet art. Et ce qui touche nos émotions touche toujours en même temps notre esprit. J'avais toujours eu le désir secret de voir confirmer la croyance de Ficin, à savoir que la musique pouvait guérir le corps et l'esprit.

LE CHANT interprété par le chœur après le sermon n'était pas une de mes compositions, mais un magnifique madrigal intitulé *Tempro la cetra* et composé par le musicien de la Renaissance Claudio Monteverdi. Christopher y interprétait à nouveau un solo, et comme la première fois, je fus ému aux larmes par la beauté pure de sa voix et par la mélancolie sous-jacente à chacune des notes. Ce jeune homme avait un don, et j'espérais qu'il en ferait un jour profiter le monde au-delà des limites du Temple.

Je me précipitai dans ma chambre à la fin de l'office afin de reprendre mon travail sur la messe. Avec l'histoire de Bowyn et Marianne, je n'avais pas eu le temps de mettre à profit l'information que j'avais obtenue par Rafe.

Maintenant que je savais qu'il s'agissait de notes grecques, il allait être facile de trouver en ligne les correspondances avec les notes de la gamme actuelle. Les Grecs disposaient de notes spécifiques au chant, différentes des notes jouées par les instruments ; je sus donc immédiatement que cette partie avait été écrite pour la voix. Mais l'ensemble n'était pas cohérent. Il y avait une note par-ci, une note par-là, mais pas de mélodie identifiable, ni aucune indication sur la durée des notes. J'avais plutôt l'impression que les notes étaient insérées au hasard dans chacune des quatre parties. Certaines complétaient les accords incomplets qui m'avaient intrigué, mais ce n'était pas le cas de tous les accords. Après un travail laborieux de quelques heures, j'avais enfin toutes les notes entrées dans le logiciel, mais j'étais toujours coincé au même point. J'avais besoin d'une petite promenade pour m'aérer le cerveau.

Le domaine du Temple s'étendait sur plus de huit hectares ; l'immense pelouse était entourée de forêts sur trois côtés. Des chemins pavés reliaient entre eux les différents jardins, qui étaient bordés de haies et d'arbres fruitiers. Ce qui signifiait des corvées d'entretien supplémentaires pour les néophytes – maintenir les chemins dégagés en hiver, tailler les haies le reste de l'année – mais c'était un environnement paisible pour se promener, propice à la méditation.

Certes, les chemins pavés, quoique ravissants, n'étaient pas des plus confortables pour les pieds. Surtout en mocassins. Je quittai donc le sentier pour marcher sur l'herbe en m'efforçant de chasser de mon esprit pendant quelques minutes les notations musicales de la Renaissance. C'était une journée magnifique, ensoleillée et chaude pour la saison. Des feuilles d'érable et de chêne rouges et or étaient tombées sur l'herbe depuis le dernier passage du râteau, et l'air avait cet odeur de terre fraîche si caractéristique de l'automne de la Nouvelle-Angleterre.

Je dépassai un petit cimetière derrière la chapelle. Certaines tombes dataient du début du vingtième siècle, mais je savais qu'il en existait quelques-unes plus récentes, postérieures à la fondation du Temple. J'avais lu dans la newsletter annuelle qu'une femme était décédée d'une leucémie et qu'une initiée plus âgée avait succombé à une crise cardiaque. Je ne les connaissais ni l'une ni l'autre. Je me demandai si Jack y était enterré – c'était possible, il s'était éloigné de ses parents après s'être détourné du catholicisme. Mais je n'étais pas d'humeur à me replonger dans le passé et je continuai mon chemin. Si Jack se trouvait là, j'irais me recueillir sur sa tombe avant mon départ du Temple quelques jours plus tard.

Sur une légère pente sur la gauche, j'aperçus un énorme rassemblement d'oiseaux noirs qui s'affairaient sur l'herbe et picoraient quelque chose. Il était rare d'en voir autant au même endroit, et l'intérêt qu'ils semblaient porter à leur trouvaille éveilla ma curiosité. Je m'approchai pour examiner la scène de plus près.

C'étaient des corbeaux, cela ne faisait aucun doute – ils étaient bien plus gros que des corneilles, avec un bec épais et recourbé et des plumes ébouriffées autour du cou. Ils étaient si nombreux qu'il me fut tout d'abord impossible d'identifier l'objet autour duquel ils étaient regroupés ; mais ils s'éparpillèrent un peu à mon approche et le spectacle qu'ils révélèrent me glaça le sang.

C'était un corps humain.

Il était nu et étendu sur le dos sur le tapis d'herbe et de feuilles. C'était un homme – cette partie était bien exposée – mais il y avait tant de corbeaux qui se baladaient sur la partie supérieure de son corps que je ne pouvais voir son visage. Ma première pensée fut qu'il s'agissait de Christopher – qu'il avait peut-être perdu connaissance, ou pire, en nourrissant les oiseaux.

Il était peut-être juste évanoui. Peut-être avait-il fait un malaise ou été victime d'une attaque. Il arrivait parfois que de jeunes gens périssent de cette façon. Je restai pétrifié un moment, les cheveux dressés sur la tête. Devais-je appeler à l'aide ? Courir au Temple pour appeler le 911 ? Le plus raisonnable était peut-être d'examiner le corps à la recherche de signes de vie…

Je pris mon courage à deux mains, fis un pas en avant, et soudain les corbeaux semblèrent me trouver trop proche. Ils s'envolèrent en un nuage noir dans des battements d'ailes chaotiques, croassant après moi comme pour me reprocher d'avoir interrompu leur petit déjeuner.

C'est alors que le corps se redressa.

C'était bien Christopher. Et il avait l'air furieux…

— Qu'est-ce que tu fais là ?

Oh mon Dieu… J'aurais dû me douter que rester allongé immobile, le corps et le visage nus recouverts de corbeaux était l'idée qu'il se faisait de la méditation, ou un truc du genre.

— Mais rien qui te concerne, je me promenais, c'est tout, rétorquai-je d'un ton sec, car son attitude commençait à me fatiguer. Et toi, qu'est-ce que tu fabriques ? Je t'ai cru mort.

— Je vais bien.

Il se leva et saisit sa robe. Je ne pouvais nier que son corps était très agréable à regarder de près. Il était fin et encore jeune, mais suffisamment musclé pour que je ne me sente pas pervers à l'observer. Mais les corbeaux avaient laissé des égratignures un peu partout et même fait couler un peu de sang ici et là.

— Pourquoi les as-tu laissés te marcher dessus comme ça ? Ça ne te fait pas mal ?

Christopher haussa les épaules et enfila sa robe par-dessus sa tête.

— J'aime bien cette sensation. La douleur que je ressens est mon offrande au Père de Tout.

Le *Père de Tout* était l'un des nombreux noms d'Odin. Je ne fus pas tellement surpris par sa réponse. Les adorateurs d'Odin se retrouvaient souvent à endosser le rôle du soumis dans une sorte de relation BDSM avec ce dieu, prenant du plaisir dans la douleur car ils croyaient que cela le satisfaisait. Non pas tant parce que le Père de Tout aimait faire souffrir ses adeptes que parce qu'il aimait la force et appréciait la capacité à endurer la douleur. Ce n'était pas la voie que j'aurais choisie, mais si Christopher pensait que de telles pratiques le rapprochaient du divin, c'était son problème.

Toutefois, je remarquai autre chose en l'observant se rhabiller, et il me sembla que j'avais le droit de lui demander des comptes.

Ses bras étaient couverts de minuscules cicatrices – des marques d'aiguille causées par des centaines d'injections… Probablement d'héroïne. Marianne m'avait parlé de sa dépendance à cette substance avant qu'il n'entre au Temple.

Ce qui m'ennuyait davantage que ces traces d'une dépendance passée, c'était le fait que certaines de ses marques me parurent récentes. Il était évident qu'elles ne pouvaient dater de plus de neuf mois.

— Christopher, lui dis-je calmement tandis qu'il serrait sa ceinture autour de sa taille, peux-tu me montrer ton bras gauche s'il te plaît ?

Il s'immobilisa immédiatement et me lança un regard affolé, puis se tourna afin de dérober son côté gauche à ma vue.

— Je te l'ai déjà dit, je ne veux pas que tu me regardes.

Belle tentative, mais je n'allais pas le laisser me culpabiliser pour se tirer d'affaire. S'il continuait à se droguer ici au Temple, nous avions un sérieux problème. Nous n'étions pas particulièrement puritains en matière d'alcool ou de drogue. Après tout, Seth et Alex avaient passé des années dans une communauté où fumer de l'herbe était une pratique courante ; ils n'en fumaient plus autant, mais il n'était pas impossible d'en trouver au Temple. Mais, à moins que les choses aient bien changées depuis mon départ, les drogues dures n'étaient pas les bienvenues.

— Christopher, répétai-je plus fermement en ayant recours à ma voix de professeur, montre-moi ton bras.

Il hésita encore un peu, mais il devait me considérer comme une figure d'autorité, car il finit par m'obéir et me tendre son bras. Il arborait un air de défi, mais je voyais dans son regard qu'il avait peur. Je m'apprêtai à lui prendre le bras, mais il eut un mouvement de recul et je m'arrêtai juste à temps. Il retourna son bras et, effectivement, certaines marques étaient encore fraîches.

— Où t'en procures-tu ?

Il retira son bras et serra les dents.

— Écoute, si tu tiens vraiment à coucher avec moi…

— Mais c'est pas vrai ! l'interrompis-je. Je ne veux pas coucher avec toi. Je veux savoir qui te procure de l'héroïne ou je ne sais quelle saloperie avec laquelle tu te défonces.

— Si tu ne veux pas coucher avec moi, pourquoi ne me laisses-tu pas tranquille ?

Sa voix tremblait et il faisait tout à coup beaucoup moins que ses dix-huit ans. Des larmes se formèrent dans ses yeux.

Avant même que je puisse formuler une réponse, il disparut dans les bois.

— Christopher !

Pas de réponse.

Ces bois s'étendaient jusqu'aux Montagnes Blanches. Je courus à sa poursuite mais dus m'arrêter au bout de quelques mètres. Je ne voyais plus aucune trace de Christopher. Il n'y avait que des kilomètres et des kilomètres de bouleaux et de trembles dans toutes les directions, sauf là d'où je venais, un sous-bois dense de ciguës, d'hamamélis et de fougères mourantes qui tapissaient le sol de la forêt. Une légère brise faisait onduler les arbres et les buissons, et dissimulait le chemin qu'il avait emprunté. Christopher aurait très facilement pu s'allonger au sol et ainsi échapper à ma vue. Je criai son nom à deux reprises, sans succès. Si je m'avançais davantage, je risquais de me perdre, et cela pouvait être fatal à cette saison une fois la nuit tombée. Je n'avais plus qu'à espérer qu'il connaisse suffisamment bien ces bois pour retrouver son chemin.

Quant à moi, il était temps que j'aie une discussion avec Seth.

X

— QUE VEUX-TU que j'y fasse ? me demanda Seth qui contemplait la forêt, appuyé sur la rambarde en bois.

Je l'avais vu sur la terrasse de toit en me dirigeant vers le bâtiment et étais allé l'y rejoindre. La vue était époustouflante ; il ne manquait plus qu'un océan dans lequel perdre son regard à l'affût des navires. On ne voyait que la forêt, qui s'étendait sur des kilomètres, vers les Montagnes Blanches au sud et vers le chaînon Mahoosuc à l'est, de l'autre côté de la frontière avec le Maine. Loin à l'ouest, on distinguait à peine les Montagnes Vertes du Vermont.

— Tu voudrais que je le mette à la porte ? poursuivit-il.

— Non !

Je ne comprenais pas qu'il fasse preuve d'une si grande indifférence.

— C'est un drogué, Seth, il est dépendant. Tant que quelqu'un lui procurera cette saloperie, il continuera à en prendre.

— Tu ne crois pas que c'est son choix ? C'est un adulte, après tout.

Je me retins de lui répondre méchamment et m'efforçai de rester rationnel, bien conscient que rien d'autre ne fonctionnait avec lui.

— Oui, c'est un adulte. Oui, c'est son choix de continuer à prendre de la drogue. Mais il est venu ici pour obtenir de l'aide, non ?

— Ce qu'il est venu chercher ici, c'est une éducation spirituelle, corrigea Seth, et c'est ce qu'il y trouve. On ne fait pas les cures de désintoxication.

Je ne pouvais pas le contredire ; aussi, j'essayai une autre approche.

— Seth, il y a quelqu'un ici qui lui fournit de la drogue dure, et introduire de l'héroïne dans le Temple, ça n'a rien de spirituel.

Il réfléchit un instant, le sourcil levé d'une manière que j'avais toujours trouvée sexy. En tout cas, quand je ne me disputais pas avec lui.

— Sans doute.

— Y a-t-il quelqu'un ici en qui il ait confiance ?

— Moi, dans une certaine mesure. Tant que je garde mes distances physiquement.

— Dans ce cas, essaie d'en parler avec lui et de découvrir le nom de son fournisseur.

— Pour mettre le dealer à la porte ? me demanda-t-il avec un sourire à demi sarcastique, comme s'il me trouvait toujours déraisonnable.

— Peut-être. Trouve déjà de qui il s'agit, puis nous verrons ce que nous pouvons faire de lui – ou d'elle.

Seth acquiesça, puis se tourna de nouveau vers les bois dans lesquels Christopher avait disparu.

— Ce n'est pas la première fois qu'il s'enfuit. La dernière fois, il n'est pas revenu avant trois jours.

J'espérais qu'il aurait l'intelligence de rentrer avant la nuit. Trois jours en été et trois jours en octobre, ce n'était pas la même histoire.

— Et la transcription, ça avance ? me demanda-t-il en changeant de sujet.

En dépit de ma frustration au sujet de ces étranges notations, je considérais que ça progressait plutôt bien. Après tout, je n'y travaillais que depuis deux jours et j'en avais élucidé une bonne partie. Je fis un bref compte-rendu de mes recherches à Seth, qui me gratifia de l'un de ses sourires étincelants et parfaits.

— Excellent ! J'ai foi en toi, Jeremy. Si quelqu'un est capable de terminer ce travail pour la nouvelle lune, c'est bien toi.

Je répugnais à lui promettre un tel résultat, mais c'était déjà plus ou moins ce que j'avais fait.

— Je vais me remettre au travail après le déjeuner.

— D'accord, répliqua Seth en me lançant un regard éminemment suggestif, mais n'oublie pas de garder un peu de temps pour profiter de ton séjour ici.

JE FUS soulagé d'apercevoir Christopher au déjeuner ; au moins, il ne mourrait pas d'hypothermie cette nuit-là. Mais il évita mon regard et s'éclipsa dès que possible. Je le laissai tranquille pour une fois.

Marianne ne se sentait toujours pas très bien après son injection et sauta le repas. Bowyn et moi montâmes tous les deux dans notre chambre avec notre bol de soupe orange à la patate douce – un mets succulent qui rappelait la tarte à la citrouille chaude avec une pointe d'agrumes. Un petit coup vite fait après le repas, et Bowyn se plongea dans un livre pendant que je retournais à Ficin.

J'écoutais pour la dixième fois environ le programme jouer la transcription dans les haut-parleurs en mode *instrument à cordes* afin de m'épargner l'horrible chœur de synthèse de l'ordinateur, quand je remarquai quelque chose. Les notes écrites en grec semblaient former une sorte de ligne mélodique. L'ensemble était très saccadé étant donné que je n'avais aucune idée de la durée des notes, mais je songeai soudain à faire durer chaque note jusqu'à ce que la suivante prenne le relais. Ce serait un vrai défi pour le chanteur d'enchaîner des notes aussi longues, mais pas impossible. Il suffisait qu'il ou elle place judicieusement les respirations.

Enthousiasmé par cette possible découverte, je repris la transcription pour modifier la durée de chaque note. Cela ne me prit que quelques minutes et, lorsque je pus enfin cliquer sur *Play*, je compris que j'avais trouvé la solution. Au moins en partie.

La ligne mélodique ressortait maintenant, créant une étrange résonance du début à la fin de la pièce. Même médiocrement interprétée par les violons et violoncelles de l'ordinateur, elle ajoutait au morceau une qualité qui me faisait frissonner. Bowyn, qui avait royalement ignoré les ennuyeuses reprises jusqu'à présent, leva les yeux de son livre pour écouter et me demanda à la fin du morceau :

— Merde, qu'est-ce que c'était que ça ?

— Comment ça ? rétorquai-je afin qu'il développe son impression avant que je n'ajoute quoi que ce soit.

J'avais besoin de savoir s'il avait ressenti la même étrangeté que moi ou s'il trouvait juste que c'était nul.

— Qu'as-tu fait au morceau ? demanda-t-il en rangeant son livre pour venir se poster près de l'ordinateur.

Il scruta l'écran, bien que sa capacité à lire la musique soit limitée.

— J'en ai eu des frissons partout.

Excellent. J'avais envie de me tordre les mains et de m'esclaffer comme un savant fou. Sauf que je n'étais pas le créateur de cette œuvre. C'était une mélodie que Ficin avait dissimulée à l'intérieur de sa musique, et je ne savais pas encore de quoi il pouvait bien s'agir.

— Ces notes qui me semblaient complètement aléatoires, expliquai-je, eh bien, elles ne le sont pas. Elles forment une cinquième ligne mélodique qui se mêle aux quatre autres.

— Mais qu'est-ce qui rend ce morceau si étrange ?

Je secouai la tête.

— Je n'en sais rien encore. Ficin pensait que la bonne combinaison de notes et d'harmonies permettait de manipuler l'esprit humain. Cette partie de la messe constituait peut-être une tentative de mise en pratique de ces théories.

Que Ficin en ait été le compositeur ne faisait plus le moindre doute. Je n'en avais aucune preuve, mais intuitivement je sentais son génie illuminer la musique. C'était forcément lui.

Bowyn cessa d'essayer d'interpréter ce qu'il voyait sur l'écran et se redressa, levant les bras au-dessus de sa tête pour s'étirer. Nous étions encore nus suite à notre activité postprandiale et je sentis mon membre se raidir à nouveau en voyant les contorsions de son torse nu. Je ressentais le désir intense de lécher cette ligne délicate de duvet blond qui descendait depuis son nombril jusqu'à sa toison pubienne.

— Ces voix sont pourries, commenta Bowyn, ce qui eut pour effet de me distraire de mes pensées lascives.

— Ce sont des sons MIDI, expliquai-je en haussant les épaules.

Les instruments MIDI de base s'étaient beaucoup améliorés par rapport à ceux de la fin des années quatre-vingt, mais leur sonorité était encore vraiment affreuse.

— J'ai hâte d'entendre ce que ça donnera interprété par le chœur.

— Si j'ai des frissons en l'entendant sur l'ordinateur, quand il sera chanté par le chœur, je vais me pisser dessus ! s'exclama Bowyn en riant.

Je ris aussi, mais j'étais inquiet à ce sujet. L'effet serait plus intense lorsque la pièce serait interprétée correctement, et pour l'instant je n'avais encore aucune idée de l'intention du compositeur. Connaissant Ficin, il était probable qu'il s'agisse d'un morceau de Magick musicale destinée à guérir le corps. Mais ce n'était qu'une supposition. Les conséquences pouvaient être multiples. À en juger par l'effet produit sur nous, cette musique pouvait avoir un effet puissant sur le corps – au-delà de manifestations ondinistes involontaires. Était-il sans danger de l'écouter ?

J'avais également des doutes sur l'arrangement. Ficin avait inséré cette cinquième mélodie dans les quatre autres parties. Le morceau était-il destiné à être interprété de cette façon : une note chantée par une soprano, une autre par un ténor, etc. ? Ou n'était-ce qu'un moyen de dissimuler une partition destinée à un soliste ? Là encore, je n'avais aucune certitude. Il me semblait que les notes les plus aiguës de la partie de basse auraient même mis à rude épreuve un baryton. Si on l'envisageait comme une ligne mélodique à part entière, cela paraissait plus cohérent de la considérer comme une partie de haute-contre.

On frappa à la porte et Bowyn alla répondre sans prendre la peine de se couvrir ni de se soucier du fait que j'étais nu moi aussi. Mais notre visiteur n'était pas plus vêtu.

Rafe.

XI

Rafe, appuyé sur le chambranle de la porte, était éblouissant. Son corps sportif et parfaitement modelé ne me touchait pas de la même façon que la beauté naturelle de Bowyn, mais il était tout de même très agréable à regarder.

— Ne me dis pas que tu es à court de lubrifiant ? lui demanda Bowyn, manifestement agacé.

— Pas du tout, répondit Rafe en ouvrant le poing pour révéler le petit flacon qu'il y avait dissimulé. Veux-tu te joindre à nous ?

Ah oui. J'avais oublié la promesse que je lui avais faite la veille. Le moment était mal choisi.

Bowyn se tourna vers moi en fronçant les sourcils.

— Désolé, dis-je en leur adressant à tous les deux un sourire contrit. J'avais complètement oublié, mais j'avais dit à Rafe qu'il pouvait venir cet après-midi pour qu'on s'amuse un peu.

— Tu n'as pas changé d'avis, dis ? me demanda Rafe, interloqué, comme s'il était inconcevable à ses yeux que l'on puisse ne pas avoir envie de coucher avec lui.

Mon problème n'était pas le manque d'excitation, au contraire, mais j'avais plutôt fantasmé sur Bowyn que sur Rafe. Toutefois, il me parut impoli de le rejeter après ma promesse de la veille. Même si j'aurais tout simplement pu lui demander de revenir plus tard.

Bowyn se recula pour laisser le passage libre et lui fit signe d'entrer.

— Veux-tu que je vous laisse seuls ? me demanda-t-il.

Je crus comprendre à ses mouvements de sourcils qu'il n'avait pas forcément envie de partir ; aussi je répondis :

— Non, tu peux rester si ça ne dérange pas Rafe.

Un large sourire s'afficha sur le visage de ce dernier.

— Je ne suis jamais contre un peu de public.

— Pas question, rétorqua Bowyn en secouant la tête. Je ne vais pas me contenter de regarder.

Il commençait déjà à avoir une érection, et Rafe contempla pendant une seconde son membre durci avant de s'incliner en disant :

— Vous pouvez user de moi comme vous l'entendez, Fratres.

Son sourire eut raison de nous.

Je me levai, offrant mon propre membre à la vue des deux autres. Je n'avais pas couché avec deux hommes à la fois depuis très longtemps.

— Donne-moi ça, ordonnai-je en indiquant le lubrifiant que Rafe avait toujours à la main.

Il me lança le flacon que j'attrapai au vol. Il s'agissait d'un lubrifiant très concentré ; j'en mis donc quelques gouttes au bout de mon index et de mon majeur avant de me diriger vers Rafe et de le prendre dans mes bras. Tandis que ses lèvres expertes se mêlaient aux miennes et que sa langue agressive pénétrait profondément dans ma bouche, je glissai mes doigts entre ses fesses et trouvai rapidement son sphincter.

Rafe gémit entre mes lèvres tandis que je le massai afin de bien l'humidifier. Puis, sans avertissement, je glissai mes deux doigts à l'intérieur. Je sentis les muscles de son ventre se contracter contre les miens, et il émit un grognement. Mais il n'eut aucun mouvement de recul ; au contraire, il m'attira encore plus près de lui et fourra sa langue plus loin au fond de ma bouche. Je l'avais bien jugé – ce petit minet préférait le sexe brusque.

Bowyn s'approcha derrière moi et commença à me mordiller l'oreille – ce qui, il le savait bien, me rendait toujours fou. Je gémis sans cesser d'embrasser Rafe et enfonçai mes doigts davantage en lui en rêvant d'y plonger plutôt mon sexe. Mais Bowyn faisait des merveilles de son côté, me massant les fesses tout en m'embrassant le cou et la nuque. Il continua le long de mes épaules puis de mon dos, ce qui me fit frissonner de la tête aux pieds, jusqu'à enfin glisser sa bouche et sa langue entre mes fesses. Il chercha l'entrée et y plongea sans hésitation.

Je ne peux pas le nier, je suis plutôt passif. J'aime jouer l'autre rôle de temps à autre, mais sentir une langue chaude sonder mes profondeurs est ce qui me rapproche le plus du paradis sur terre. Bowyn avait parfois réussi à me faire jouir de cette manière. Mais j'avais beau adorer ce qu'il me faisait, je ne devais pas négliger Rafe. Et j'avais envie de le pénétrer, sans plus attendre.

Je le retournai et le poussai en avant sur le lit.

— Donne-toi à moi ! sifflai-je.

Rafe rit de plaisir et se mit en position en rampant sur le lit, creusant le dos pour me présenter son cul parfait et son trou humide et ouvert.

Bowyn m'attrapa les hanches alors que je m'avançais.

— Attends.

Il se releva, se dirigea vers la table de nuit et ouvrit le tiroir. Je fus gêné de m'apercevoir qu'il avait songé à ce que j'avais oublié – les préservatifs. Il déchira un paquet et m'en jeta le contenu tandis que Rafe observait la scène d'un air amusé. Je le soupçonnai de ne jamais s'embarrasser de telles précautions... ce qui était une raison supplémentaire pour que Bowyn et moi nous en souciions.

J'enfilai rapidement le préservatif, me lubrifiai et ne perdis pas une minute de plus avant de prendre le cul qui m'était offert, m'enfonçant jusqu'à la garde. Rafe grogna :

— Vas-y ! Vas-y à fond !

Je n'avais aucune intention de me retenir. Je me retirai presque entièrement avant de me réintroduire brusquement. Rafe gémit de nouveau.

Tandis que j'allais et venais en Rafe, Bowyn grimpa sur le lit et fourra son sexe dans sa bouche. Rafe l'avala goulûment jusqu'à la base et se mit à le sucer avec force.

Mais Rafe laissa bientôt échapper le membre de Bowyn et, tout en frottant sa joue contre sa toison pubienne dorée, chuchota entre deux halètements :

— Plus. J'en veux plus.

— Je te donne tout ce que j'ai ! répliquai-je en riant.

Mais Bowyn m'adressa un sourire en coin.

— Je crois savoir ce que veut ce petit gourmand.

Il se pencha en avant et asséna une claque vigoureuse sur les fesses de Rafe.

— Très bien. Tu en veux plus, tu en auras plus. Où est passé ce lubrifiant ?

Je l'avais apparemment laissé tomber, bien que je ne m'en souvienne pas. Je sortis de Rafe afin d'aller le rechercher là où il avait dû rouler sous le bureau. Lorsque je revins vers le lit, Bowyn avait déroulé un préservatif sur son sexe en érection et se caressait, assis au bord du matelas.

— Mets-en un peu, m'ordonna-t-il.

Et je m'exécutai en enduisant l'extrémité de son sexe de quelques gouttes du produit.

Il fit glisser sa main plusieurs fois de bas en haut sur son membre enflé afin d'étaler le lubrifiant, puis dit à Rafe :

— Assieds-toi.

Rafe riva son regard au mien, exhibant le plaisir intense qui se lisait sur ses traits tandis qu'il prenait place sur le sexe de Bowyn. Ce dernier posa ses mains sur les hanches du jeune homme afin de le guider doucement de bas en haut sur toute la longueur de son sexe. Puis il glissa ses mains sous les cuisses de Rafe et s'allongea sur le lit en entraînant Rafe en arrière au-dessus de lui et en lui levant les jambes. Ce qui m'offrit une vue splendide et immensément sexy sur le membre de Bowyn enchâssé dans le cul de Rafe.

— Viens, me dit Bowyn en écartant les jambes pour me laisser la place. Il veut que nous le prenions tous les deux en même temps.

Était-ce possible ? Je savais que des types se faisaient fister, ce qui me semblait aberrant, donc deux sexes à la fois, pourquoi pas ; mais c'était bien la première fois que *moi*, je voyais ça.

— Ça ne va pas te faire mal ?

— Non, gémit Rafe. Vas-y ! Déchire-moi !

Déchire-moi ? Et ça ne faisait pas mal ? Bon, après tout, ce n'était pas mon cul. S'il nous voulait tous les deux, je supposai que je pouvais lui accorder ce plaisir. Ce n'était manifestement pas sa première fois…

J'étalai un peu de lubrifiant sur mon membre et pris place entre les jambes de Bowyn. Rafe était dans la position idéale pour que je m'introduise au-dessus du sexe de Bowyn – ce qui ne fut pas chose facile. Il me fallut patiemment exercer une pression lente et régulière avant de faire pénétrer l'extrémité de mon sexe. Le gémissement extatique que produisit Rafe lorsque je me glissai un peu plus loin m'assura qu'il n'était pas en situation de détresse. C'était extrêmement serré, mais la sensation de l'érection de Bowyn juste sous la mienne me rendait fou.

Quand je fus entièrement à l'intérieur, je sentis mes boules pressées contre celles de Bowyn ; Rafe, qui se tortillait en gémissant sur Bowyn, bavait presque. Je glissai hors de son cul serré aussi loin que possible sans m'extraire, puis entrai de nouveau, provoquant un cri d'extase. C'était bon, surtout depuis que Bowyn avait commencé à aller et venir lui aussi, si bien que nous malmenions ce cul tous les deux en rythme. Rafe n'avait pas pris la peine d'enfiler un préservatif et arrosait son ventre tendu de généreuses quantités de liquide pré-séminal. Je saisis son sexe pour le masturber tout en continuant à le labourer.

Rapidement, je le sentis se contracter dans ma main et son sperme blanc fut projeté sur ses poils pubiens noir, sur son ventre et même sur sa poitrine. Le voir se vriller sous moi suffit à me faire jouir et, après un ou deux allers-retours, je m'enfouis totalement en lui pour éjaculer. Je sentis les pulsations du membre de Bowyn contre le mien et sus qu'il jouissait lui aussi. C'était une expérience incroyable.

Je me laissai tomber sur Rafe, appréciant la sensation de son sperme, épais et chaud, entre nos deux corps haletants. Ma main trouva celle de Bowyn et nos doigts s'entrelacèrent pour profiter de ce moment d'apaisement après l'amour. Pendant un bref instant, nous savourâmes tous les trois cette fausse impression de tendresse qui suit l'orgasme. J'aimais Bowyn et croyais qu'il m'aimait en retour ; mais ni lui ni moi n'aimions Rafe, et nous n'étions sans doute que des trophées à ses yeux. Il s'était fait prendre par tous les frères – au moins les hommes, peut-être pas Marianne ou Alex.

Puis Rafe et moi dûmes nous résoudre à descendre de Bowyn afin de ne pas l'étouffer. Je pris une serviette dans la commode pendant que Bowyn reprenait son souffle et m'en servis pour essuyer d'abord Rafe, puis moi. Je le forçai ensuite à me donner un autre de ces merveilleux baisers dont il avait le secret avant de le renvoyer dans le couloir, nu et couvert de sueur, le sexe et les fesses suffisamment rouges pour ne laisser aucun doute sur les activités auxquelles il venait de s'adonner. Je crois que cela ne le dérangeait pas, bien au contraire, de parader ainsi.

— Il faut s'en méfier, me dit Bowyn, toujours allongé sur le lit et essoufflé. C'est la pire salope du Temple, il n'est pas fiable.

— Nous sommes tous des salopes au Temple, rétorquai-je.

— Ce n'est pas faux.

— Et tu dois bien reconnaître qu'il est vraiment chaud…

Bowyn me lança un sourire malicieux.

— Je ne suis pas en train de te dire que tu ne peux pas coucher avec lui. Je te dis juste de faire attention.

Je rampai sur le lit pour venir m'étirer langoureusement près de lui.

— C'est promis. De toute façon, je ne tiens pas à en faire une habitude, mais il a tellement insisté…

— Tu n'es là que depuis deux jours ! remarqua Bowyn en riant. On ne peut pas dire que tu aies fait ton difficile !

Je ne fis même pas semblant d'être offensé et me contentai de lui sourire tendrement.

— Je n'ai jamais dit que j'étais difficile. Je profite de l'occasion pour me laisser aller. Cela faisait longtemps que je ne m'étais pas vraiment éclaté au lit.

— Vraiment ? C'était quand, la dernière fois ?

— Ça ne te regarde pas.

— C'est vrai, mais je veux savoir quand même.

Je réfléchis à la question un moment et repassai dans mon esprit toutes les rencontres que j'avais faites depuis mon départ du Temple. À vrai dire, aucune n'avait été vraiment satisfaisante.

— Si tu tiens à le savoir… je crois que la dernière fois où je me suis vraiment, vraiment éclaté avant cette semaine, c'était il y a huit ans avec toi.

Son sourire espiègle s'évanouit et il me regarda d'un air grave.

— Pourquoi t'ai-je laissé partir ?

C'était là toute la question, n'est-ce pas ?

Je ne trouvai pas de réponse tout d'abord, puis finis par lui dire :

— Tu n'aurais pas pu m'arrêter. Il fallait que je parte. Je me suis bien amusé ici, mais à petites doses ; j'avais besoin d'un environnement plus sain. Sans compter qu'il fallait que je poursuive mes études. Mais toi, pourquoi n'es-tu pas venu avec moi ?

Bowyn détourna le regard en soupirant.

— Je n'étais pas comme toi. Je n'avais pas d'idée précise de ce que je voulais faire de ma vie. On avait besoin de moi au Temple. Seth est… fou, dit-il dans un éclat de rire, et Alex n'a pas le temps de s'occuper de grand-chose en dehors de la cuisine. Jack tenait la comptabilité, mais à part ça, Marianne et lui entretenaient une relation assez exclusive et n'avaient pas beaucoup de temps pour quoi que ce soit d'autre. J'étais le seul à pouvoir faire en sorte que tout roule. Ma place était ici.

— Je sais, dus-je avouer malgré moi.

Pour la première fois, je devais admettre qu'il existait d'autres facteurs que de savoir lequel il aimait le plus entre Seth et moi.

— Et nous voilà ici tous les deux encore une fois.

— Eh oui, nous y voilà, dit-il en hochant la tête.

— Ai-je au moins le droit de te dire que je t'aime encore ?

Bowyn m'attira contre lui pour me donner un long baiser plein de tendresse. En relevant la tête, je vis que son regard s'était troublé.

— Je t'aime aussi, mais encore une fois, j'ai tout foutu en l'air, n'est-ce pas ?

— Eh bien, dis-je précautionneusement, je ne dirais pas que vouloir avoir un enfant, c'est *tout foutre en l'air*, mais ça veut sans doute dire que pour nous tout est fini.

Bowyn acquiesça et poussa un soupir.

— Je voulais juste la rendre heureuse. Nous n'avions pas bien réfléchi. Je m'imaginais ce petit gamin gambader sur la pelouse du Temple. Je n'avais jamais pensé que nous devrions partir.

— Tu pourrais peut-être juste lui verser une pension alimentaire, suggérai-je sans grande conviction.

Je fus soulagé de voir Bowyn secouer la tête.

— C'est mon enfant aussi, remarqua-t-il. Je ne peux pas la laisser gérer tous les problèmes toute seule et me féliciter de lui envoyer un chèque chaque mois.

— Je suppose que c'est l'une des raisons pour lesquelles je t'aime.

La situation était-elle vraiment différente de ce que nous avions connu huit ans auparavant ? À l'époque, Bowyn savait que le Temple ne survivrait pas sans lui, mais que moi, si. Je m'étais persuadé que le choix qu'il avait à faire était entre Seth et moi, mais c'était faux – en tout cas partiellement. Aujourd'hui, c'était le bébé qui avait besoin de lui plus que moi. Et il prenait la seule décision qu'il pouvait prendre.

Pourtant, il avait l'air malheureux. Je posai ma tête sur son épaule et étendis mon bras sur son torse doux. Il caressa le dos de ma main, et nous restâmes ainsi pendant longtemps, sans échanger une seule parole.

Puis, tout à coup, Bowyn se redressa et me demanda :

— Au fait, veux-tu voir une photo de lui ?

— Une photo ? demandai-je sans comprendre.

Il se dégagea de dessous moi et se dirigea vers la commode. Il en ouvrit le tiroir du haut et en sortit une enveloppe en papier kraft qu'il rapporta sur le lit.

— Regarde, me dit-il en s'asseyant en tailleur sur le matelas pour ouvrir l'enveloppe, le visage radieux.

Il me tendit trois « photographies » grises.

Il s'agissait des échographies. N'ayant pas l'habitude d'en observer, je ne vis tout d'abord que des tourbillons gris et noirs.

— Euh… Il a tes yeux.

Bowyn m'indiqua ce qu'il y avait à voir en riant.

— Le médecin a dû nous montrer à nous aussi. Voici une de ses mains.

Il indiqua une masse qui ressemblait vaguement à ce qui un jour deviendrait une main.

— Et ici, son pénis.

— Tu plaisantes ?

— Non, non. Tu le vois ? Juste ici ?

Non, je ne parvenais pas vraiment à le distinguer, mais j'acquiesçai malgré tout en souriant. J'étais heureux de le voir si enthousiaste. Et puis, moi aussi j'étais enthousiaste. Deux des personnes que j'aimais le plus au monde allaient avoir un fils. C'était merveilleux, indépendamment des problèmes que créait la situation.

— Il va être magnifique, dis-je. Comme ses parents.

XII

JE TOMBAI sur Seth au dîner et m'aperçus que Rafe lui avait déjà fait part des détails les plus explicites de sa rencontre de l'après-midi avec Bowyn et moi. Ce qui ne me surprit pas outre mesure.

— Je dois te dire, mon amour, me dit Seth en arborant un faux air de fierté blessée qui n'aurait même pas trompé sa propre mère, que je suis froissé que tu te sois donné à Rafe alors que tu continues à me snober.

Je devais bien l'admettre, je commençais à me délecter de ces hommes qui se battaient pour moi. Comme je l'ai déjà dit, je ne suis pas vilain à regarder, mais je ne suis pas non plus un Apollon ; et je soupçonnais Rafe d'avoir voulu coucher avec moi juste parce qu'il savait que Seth me désirait. Mais tout de même, c'était agréable. Mes expériences gay à Durham avaient été pour le moins fades – c'était le cas pour tout le monde là-bas, en tout cas une fois passée la trentaine – et cela avait porté un coup à mon amour-propre.

Je me penchai vers Seth et l'embrassai langoureusement.

— Tu sais bien que je ne te snobe pas. C'est juste un coup de dés. Ton tour viendra avant mon départ.

— Ce soir ? demanda-t-il, plein d'espoir.

— Demain soir, peut-être. Je crois que Bowyn et moi avons besoin de passer un peu de temps en privé.

Dès que je mentionnai le nom de Bowyn, Seth se tourna vers le coin de la salle où il était engagé dans une conversation intense avec Marianne.

— Oui, confirma Seth d'un air pensif, il a besoin de toi en ce moment. Je crois que ces deux-là sont un peu dépassés par les événements.

Je n'étais pas d'humeur à m'étendre sur le sujet.

— J'ai bien progressé sur le Ficin. J'aimerais que nous organisions une répétition du chœur demain soir. Il faudrait que j'entende le Credo interprété par des voix humaines réelles afin de faire quelques ajustements.

Techniquement, cette pièce n'avait rien d'un Credo, à moins que le livret en grec ne se révèle rien de plus que la version grecque du Credo latin, mais pourquoi ne pas utiliser ce nom plutôt qu'un autre ?

Seth parut ravi. Un sourire parfait illumina son visage et il s'exclama :

— Merveilleux ! Timothy est notre chef de chœur. Je lui dirai d'aller te voir demain après l'office.

— Comment Timothy s'y prend-il avec Christopher ?

— Que veux-tu dire ?

— Eh bien, est-ce que Christopher l'écoute ?

— Je pense que oui. Pourquoi ?

— Parce que Christopher a une dent contre moi. Et il a de bonnes raisons, je suppose, mais j'aimerais qu'il chante la cinquième voix.

— Je crois me souvenir que tu étais un ténor digne de ce nom il y a quelques années, suggéra Seth avec bienveillance.

C'était vrai – quand j'avais vingt ans. Mais ma voix était devenue un peu plus grave avec l'âge.

— Je ne suis pas sûr de pouvoir sortir les notes les plus aiguës sans forcer, répondis-je. Mais Christopher en est capable. En plus, ce gamin a la plus belle voix que j'aie jamais entendue.

— Je ferai en sorte que Christopher soit disponible pour toi, m'assura Seth en souriant.

Il ne faisait aucun doute que le sous-entendu était volontaire, mais je n'allais pas me plaindre. J'avais obtenu ce que je voulais.

JE PASSAI le reste de la soirée à lutter avec le Credo – appelons-le ainsi – afin de lui donner une forme susceptible d'être interprétée par le chœur. J'y étais presque, mais je devais encore peaufiner certains détails. Je devais aussi extraire la cinquième ligne mélodique et la réécrire pour un ténor solo. J'étais bien moins avancé sur les autres mouvements de la messe puisque j'avais consacré la majeure partie de mon temps à celui-là, mais ce n'était pas important pour l'instant. C'était cette partie que je voulais entendre interprétée par Christopher.

Je sortis soudain de mon coma musical pour me rendre compte qu'il était presque vingt-trois heures et que je n'avais pas aperçu Bowyn depuis le dîner. En me disant que j'avais juste l'intention de prendre une pause bien méritée et absolument pas de partir à sa recherche, j'éteignis le portable et descendis au rez-de chaussée.

Je trouvai Bowyn dans la cuisine, assis à table avec Marianne pendant qu'Alex s'affairait à préparer l'une de ses célèbres décoctions.

— Assieds-toi, m'ordonna gaiement Alex dès que j'entrai dans la pièce.

Elle prit une autre tasse en faïence sur l'étagère avant de se précipiter pour prendre la bouilloire qui était encore sur la cuisinière. Je devais bien admettre qu'une tasse de tisane bien chaude me ferait du bien ; je m'assis donc sur la chaise vide qui se trouvait près de Bowyn.

— Tu n'as pas oublié que je prends des médicaments ? demanda Marianne en scrutant d'un œil soupçonneux la tasse qu'Alex avait posée devant elle.

Alex rit en apportant deux autres tasses pour Bowyn et moi.

— Rien là-dedans ne peut te faire de mal, ma puce. De la menthe verte pour te remettre l'estomac en place, un peu d'herbe à chat pour t'aider à dormir et une touche de jasmin. J'ai vérifié sur internet qu'il n'y avait pas de contre-indications avec les médicaments que tu prends.

Alex ne servait jamais d'infusions en sachet du commerce. Ses placards débordaient de pots remplis de toutes les plantes possibles et imaginables, et on pouvait être sûr de ne jamais boire deux fois exactement la même tisane. Mais elles étaient toujours excellentes. Alex connaissait les propriétés médicinales des plantes sur le bout des doigts – cela faisait des années qu'elle étudiait le sujet.

Au moment où Alex s'asseyait à nos côtés pour discuter un peu autour de cette délicieuse infusion, Rafe surgit dans la pièce. On ne pouvait pas dire qu'il était nu – ce qui lui aurait valu d'être expulsé de la cuisine sur-le-champ – mais la serviette de bain qu'il avait nouée autour de sa taille et qui ne cachait pas grand-chose lui valut un regard noir de la part d'Alex.

— As-tu besoin de quelque chose, Raphaël ? lui demanda-t-elle d'une voix sévère, comme un parent qui s'adresse à son enfant.

Rafe ouvrit la porte du réfrigérateur en inox sans répondre.

— Tu as de la crème fouettée ?

Les coins de la bouche d'Alex se contractèrent presque imperceptiblement, mais elle lui répondit avec douceur :

— Bien sûr. Il y a de la crème juste devant toi. Tu trouveras un saladier et un fouet suspendus au-dessus du plan de travail.

— Il faut que je la fouette moi-même ?

Il paraissait scandalisé.

— Tu ne crois tout de même pas qu'il y a de la crème fouettée en bombe dans mon frigo ?

Alex mourrait plutôt que de servir quoi que ce soit qui ne serait pas bio et fait maison. Marianne dut porter sa tasse à sa bouche pour dissimuler le sourire qui se dessinait sur ses lèvres, et le regard pétillant de Bowyn me disait qu'il appréciait beaucoup cette petite scène.

— Tu ne voudrais pas la fouetter pour moi, s'il te plaît ? supplia Rafe.

Il lança à Alex le regard craquant auquel j'avais eu droit dans l'escalier. Si j'en avais été le destinataire, je me serais probablement fait avoir et je lui aurais fouetté sa crème ; mais Alex était bien plus résistante. Elle le fixa sans s'émouvoir et lui répondit simplement :

— Non. J'ai fini mon travail pour aujourd'hui. Je profite d'un petit moment avec mes vieux amis.

— S'il te plaît ? lui demanda-t-il en arborant cette fois une moue exagérément implorante.

Je me tendis tout à coup. C'était comme assister à un accident qu'on pressentait sans pouvoir l'empêcher.

— Il est hors de question que je me laisse embobiner à préparer des sex-toys pour mon mari et son favori du mois, rétorqua Alex froidement. Si tu es trop paresseux pour la préparer toi-même, prends ta voiture et va en acheter à l'épicerie.

Rafe claqua la porte du frigo un peu trop fort et sortit de la pièce d'un pas raide sans ajouter un mot. Dès qu'il eut disparu, Marianne se laissa aller à ricaner et Bowyn leva les yeux au ciel en secouant la tête.

— C'est pas vrai, marmonna Alex en buvant une gorgée d'infusion.

— Ça va ? lui demandai-je.

C'était la première fois que je l'entendais se plaindre des aventures de Seth. Peut-être cela l'atteignait-il davantage que je le croyais. Mais elle balaya ma question d'un geste de la main.

— Ça va. J'en ai juste assez de ce petit crétin prétentieux. Il croit que le fait de coucher avec Seth lui donne tous les privilèges.

— C'est pire que ça, corrigea Bowyn. Il a fait en sorte de coucher avec tous les Frères, comme si nous étions des trophées. Et Jeremy fut le dernier à succomber.

Marianne se tourna vers moi, bouche bée.

— Jeremy ! Tu n'as pas honte ? Ça ne fait même pas une semaine que tu es là.

J'enfouis mon visage dans mes mains en grognant.

— Je sais, je sais, mais mince quoi ! m'exclamai-je en relevant la tête et en agitant la main vers la porte par laquelle il venait de sortir. Il est magnifique !

— C'est vrai, répondit Marianne.

— Et il est vraiment très doué au lit, ajouta Alex.

Je la regardai en haussant les sourcils.

— Toi aussi ?

— Eh bien, juste une fois. Peu après son arrivée.

— Moi aussi, ajouta Marianne en vidant sa tasse. J'ai craqué pour son numéro d'amant grec, mais quelle idée de coucher avec un type aussi insipide et égocentrique ! Cinq secondes après avoir joui, il était déjà parti.

Alex éclata de rire.

— Je ne crois pas qu'il soit très intéressé par les femmes, dit-elle en soufflant sur son infusion pour la refroidir. Comme disait Bowyn, il tenait juste à avoir tous les Frères à son palmarès.

— Félicitations ! me dit Bowyn en me tapant dans le dos. Tu viens de l'aider à compléter cette magnifique collection !

— Nous devrions avoir nos photos sur des vignettes de chewing-gum ! s'écria Marianne joyeusement.

— Tu aurais pu me prévenir, grommelai-je.

Je ne savais pas bien pourquoi cela me gênait, mais j'avais l'impression de… d'avoir été manipulé. Utilisé.

— Tu t'es bien amusé, non ?

— Ben… oui.

— Alors, ne t'en fais pas. C'est juste comme ça qu'il s'éclate.

— Je n'aime pas les hommes trop musclés, lança Marianne.

Je restai un moment interdit avant de reconnaître la citation du *Rocky Horror Picture Show*.

— Ce n'est pas pour toi que je l'ai fait ! répliquai-je dans ma meilleure imitation de Tim Curry.

Bowyn grogna en nous regardant pouffer comme des adolescents, et Alex nous contempla avec un sourire affectueux.

— Qu'il couche avec tout le monde, ça ne me dérange pas, commença-t-elle. Ce que je ne supporte pas, c'est sa façon de se pavaner comme s'il était la mascotte officielle du Temple. La chute va être rude quand Seth le laissera tomber pour quelqu'un de plus jeune et plus mignon.

Mais mes pensées étaient déjà ailleurs. Marianne avait dit quelque chose qui m'interpellait.

— Il est grec ?

— Tu n'as pas remarqué son accent ?

— Si… un peu, dis-je sur la défensive. Mais Bowyn m'avait dit qu'il était européen, je ne me suis pas posé plus de questions.

94

Les inflexions musicales de sa voix me revinrent à l'esprit. Son accent était subtil, mais maintenant qu'ils me l'avaient fait remarquer, j'étais forcé de le percevoir.

— Mais alors, il connaît le traducteur ? La personne en Grèce qui traduit la partie grecque du texte de Ficin ?

Bien sûr, le fait qu'il soit grec ne signifiait pas qu'il connaissait tous les Grecs, tout comme le fait que je sois gay ne signifiait pas que je connaissais tous les gays du New Hampshire. Mais il n'était pas tiré par les cheveux d'imaginer qu'il avait conseillé une de ses connaissances à Seth.

— C'est son oncle, dit Bowyn. Si tu veux mon avis, c'est pour ça que Seth supporte les caprices de Rafe depuis si longtemps.

— Et Seth est tout à fait capable de coucher pour obtenir ce qu'il veut, ajouta Alex avec une pointe d'amertume.

J'acquiesçai, l'esprit ailleurs. Je me demandais ce que Rafe savait au juste sur le manuscrit. Son oncle lui faisait-il part au fur et à mesure de ce qu'il découvrait sur le livret ? Je commençais à considérer le manuscrit comme ma possession après l'avoir étudié de si près pendant tant d'heures. Après tout, j'étais censé en savoir plus sur Ficin que quiconque. J'étais contrarié à l'idée que Rafe, et donc Seth, disposaient peut-être d'informations qu'ils ne me révélaient pas.

Mais bon, je n'allais pas surgir dans leur chambre alors qu'ils étaient sans doute très occupés – sans crème fouettée – pour exiger toutes les informations qu'ils pouvaient avoir sur le livret. J'en parlerais à Seth le lendemain.

— Son oncle nous escroque, intervint Marianne. Le tarif qu'il demande pour la traduction ne cesse d'augmenter. Elle nous a déjà coûté cinq mille dollars jusqu'ici !

Elle était au courant mieux que quiconque, puisqu'elle s'occupait de la comptabilité depuis le décès de Jack.

Bowyn émit un sifflement.

— Ça nous aurait coûté moins cher d'envoyer notre charmant petit grec prendre des cours de grec ancien.

— Et Seth ne t'a pas versé un seul dollar, j'imagine ? me demanda Alex.

Je me sentis comme le roi des idiots, mais je dus l'admettre.

— Je n'ai pas demandé de compensation – à part le droit de publier un article sur le manuscrit.

Alex haussa un sourcil comme pour me dire *Tu te fais bien avoir*. Mais elle se contenta de boire sa tisane sans rien dire.

Je retournai dans ma chambre afin de retravailler un peu sur le manuscrit. Bowyn, Marianne et Alex étaient encore plongés dans leur conversation, mais Bowyn m'avait assuré qu'il ne tarderait pas à monter. Je pris au passage quelques muffins aux graines de pavot sur une table de la salle à manger où Alex laissait en permanence des petites choses à grignoter, des jus de fruits et du café pour ceux qui avaient un creux entre les repas, puis montai jusqu'à ma chambre au deuxième étage.

J'y trouvai Christopher, assis au bout du lit.

XIII

CHRISTOPHER BONDIT sur ses pieds dès qu'il me vit. Je reculai instinctivement. Je ne m'attendais pas vraiment à ce qu'il m'attaque, mais tout se passa si vite que je n'eus pas le temps de réfléchir à ce que je faisais.

— Mince ! m'écriai-je. Tu m'as fait peur.

— Désolé.

De surpris, je devins rapidement en colère.

— Je peux savoir ce que tu fais dans notre chambre, Christopher ?

La porte n'était pas fermée à clé – ça ne se faisait pas au Temple – mais ce n'était pas une raison pour se permettre de rentrer dans n'importe quelle chambre sans permission.

— Je suis désolé, répéta-t-il nerveusement. Je... il fallait que je te parle.

En m'approchant de lui après avoir refermé la porte, je remarquai que sa robe était couverte de toiles d'araignées et de traces de poussière.

— Tu es entré par le passage des domestiques.

Il se tourna vers la porte qui se trouvait près de la cheminée et acquiesça. La situation devenait de plus en plus étrange.

— Personne ne t'a jamais expliqué qu'il était impoli d'entrer comme ça dans les chambres des autres ?

— Je suis désolé.

Il fit mine de partir, mais je m'interposai entre la porte et lui.

— Pourquoi ne pas me dire ce pour quoi tu es venu, Christopher ? lui demandai-je en tentant de ne pas paraître trop nerveux.

Il avait du mal à me regarder dans les yeux. Il essuya brusquement sa paume droite sur sa hanche, mais il semblait volontairement cacher sa main gauche dans les plis de sa robe. La première chose qui me vint à l'esprit fut qu'il dissimulait une arme – un couteau, peut-être. Je me sentis immédiatement coupable d'avoir une telle idée. Était-ce juste parce qu'il prenait de la drogue que j'en tirais la conclusion qu'il était dangereux ? C'était stupide. Mais je ne pouvais m'empêcher de garder un œil sur cette main ; après tout, j'aurais été idiot d'ignorer ce que me dictait mon instinct.

— Tu as quelque chose à la main ? lui demandai-je en espérant qu'il s'agisse d'un livre ou d'un quelconque objet inoffensif.

Christopher hésita un moment et jeta un regard furtif en direction de la porte, comme s'il craignait que quelqu'un n'entre. Puis il sortit sa main gauche des plis de sa robe et la brandit vers moi. Je fis un autre pas en arrière, mais Christopher ne semblait pas hostile. Il resta immobile un moment l'air gêné, le bras tendu. Il serrait dans son poing un vieux gant de toilette miteux.

— Qu'est-ce que c'est ?

— Prends-le, me dit-il.

Je tendis une main hésitante dans laquelle il laissa tomber le paquet. Le gant se déplia et me révéla une aiguille, une cuillère abîmée et un sachet en papier cristal contenant une infime quantité de poudre blanche. Je n'en avais jamais vu de mes yeux auparavant, mais je ne m'avançais pas trop en considérant que le sachet contenait de l'héroïne.

J'étais stupéfait. Un long moment s'écoula, puis Christopher finit par me dire :

— C'est tout ce que j'ai, je te le jure.

Je relevai les yeux et vis qu'il me regardait intensément dans l'attente de ma réaction. Il se frottait les deux mains sur les hanches en se balançant d'un pied sur l'autre.

— Viens-tu d'en prendre ?

— Non.

Il disait sans doute la vérité. De ce que je savais de l'héroïne, elle rendait plutôt léthargique qu'agité. Il n'avait pas les pupilles dilatées – mais l'héroïne ne dilatait peut-être pas les pupilles, après tout…

— Pourquoi m'apportes-tu tout ça ?

— Je ne veux pas que tu me mettes dehors, dit-il. Je me suis dit que si je te donnais ça, tu verrais que je suis sérieux quand je dis que j'essaie d'arrêter.

— Où as-tu eu la drogue ?

— Je l'ai apportée avec moi en venant ici.

Mon œil.

— Désolé, mais je ne te crois pas, répondis-je en secouant la tête. Tu es ici depuis neuf mois. Un sachet comme celui-ci te durerait combien ? Une semaine ? Tu n'as pas pu venir ici avec de la drogue pour neuf mois. Et tu n'aurais pas attendu un an avant de te remettre à en consommer.

Christopher avait l'air pris au piège. Il fixait la porte, mais je lui bloquais la sortie. Je n'avais pas l'intention de le laisser partir tant qu'il ne m'aurait pas dit la vérité.

— Il y a quelqu'un ici qui te procure cette saloperie, insistai-je.

— Non ! Non, je le jure.

Il lança un regard en direction de la porte des domestiques, mais sans essayer de l'atteindre.

— Bon, tu as raison, je m'en suis procuré depuis mon arrivée. Mais ce n'est pas quelqu'un d'ici.

— Qui alors ?

— Un... ami... d'avant, bredouilla-t-il. Quand je n'en peux plus, je l'appelle et il me retrouve sur l'aire de repos de la Route 2.

— Où tu couches avec lui, terminai-je.

Je voyais à quelle aire de repos il faisait référence. C'était à deux ou trois bons kilomètres – pas grand-chose pour un adolescent en manque d'héroïne.

— Ça va, il est sympa, me dit Christopher en se tortillant. Il me suce juste. Ça ne me dérange pas.

Génial. Non seulement il prenait toujours de la drogue, mais en plus, il continuait à se prostituer.

Oui, je sais. Nous étions en plein milieu de la Cité du Sexe et j'en avais été l'un des fondateurs. J'étais plutôt mal placé pour faire la morale. Mais fumer quelques joints n'était pas comparable à prendre de l'héroïne tout de même. Et l'amour libre, ce n'était pas la prostitution. Ce gamin nous emmenait dans des zones d'ombre que nous n'avions jamais eu l'intention d'explorer.

— Christopher...

— Je sais ! m'interrompit-il d'un air paniqué. Je sais que j'ai fait n'importe quoi. J'ai enfreint les règles et je t'ai menti. Mais... il faut que vous me donniez une deuxième chance. S'il te plaît, ne me mets pas à la porte. Je ferai tout ce que tu veux. Je n'appellerai plus ce type. Tu peux me retirer le droit de téléphoner, tu peux me punir. Ça ne me dérange pas d'être frappé. Tu peux me prendre...

— Arrête ! criai-je. Arrête immédiatement.

Le jeune homme se recroquevilla comme si j'allais le frapper.

— Mais enfin, Christopher ! Quand vas-tu comprendre que je n'essaie pas de te mettre dans mon lit ?

J'étais furieux qu'il continue à me considérer comme l'un de ses clients sordides.

— Je ne veux pas te frapper, je ne veux pas te fouetter et je n'ai pas besoin de t'utiliser pour assouvir mes fantasmes sexuels ! Rentre-toi bien ça dans le crâne !

Et voilà. Il se mit à pleurer.

Oh mon Dieu...

— Écoute, je suis désolé de m'être emporté.

À ma grande surprise, Christopher s'approcha et s'appuya sur mon épaule, ses yeux remplis de larmes dans le creux de mon cou et ses bras serrés autour de ma taille.

— Aide-moi, gémit-il en sanglotant. S'il te plaît. C'est le seul endroit où je me sois jamais senti en sécurité. Je sais que je me suis mal conduit, mais donne-moi juste une chance de me racheter.

Je ne pus m'empêcher de le prendre dans mes bras à mon tour. J'avais toujours été incapable de résister aux larmes. Comme il était un peu plus petit que moi, je pouvais poser ma joue sur ses doux cheveux blonds. J'essayai de l'apaiser.

— Je ne veux pas non plus que tu partes. Nous parlerons de tout ça avec Seth et Bowyn et nous verrons ce qu'ils en pensent.

Je me rendis compte pendant que je parlai qu'il me caressait le dos. Rien de particulier au départ – juste le genre de gestes que font les gens quand ils se prennent dans les bras. Mais il ne tarda pas à se faire plus sensuel, plus langoureux. Je m'aperçus en même temps qu'il frottait son entrejambe contre le mien, et il était facile de sentir sous sa robe qu'il commençait à avoir une érection.

Et, pour être honnête, moi aussi, bien que je ne l'aie pas sentie venir.

Incroyable. Je ne pouvais pas imaginer une seule seconde qu'il me désirait vraiment. Ce gamin me manipulait. Encore ! Était-il incapable d'avoir un rapport d'un autre genre avec un hommes plus âgé ? Peut-être. C'était peut-être la seule méthode qu'il connaissait pour obtenir ce qu'il voulait. Vu ce que je savais de son passé, je ne pouvais pas vraiment le lui reprocher.

Je le repoussai en soupirant – gentiment mais fermement.

— Il est tard, Christopher. J'irai voir Seth dès demain.

Je n'avais toujours aucune envie de m'aventurer dans sa chambre ce soir-là – crème fouettée ou non.

— Nous verrons ce que nous pouvons faire pour toi.

Je faillis mentionner le fait que nous nous reverrions à la répétition du chœur le lendemain soir, mais j'eus peur qu'il croie, vu les circonstances, que je lui proposais un marché. Je n'en dis donc pas davantage.

— Merci, me dit-il en souriant à travers ses larmes et en essuyant ses joues du dos de la main. Je savais que je pouvais te faire confiance, Jeremy. Je savais que tu comprendrais.

Ouais, c'est ça. On est potes maintenant, presque des âmes sœurs. Cause toujours, gamin.

— Et si tu retournais te coucher maintenant ?

Je l'accompagnai jusqu'à la porte – la principale, cette fois-ci – puis refermai derrière lui et déposai son matos sur le bureau. Bowyn n'avait pas intérêt à tarder, parce qu'il n'était plus question que je me concentre sur le manuscrit.

XIV

— IL A essayé de coucher avec toi ?

Bowyn semblait trouver la situation bien plus amusante que moi.

— Ce qu'il a essayé de faire, repris-je en affichant mon impatience, c'est de me proposer un marché pour que je n'aille pas raconter à Seth ou à toi ce que je savais sur lui.

— Voilà qui est fait, cafteur, me taquina Bowyn.

Mais en ramassant l'aiguille qui se trouvait sur le bureau, il prit un air plus sérieux.

— Je pensais vraiment qu'il avait laissé tomber.

— Que devons-nous faire, à ton avis ?

— *Nous* ? Je croyais que tu ne faisais plus partie du Temple.

Je fronçai les sourcils ; je n'avais aucune envie de jouer à ce petit jeu pour l'instant.

— Certes, mais toi, si. Je sais déjà ce que Seth va faire : rien. De son point de vue, tout ce qui touche à la luxure est une vertu. Il adorerait que ce gamin continue à se prostituer et à se droguer.

— Tu es dur, protesta Bowyn. Seth sait se montrer vulgaire et égocentrique, mais il n'est pas totalement dénué de compassion.

J'étais trop énervé pour laisser passer ça. J'enlevai ma robe et la jetai sur le sol, puis me glissai dans le lit.

— Je voudrais bien savoir ce que toi, tu comptes faire.

— Eh bien, répondit Bowyn en reposant l'aiguille sur le bureau, je vais en parler à Seth, à Marianne et à Alex dès demain. Christopher a enfreint les règles, mais ce n'est pas vraiment là qu'est le problème, n'est-ce pas ? Nous devons déterminer si le Temple est en mesure de l'aider, ou s'il va juste nous entraîner dans sa chute.

J'observai Bowyn qui retirait sa robe et sentis ma colère se dissiper à la vue de son beau corps doré. Mon érection grandissait tandis que mon regard suivait les lignes de son abdomen jusqu'à sa toison pubienne blonde.

— Nous aimons tous beaucoup Christopher, me dit Bowyn en s'installant à califourchon sur mes hanches. Nous ferons ce qui est en notre pouvoir pour l'aider.

102

Il se pencha pour m'embrasser. Nous étions comme encerclés par ses longs cheveux blonds qui nous dissimulaient au monde, et je ne songeai bientôt plus qu'à son odeur, au goût de ses lèvres, à la douceur de sa peau. Tout le reste attendrait bien jusqu'au lendemain.

Il s'avéra impossible de rassembler tous les frères le lendemain matin : Alex supervisait le petit déjeuner et Seth faisait son sermon quotidien. Nous les informâmes que nous avions un sujet important à aborder avec eux et Marianne l'après-midi, puis nous les laissâmes vaquer à leurs occupations.

Il y avait une imprimante laser dans le bureau du rez-de-chaussée, et Bowyn m'aida à y connecter mon portable via le Wi-Fi afin que je puisse imprimer les partitions du chœur. Puis nous rejoignîmes Marianne dans la salle à manger pour le petit déjeuner.

Le sermon du jour portait sur l'histoire d'Odin et Baldr. Baldr était le fils d'Odin et Frigg, qui fut tué suite aux machinations de Loki.

— La douleur parmi les dieux était telle, tonna Seth de sa voix profonde qui se répercutait sur les murs en marbre de la chapelle, que le cœur de l'épouse de Baldr explosa de chagrin et qu'elle fut allongée à ses côtés sur son vaisseau funéraire. Dieux et habitants des neuf mondes vinrent pour assister à la crémation de son vaisseau. À l'issue des funérailles, Odin prêta Sleipnir, son cheval à huit jambes, à son fils Hermod en lui ordonnant de ramener Baldr du royaume d'Hel. Pendant neuf jours, Hermod chevaucha Sleipnir, puis ils atteignirent la rivière Gjöll qui marque la frontière du royaume d'Hel. Le gardien du pont confirma le passage de Baldr neuf jours plus tôt. Hermod franchit le pont et chevaucha jusqu'à l'énorme grille de Hel. Il éperonna le magnifique étalon qui bondit par-dessus la grille. Hermod pénétra dans le palais à cheval et entra dans la grande salle du trône du royaume d'Hel. Là, il trouva son frère, Baldr, assis sur l'un des sièges avec sa femme Nanna à ses côtés.

Si je me fiais à mes souvenirs, il s'agissait d'une interprétation libre du mythe. Dans la version de Snorri Sturluson, c'était Frigg qui envoyait Hermod à la recherche de son fils. Mais contester les propos de Seth une fois qu'il était lancé avait peu d'intérêt.

— Quand Hermod lui annonça que tous les dieux pleuraient la perte de leur bien-aimé Baldr, la déesse Hel lui dit : « Nous allons voir si Baldr est aimé comme tu le dis. Si toute chose dans les mondes, morte ou vivante, pleure pour lui, alors je le rendrai aux dieux. Sinon, je le garderai pour moi. » Hermod se mit donc à parcourir les neuf mondes pour demander à tout ce qu'il rencontrait de pleurer pour le retour de Baldr.

Seth marqua une pause dramatique. Bien sûr, tout l'auditoire – même ceux qui n'avaient jamais entendu ce mythe – savait déjà que les efforts de Hermod étaient voués à l'échec. Les histoires finissaient toujours mal.

Après que toute chose dans les neuf mondes, y compris les arbres et les rochers, avaient accepté de pleurer pour Baldr, Hermod rencontra une géante dans une grotte. Il la supplia de pleurer, mais il s'agissait en fait de Loki déguisé. Les demandes de Hermod tombèrent dans l'oreille d'un sourd ; Loki refusa de pleurer.

— Trahi par son propre sang, poursuivit Seth d'un air grave en faisant sans doute allusion au fait que Loki et Odin étaient frères de sang, Baldr demeura au royaume de Hel.

Seth s'interrompit à nouveau, et il me sembla qu'il regardait avec insistance Christopher, qui, quant à lui, écoutait attentivement le récit depuis sa place au premier rang du chœur.

— Et pourtant, tout n'est pas perdu pour le fils d'Odin. Un jour, les armées de Hel se soulèveront et tenteront de détruire les neuf mondes par le feu ; alors, Odin mènera son armée de dieux et d'hommes à sa rencontre sur le champ de bataille. Il sait qu'il mourra, mais son sacrifice mettra fin à la destruction des mondes et à la traîtrise de Loki. Et lorsque les mondes ressurgiront des flammes, Baldr vivra à nouveau et prendra place sur le trône de son père.

XV

JE RENCONTRAI Timothy, le chef de chœur qui m'avait remplacé à mon départ, à l'issue de l'office ; il m'apprit qu'il avait déjà organisé une répétition improvisée après le déjeuner à la demande de Seth. Nous nous tenions au centre de la chapelle tandis que les membres du chœur étaient en train de sortir pour se diriger vers la salle à manger. Le petit homme chauve prit les partitions que je lui tendis et les feuilleta avec consternation.

— *La, la, la* ? lut-il d'un air atterré – c'étaient les « paroles » que j'avais transcrites.

— Ce sera remplacé par une transcription phonétique du grec ancien lorsque l'oncle de Rafe nous l'aura envoyée.

Timothy continua à parcourir les pages jusqu'à arriver au Credo.

— Et cette partie ? *MaCaMa GaHa PaD ZaR* ? Qu'est-ce que c'est que ce charabia ?

Je lui lançai un regard contrit.

— C'est ce que dit le manuscrit – en quelque sorte. J'ai dû deviner les voyelles.

— Tu ne t'es pas trop embêté. Il n'y a que des *A*.

— Je ne savais pas quelles voyelles utiliser, dus-je avouer, et je n'ai aucune idée du sens. Je ne sais même pas si ça a un sens. C'était peut-être un code que seuls Ficin et quelques amis connaissaient. Mais ne t'inquiète pas, ça ne concerne que le solo et j'aimerais travailler sur cette partie moi-même avec Christopher, si ça ne t'ennuie pas.

Timothy me signifia d'un geste que ça ne le dérangeait pas du tout.

— Comme tu voudras. Il est adorable, mais il peut se montrer un peu… difficile à gérer parfois.

— Merci, répondis-je. Je pense que je m'en sortirai.

Je l'espérais.

— Tu n'as qu'à t'occuper de la partie en grec avec le chœur. Nous te donnerons la transcription phonétique dès que nous la recevrons.

Timothy, apparemment pas du tout impressionné, soupira et fit un geste dédaigneux de la main.

— Bon, ce sera du *La, la, la* alors.

LORSQUE LE chœur se rassembla après le déjeuner, nous nous trouvâmes confrontés à un autre pépin : Christopher n'était pas là. Nous l'attendîmes un quart d'heure, puis Timothy finit par lancer la répétition.

— Bien, mettons-nous au travail malgré tout. Ce n'est pas la première fois qu'il nous fait faux bond. Heureusement, il apprend vite, il pourra facilement rattraper.

Mais je n'étais pas d'humeur à me coltiner un ténor qui ne connaissait pas sa partition alors que mon but premier était d'entendre cette partie chantée. Je pris les pages du ténor solo et mon ordinateur portable.

— Ça ne t'ennuierait pas de travailler avec le chœur sur les autres pièces ? Elles sont plus simples. Je vais voir si je peux retrouver Christopher. Sans le solo, le Credo ne donnera rien.

Timothy sembla sceptique.

— Pourquoi pas, mais j'espère que le gamin n'est pas dans un de ses mauvais jours. Si c'est le cas, il est capable de prendre ses jambes à son cou dès qu'il te verra.

— Je prends le risque.

JE NE savais pas où chercher, mais le jeune homme s'avéra très facile à trouver. Dès que je mis les pieds sur le – ou plutôt à côté du – chemin pavé qui menait de l'église à la maison, je remarquai des corbeaux qui faisaient des ronds dans le ciel au sommet de la colline, près de la forêt. Songeant que Christopher était sans doute en train de les nourrir, je me dirigeai de ce côté.

Miracle : il était là.

Il se tenait au milieu d'une bonne centaine de volatiles noirs qui se chamaillaient autour des miettes de pain qu'il leur jetait, et qu'il prenait dans une réserve dissimulée dans un pli de sa robe. Aux dernières nouvelles, il n'était pas censé y avoir cent corbeaux dans tout le New Hampshire… apparemment, c'était le cas maintenant.

Christopher baissa les yeux vers moi pendant que je gravissais la colline. Les corbeaux indignés croassèrent en s'envolant au fur et à mesure que j'avançais, mais Christopher ne bougea pas d'un pouce.

Au contraire, il souriait.

— Je savais que tu viendrais me chercher.

— Vraiment ?

Je n'essayai pas de dissimuler mon mécontentement.

— Tu as pensé que ce serait amusant de me forcer à te chercher partout ?

— N'élève pas la voix, ça les perturbe.

Il faisait référence aux corbeaux. J'observai ces charognards bruyants qui attendaient les poignées de miettes que leur lançait Christopher. Je ne peux pas dire que je déteste les corbeaux, mais je ne peux pas dire non plus que je les porte dans mon cœur. Je renouvelai ma tentative en baissant le ton.

— Timothy t'a demandé de te rendre à la chapelle après le déjeuner pour une répétition, non ?

— Oui.

— Alors, qu'est-ce que tu fais ici ?

Christopher haussa les épaules et m'adressa un sourire timide qui semblait vouloir s'excuser.

— J'avais besoin d'être un peu seul, c'est tout. J'ai été vraiment touché par le sermon d'aujourd'hui. Je ne voulais pas te mettre en colère, Jeremy.

— Tu vas aller à la répétition.

— Je ne préférerais pas.

Voyant mon air mécontent, il s'empressa de me demander :

— Tu peux travailler avec moi ici, non ? Ça ne me dérange pas d'être avec toi, je n'ai juste pas envie d'avoir affaire aux autres pour l'instant.

Il me manipulait encore, j'en étais sûr. Il prétendait qu'il y avait entre nous une relation privilégiée qui n'existait pas. Mais j'avais apporté ses partitions et mon portable, ce qui me permettrait de lui jouer la version MIDI de sa partie ; j'acceptai.

— Tu sais lire une partition ? lui demandai-je en lui tendant les pages.

— Pas très bien, répondit-il en regardant les feuilles d'un œil curieux. Suffisamment pour suivre une fois que je connais la mélodie. Que signifient ces mots ?

— Je n'en ai aucune idée, reconnus-je. Ce ne sont peut-être que des syllabes phonétiques qui selon Ficin sonnaient bien musicalement et sur le plan magicke. En tout cas, je suis sûr que les voyelles ne sont pas correctes, donc ne t'en préoccupe pas trop. Essaie juste de chanter les syllabes du mieux que tu peux.

Je m'assis en tailleur sur l'herbe, installai l'ordinateur devant moi et le démarrai.

— J'ai une version électronique immonde de ta partie là-dedans. Tu n'as qu'à l'écouter et voir si ça te suffit pour l'apprendre.

J'avais des doutes. Les notes ne formaient pas vraiment ce que l'on aurait pu appeler une mélodie. En d'autres termes, sans le support du reste du chœur, elles semblaient atonales, comme si l'on passait d'une note à l'autre sans qu'il y ait de lien entre elles. Il était difficile pour un chanteur peu expérimenté de se souvenir d'une suite de notes sans mélodie cohérente pour le guider.

Mais Christopher n'eut aucune difficulté. Je fus surpris de constater qu'après avoir entendu les premières notes, il fut capable de les chanter à l'identique, malgré une quinte diminuée vers le bas suivie d'une septième majeure vers le haut. Ce passage était loin d'être évident.

— Excellent ! m'écriai-je.

Mais il se contenta d'un hochement de tête discret, comme si ce compliment l'embarrassait. Je jouai un autre segment et, à nouveau, il l'interpréta à la perfection. Après quelques passages étudiés de la sorte, Christopher intervint :

— On s'ennuie. Tu ne pourrais pas jouer la pièce en entier ?

— Euh… si tu veux. Mais c'est assez long.

— Tu n'as qu'à la passer plusieurs fois et je verrai si je m'en souviens.

Et c'est ce que je fis. Il écouta attentivement en suivant la partition et en fredonnant à moitié dans un souffle à peine perceptible. Nous recommençâmes quatre ou cinq fois, jusqu'à ce que Christopher me dise :

— Bon, je vais essayer sans l'ordinateur maintenant.

— Bien, vas-y.

Il chanta les syllabes phonétiques et encore une fois je fus transporté, non seulement par la musique mais aussi par la perfection de sa voix. Elle était d'une pureté et d'une richesse indéfinissables, et Christopher sentait d'instinct le rythme du morceau. Il ajoutait des crescendos et des decrescendos, tenait les notes au bon moment, marquait des pauses aux moments de tension dramatique. Il parvenait parfois à lier ces notes apparemment hasardeuses et à produire un résultat cohérent et sublime ; les étranges « mots » phonétiques ressemblaient vraiment à des mots, comme s'il chantait quelque chose de magnifique et d'une beauté à vous déchirer le cœur.

Lorsqu'il s'arrêta à la fin du morceau, je ne pus que le contempler dans un silence respectueux et fasciné ; j'étais profondément ému. Il semblait être entré profondément en lui-même, et je le vis cligner des yeux et se focaliser soudain sur ce qui nous entourait.

— Ne bouge pas, me chuchota-t-il.

Je baissai les yeux et vis ce qu'il voyait. Les corbeaux nous encerclaient toujours sur la colline, mais ils étaient beaucoup, beaucoup plus nombreux qu'à mon arrivée. Ils étaient désormais étrangement immobiles, posés sur l'herbe

108

sans faire de bruit, la tête penchée d'un côté ou de l'autre, leurs yeux noirs ronds comme des galets rivés sur Christopher. J'en eus froid dans le dos.

Puis, au loin, Bowyn cria mon nom.

Comme soudainement réveillés, les corbeaux s'élevèrent dans les airs, et Christopher et moi nous retrouvâmes pendant quelques secondes engloutis dans une tornade de battements d'ailes noires. Christopher se couvrit les oreilles pour se protéger des cris stridents des oiseaux, les paupières serrées et le visage déformé comme un petit garçon effrayé parce qu'on lui crie dessus. Gêné, je détournai les yeux, comme si j'avais été témoin de quelque chose que je n'aurais pas dû voir.

— C'était… bizarre, commenta Bowyn en s'approchant, le regard toujours fixé sur le nuage de corbeaux qui s'éloignait. J'ai cru qu'ils vous attaquaient.

— Tout va bien, dit Christopher.

Il avait l'air sombre, et toute trace de peur avait disparu de son visage. Bowyn se tourna vers moi, mais je haussai juste les épaules en me penchant pour ramasser mon ordinateur. C'était vrai, tout allait bien, après tout.

— Je vous ai interrompus ?

— Nous avons fini, répondis-je. C'était super, ajoutai-je à l'intention de Christopher. Je peux compter sur toi pour la répétition de ce soir ?

Il acquiesça tout en scrutant Bowyn d'un œil suspicieux. Je ne compris pourquoi qu'au moment où je m'apprêtais à partir ; alors, Christopher me demanda :

— Vous avez une réunion à mon sujet, c'est bien ça ?

Bowyn et moi nous arrêtâmes net. Je voyais bien que Bowyn était ennuyé, mais je ne voyais pas l'intérêt de mentir.

— Oui, Christopher.

— Tu vas leur dire de me jeter dehors ?

— Je vais leur parler de la conversation que nous avons eue hier soir. Puisque je ne vis plus ici, je ne suis pas en position de dire à Seth et aux autres ce qu'ils doivent faire.

Bien sûr, j'avais encore une certaine influence au Temple, que cela me plaise ou non, et Christopher le savait.

— Je croyais que je pouvais te faire confiance.

Je me retournai pour lui faire face et le regarder dans les yeux. Il ne détourna pas le regard cette fois-ci, et je crus y lire qu'il était sincèrement blessé.

— Christopher, laisse-moi être tout à fait honnête avec toi. Tout d'abord, je ne te connais pas vraiment. Je trouve que tu as un talent de chanteur incroyable et j'apprécie de discuter avec toi, mais ça ne va pas plus loin. On m'a un peu parlé des épreuves que tu as dû traverser, et je ne pense pas pouvoir te reprocher d'avoir un problème avec la drogue étant donné ton passé. Tu n'as pas eu une vie facile. Mais je suis inquiet de savoir que des drogues dures sont consommées dans un lieu que j'ai contribué à créer.

— Je t'ai dit que j'arrêterais ! s'écria-t-il en hurlant presque. C'est vrai !

Il m'implorait, au bord des larmes.

— Et je suis certain que tu vas essayer, mais je ne crois pas que beaucoup de gens soient capables de laisser tomber l'héroïne sans un minimum d'aide.

— Et tu nous as déjà dit que tu avais arrêté, ce qui était faux, remarqua Bowyn.

— Empêchez-moi de sortir. Je ne pourrai plus m'en procurer si je ne peux plus sortir. Enfermez-moi à clé la nuit.

Il pleurait à présent, sans essayer d'essuyer les larmes qui coulaient abondamment sur ses joues.

— Cette fois-ci, c'est la bonne. Je vous le promets. Ne me rejetez pas, s'il vous plaît. Je n'ai nulle part où aller.

Ses larmes étaient encore une fois en train de m'avoir.

— Écoute, Christopher, tout ce que je peux te dire, c'est que je ne vais pas suggérer que tu sois mis à la porte. Mais Seth et les autres doivent savoir que tu as toujours des problèmes. Je sais bien que ce n'est pas très rassurant, mais essaie de ne pas paniquer. Nous nous verrons ce soir à la répétition, et je te promets de te dire ce qui aura été décidé, d'accord ?

Christopher se renfrogna mais murmura :

— D'accord.

Tandis que je descendais la colline pour retourner vers la maison, Bowyn me rejoignit. Après un coup d'œil en arrière pour s'assurer que Christopher ne pouvait pas nous entendre, il se pencha vers moi et me dit :

— Tu as conscience qu'il pleure dès que quelqu'un lui demande de faire quelque chose qui lui déplaît ?

— Je m'en doutais bien, dis-je d'une voix pleine de regret. Je crois qu'à peu près tout ce qu'il fait – pleurer, embrasser, parler, se confier, même faire l'amour – il n'a appris à le faire que pour manipuler les autres et survivre. Dieu seul sait ce qu'il peut bien ressentir sous ce masque.

— Tiens donc, te voilà psychologue à présent ?

Il me taquinait, mais je n'étais pas d'humeur et ne pus que grogner de frustration.

— Eh non, aucun de nous ne l'est. C'est bien ça le problème.

XVI

LA RÉUNION avec les Frères, une fois un groupe d'initiés chassé de la salle à manger et la porte verrouillée, fut brève. Il était hors de question pour Seth d'exclure Christopher du Temple ; nous l'aimions tous beaucoup – ou le trouvions au moins sympathique – malgré les problèmes qu'il rencontrait. Personne ne souhaitait donc se débarrasser de lui.

— Il pourrait peut-être être soigné par un thérapeute sans être hospitalisé, suggéra Alex. Je crois qu'ils proposent à Berlin des visites aux toxicomanes. Comme ça, il n'aurait pas à quitter le Temple.

Bowyn éclata d'un rire sec.

— Tu veux dire que nous ferions entrer un thérapeute ici ? demanda-t-il d'un air incrédule. Au Temple ?

En effet, l'idée semblait ridicule. Le thérapeute en question serait sans doute choqué par ce qu'il découvrirait. Il ne s'y passait rien d'illégal – à condition que personne ne se fasse piquer en train de fumer de l'herbe – mais les choses pourraient mal tourner s'il en venait à penser que le Temple était en partie responsable des problèmes de Christopher.

— Non, peut-être pas, répliqua Alex, mais Christopher pourrait sans doute aller en consultation là-bas une ou deux fois par semaine. Ça vaudrait le coup de se renseigner.

— Et combien cela coûterait-il ? demanda Marianne d'un air suspicieux.

Puisque j'avais mon ordinateur portable sur moi, je trouvai rapidement le site internet du centre de thérapie de Berlin. Les prix n'étaient pas indiqués, mais ils avaient un numéro de téléphone et Marianne fut d'accord pour les appeler et obtenir davantage d'informations.

UNE FOIS le problème de Christophe réglé, en tout cas pour le moment, Alex déclara qu'elle devait absolument retourner dans sa cuisine et Marianne se dirigea vers le bureau pour téléphoner. Mais je réussis à coincer Seth à la porte qui donnait sur le grand hall avant qu'il ne puisse s'échapper.

— Il paraît que Rafe parle grec.

Le joli cœur n'avait pas été convié à notre petite réunion.

— Oui.

— Est-il capable de comprendre le livret ?

Seth s'appuya contre le chambranle poli en chêne et croisa les bras sur sa poitrine.

— Pour autant que je sache, cette partie du livret a été empruntée à… Platon ou quelque autre source datant de l'Antiquité et qui n'a peut-être jamais été traduite en langage moderne. Es-tu capable de lire du vieil anglais, bien que tu parles l'anglais moderne ? me demanda-t-il en haussant les sourcils. N'oublie pas qu'il s'agit de poésie et que les schémas rythmiques sont essentiels.

Il m'avait eu. *Beowulf* avait été le fléau de mon existence pendant six mois quand j'étais en deuxième année à l'université. Mais j'insistai.

— Il ne serait pas capable de comprendre un seul mot ?

— Bien sûr que si, lança derrière moi une voix douce et profonde qui me fit presque sursauter.

C'était Rafe, bien sûr, qui traversait le hall pendant que nous discutions.

— Mais uniquement un mot par-ci par-là, poursuivit-il. C'est pour ça que j'ai suggéré d'envoyer le texte à mon oncle Adrian. Il enseigne l'histoire et la philosophie à l'Université de Crète.

Je n'étais pas sûr moi-même de savoir de quoi je l'accusais au juste. J'avais juste la vague impression qu'ils me cachaient quelque chose tous les deux. Mais je devenais peut-être parano. Je décidai d'orienter mon interrogatoire vers des questions plus utiles.

— Quand crois-tu qu'il aura terminé la traduction ?

Rafe brandit quelques pages en souriant.

— Il me l'a envoyée par mail cet après-midi même.

Je les lui arrachai presque des mains, mais je n'en fus pas plus avancé. Tout était rédigé en grec. Voyant mon air ébahi, Rafe expliqua :

— Mon oncle Adrian ne parle pas anglais. Il a traduit les vers en grec moderne, et maintenant je vais les traduire en anglais.

— Combien de temps cela va-t-il te prendre ?

Je dus employer toute mon énergie à me retenir de geindre comme un enfant gâté de six ans.

Rafe s'approcha pour examiner les pages que j'avais encore à la main et commença à lire à haute voix.

— À vous qui régnez sur toutes les choses, Zeus ou Hadès, comme vous voulez être appelés, cette... libation... et... cette soupe... ? j'apporte.

Il interrompit sa lecture et se tourna vers moi dans une attitude étonnamment humble pour un homme qui d'ordinaire transpirait l'arrogance.

— Il me faudrait du temps pour faire une traduction plus... poétique.

Bowyn avait attendu que je le rejoigne près de l'escalier, mais il se rapprocha de nous.

— Tu l'as déjà lue ?

— Oui, bien sûr, répondit Rafe en hochant la tête.

— De quoi ça parle ? lui demandai-je.

— Je crois que c'est une sorte d'invocation... des esprits des morts.

Charmant.

Je lui rendis les papiers.

— Tout autant que de la traduction du livret, nous avons besoin d'une transcription phonétique du texte original en grec ancien, pour que le chœur puisse le prononcer correctement.

— Mon oncle l'a aussi envoyée – en alphabet grec bien sûr, il faudra que je la transcrive en alphabet latin.

— Penses-tu pouvoir le faire rapidement ?

— Je peux m'en occuper dès ce soir.

— Très bien, nous verrons tout ça demain. Pour ce soir, le chœur devra se contenter des *la, la, la.*

Seth prit le bras de Rafe pour l'entraîner à sa suite – sans doute dans le but de s'adonner à un peu de gymnastique d'après-midi – mais je les arrêtai.

— Et le solo ?

— Eh bien ? demanda Rafe.

— C'est un livret distinct, écrit en latin, mais je me demandais si certains mots ne pouvaient pas être des mots grecs écrits phonétiquement.

Ma remarque retint l'attention de Seth.

— Tu peux nous montrer ?

Je n'avais pas encore éteint mon ordinateur ; nous nous dirigeâmes donc vers la table de la salle à manger et j'affichai la partie de Christopher. Les autres se penchèrent pour l'examiner.

— Ce n'est pas du grec, dit Rafe au bout d'un moment. Même si c'était du grec ancien écrit phonétiquement, je reconnaîtrais un mot ou deux ; mais là, rien ne m'est familier. *MaCaMa GaHa* ? Ça n'a pas de sens.

— Les voyelles, c'est moi qui les ai insérées au hasard, précisai-je. Elles pourraient être complètement différentes.

Les yeux de Seth s'écarquillèrent subitement.

— Attendez une minute… *MaCaMa GaHa PaD ZaR…*

Il répéta ces sons plusieurs fois à voix basse, le front plissé par la concentration.

— C'est déformé, mais… je reconnais peut-être ce dont il s'agit.

Nous le regardâmes tous d'un air stupéfait. Seth s'approcha de plus en plus de l'écran afin de lire ce qu'il affichait, puis il hocha la tête, comme s'il était désormais sûr de lui.

— À la bibliothèque, c'est parti, ordonna-t-il. Apporte l'ordinateur.

HEUREUSEMENT, NOUS n'étions qu'au milieu de l'après-midi et la bibliothèque était inondée de lumière, ce qui allait m'épargner une autre partie de cache-cache à la torche. Seth nous demanda d'attendre tous les trois près de la fausse cheminée, puis disparut au milieu des étagères. Je saisis l'opportunité pour installer l'ordinateur portable sur le bureau en acajou que j'avais utilisé le premier jour et le brancher, la batterie commençant à faiblir.

— C'est pas vrai ! s'écria Seth au bout de plusieurs minutes. Pourquoi n'avons-nous pas encore établi de catalogue ?

— Peut-être que si tu me disais ce que tu cherches, lui cria Bowyn en secouant la tête, je pourrais t'aider à le trouver.

Comme Seth ne répondait pas, Bowyn soupira avant de disparaître à son tour au milieu des étagères. Ils commencèrent à débattre de je ne sais quel sujet, mais leur conversation était inintelligible de là où j'étais. Je me retrouvais encore une fois seul avec Rafe. Lorsque je tournai les yeux vers l'endroit où il était assis, je le vis bras et jambes écartés dans l'un des gros fauteuils en cuir ; il m'adressa un sourire et entreprit de relever le bord de sa robe afin de dévoiler ses généreuses parties. Étant donné ce que j'en voyais, ses pensées ne devaient pas être des plus pures.

— Pas maintenant, grommelai-je, même si je devais bien avouer que le spectacle de son érection n'était pas sans me faire de l'effet.

Mais ce n'était ni le moment ni le lieu.

Bowyn et Seth revinrent au bout de quelques minutes, et Rafe eut la présence d'esprit de baisser sa robe, peut-être conscient du fait qu'aucun des deux hommes n'apprécierait cette tentative d'approche à un moment où les sciences occultes requéraient toute notre concentration.

— Malheureusement, me dit Seth, je n'ai jamais trouvé d'édition originale des journaux de John Dee disponible à la vente ; nous devrons donc nous contenter du calomnieux *Récit véritable et fidèle* de Casaubon.

Il faisait référence à l'ouvrage publié par l'ecclésiastique Méric Casaubon en 1659 qui s'intitule *Un récit véritable et fidèle de ce qui s'est passé pendant des années entre John Dee (un mathématicien de grande renommée sous le règne de la Reine Élisabeth et du Roi Jacques) et certains esprits*. Il reproduit une partie des journaux de John Dee qui étaient entrés en possession de l'auteur. Le titre est cinq fois plus long que le contenu.

Honnêtement, que l'information nous vienne d'un vieux volume poussiéreux ou de Wikipédia – ou, d'accord, d'une source un peu plus fiable – m'était complètement égal. Je pouvais comprendre dans une certaine mesure le fétichisme de Seth à l'égard de ses livres, mais il ne fallait pas que cela vire au ridicule. Ce qui m'interpella fut la référence à John Dee.

— Seth, John Dee est né trente ans après la mort de Ficin. Celui-ci ne pouvait pas avoir connaissance de l'œuvre de Dee et Kelley.

— Excusez-moi, mais qui est John Dee ? demanda Rafe.

Seth, Bowyn et moi nous retournâmes tous vers lui et je ressentis pendant quelques secondes de la compassion pour ce jeune coq arrogant. Son sex-appeal n'allait lui être d'aucune aide dans ce domaine.

— Peut-être, mon petit animal sexuel, rétorqua Seth calmement, devrais-tu consacrer un peu plus de temps à tes études des sciences occultes et un peu moins à exposer tes jolies fesses à l'air.

Aïe.

Mais Rafe ne se laissa pas démonter. Il glissa ses mains sous sa robe et les remonta jusqu'à l'intérieur de ses cuisses avant de ronronner :

— Peut-être pourrais-tu m'enseigner ces connaissances pendant que j'ai les fesses à l'air ?

Bowyn leva les yeux au ciel, Seth gloussa en contemplant son *animal*, puis lui expliqua :

— John Dee était astrologue à la cour de la reine Élisabeth Ière, ainsi que l'un de ses plus fidèles conseiller. On dit qu'il a aussi déclenché une tempête *magicke* qui a sauvé la flotte anglaise de l'Invincible Armada espagnole.

— Plus important encore, ajouta Bowyn, lui et son médium, Ned Kelley, prétendaient recevoir des messages des anges. Dee en parle dans son journal. Les anges leur ont dicté tout un langage magicke qui *pourrait* être utilisé pour communiquer avec le divin.

J'étais au courant de tout cela. Dee avait appelé ce langage *la langue des anges*, mais plus tard des occultistes l'avait rebaptisé *énochien*. Selon Dee, il s'agissait du langage originel parlé dans le jardin d'Éden avant la chute de l'homme. Comme l'Ordre n'était pas une organisation particulièrement tournée vers le Christianisme, nous n'avions pas beaucoup étudié les esprits angéliques, bien que de nombreuses personnes considèrent le système de Dee comme extrêmement puissant.

Seth feuilleta le livre jusqu'à trouver la page qu'il cherchait, puis le jeta sous mes yeux. Et je la vis, la première ligne du ténor solo, écrite différemment mais phonétiquement identique à ma transcription : *Micma goho Piad...*

Regardez, dit votre Dieu...

C'était le troisième des Appels Élémentaires énochiens – des invocations aux esprits angéliques.

XVII

— C'EST IMPOSSIBLE, insistai-je. Ficin n'a jamais rencontré Dee ni Kelley. L'énochien n'existait même pas de son vivant !

— Sauf si Ned Kelley disait la vérité, intervint Bowyn. S'il s'agissait véritablement du premier langage – ou d'une sorte de langage spirituel en tout cas – qui aurait été transmis à John Dee à travers lui par des esprits angéliques.

Edward Kelley était un personnage peu reluisant. De trente ans plus jeune que Dee, Kelley avait déjà eu droit au pilori pour contrefaçon et fraude lorsqu'il approcha Dee à vingt-sept ans en prétendant être capable de communiquer avec les anges une fois plongé dans un état de transe. À cette époque, Dee s'intéressait déjà à la communication avec les esprits depuis pas mal de temps et avait appris par une prophétie qu'un grand médium travaillerait bientôt pour lui ; il était donc disposé à croire Kelley sur parole. Ils restèrent en relation pendant des années, jusqu'à ce que Kelley explique à Dee que c'étaient les anges qui lui avaient commandé d'avoir une relation sexuelle avec la femme de Dee – qui était d'ailleurs plus proche de Kelley en âge que de son époux. Leurs chemins s'étaient donc séparés, et Kelley finit en prison pour avoir prétendu qu'il pouvait produire de l'or à partir d'un vulgaire métal, ce qui était faux. Il mourut en essayant de s'échapper à quarante-deux ans.

Il était donc raisonnable de soupçonner que ses communications avec les anges n'étaient qu'une supercherie.

— En partie, corrigea Seth lorsque je le leur fis remarquer. Il me paraît en effet peu probable que les anges aient prôné l'échangisme, bien que cette pratique eût sans doute été grandement profitable à la culture européenne. Mais j'ai utilisé la Magick énochienne, et je dois reconnaître qu'il s'agit d'un système extrêmement puissant. Kelley croyait peut-être lui-même qu'il en était l'inventeur, mais s'il se trouvait dans un état hypnotique, quelque chose de réel a pu se produire.

— Comme de la psychographie ? suggérai-je.

Je faisais référence au procédé qui consistait à griffonner au hasard sur une feuille en se concentrant sur une question. Certaines personnes sensibles aux esprits trouvent souvent dans leurs propres gribouillis des mots qui procure une réponse à leur question.

— Exactement.

— Et Ficin aurait pu avoir accès au même courant spirituel au cours de ses propres expériences magickes, ajouta Bowyn.

C'était possible. Je sais bien que tout cela semble absurde à ceux qui ne croient pas en la Magick, mais ceux d'entre nous qui y croient – en tout cas, certains – considèrent l'univers physique comme la surface visible et tangible d'une entité bien plus vaste et profonde, un océan de courants spirituels qui influencent de manière significative le monde physique. Ces courants contiennent l'intégralité de la connaissance humaine et divine – ce que les Théosophistes appellent les annales akashiques – et les personnes particulièrement réceptives peuvent régulièrement avoir accès à ces connaissances, délibérément ou par hasard.

— Bien, dis-je en me tortillant sur mon siège et en scrutant d'un œil méfiant l'écran de mon ordinateur. Je pense que maintenir la répétition de ce soir n'est pas une bonne idée.

Comme je le craignais, Seth demanda en haussant les sourcils :

— Pourquoi ?

Je le savais. Ma vie était un véritable film d'horreur.

— Parce que, commençai-je lentement, comme si je devais expliquer une évidence à un enfant, nous n'avons aucune idée de ce que nous invoquerions, ni pour quelle raison nous le ferions. C'est pour ça que ta maman te disait qu'il était dangereux de jouer avec une planche de ouija, Seth.

Il éclata de rire.

— D'après mes souven*irs,* ma mère pouvait me dire tout ce qu'elle voulait, ça ne m'empêchait pas de jouer au ouija ! Et je suis sûr que c'était pareil pour toi.

Il n'avait pas tort…

— Les sorts et les incantations magickes, poursuivit-il, ne fonctionnent pas à moins de savoir convoquer et diriger l'énergie appropriée. Sinon, il suffirait à un collégien quelconque de tomber sur le *Lemegeton Clavicula Salomonis* pour provoquer des dizaines de morts et des destructions massives – ou au moins la disparition d'une poignée d'ados tyranniques et de profs despotiques.

— Seth, Christopher est capable de diriger les énergies en interprétant la messe, volontairement ou non. Je l'ai vu.

Je racontai rapidement ce qui s'était passé l'après-midi même, lorsque son chant m'avait envoûté, moi mais aussi les dizaines d'oiseaux qui nous entouraient. Au lieu d'effrayer Seth ou de l'inciter à la prudence, cette information le réjouit.

— Excellent ! Je me doutais bien que ce garçon avait des capacités.

— Il a plus que des capacités, si tu veux mon avis, même s'il est possible qu'il ne les utilise qu'à travers la musique.

— C'est dommage que tu ne restes pas parmi nous, mon amour. Christopher aurait pu bénéficier de ton enseignement.

Belle tentative. Mais j'avais une vie et je comptais bien y retourner.

— Ce que j'essaie de te faire comprendre, c'est que nous sommes sur le point de donner à un jeune homme manifestement doté de certains pouvoirs une invocation magicke qui aurait tout aussi bien pu être créée exprès pour lui. Sans avoir aucune idée de l'effet produit. Ça ne me paraît pas du tout raisonnable.

Bowyn hocha la tête.

— Je suis plutôt d'accord.

Mais Seth ne voulut rien entendre.

— S'il vous plaît, tous les deux ! Vous savez que le livret est en énochien et vous avez les ouvrages nécessaires à votre disposition ; alors, vous n'avez plus qu'à découvrir le but de cette invocation ! Vous êtes magiciens, oui ou non ? Arrêtez de vous comporter comme des paysans superstitieux dans un mauvais film d'horreur et utilisez vos talents et votre tête.

Sur ce, il quitta la pièce, suivi de Rafe.

Je me tournai en soupirant vers le livret qui était toujours affiché sur l'écran de l'ordinateur.

— J'étais sûr qu'il réagirait comme ça.

— Alors, qu'en penses-tu ? me demanda Bowyn avec le sourire, ayant déjà retrouvé sa bonne humeur. Crois-tu que nous allons ouvrir une porte sur l'enfer et déclencher Armageddon ?

— Eh bien… je n'en sais rien.

Il éclata de rire et se pencha pour m'embrasser. Mon angoisse se dissipa momentanément dans la chaleur de ses lèvres. Puis il s'écarta.

— Tu peux toujours refuser de traduire l'énochien.

— Et à quoi ça nous avancerait ?

Voilà, j'étais de nouveau grincheux…

— Seth fera jouer la messe de toute façon. Il a presque tous les morceaux maintenant. Aussi tentante que soit l'idée de le ligoter et de le bâillonner – ce qui lui plairait beaucoup, j'en suis sûr – je n'ai pas vraiment d'autre possibilité que de faire cette traduction pour découvrir le but de ce sort.

BOWYN M'INCITA à descendre l'ordinateur et l'ouvrage de Casaubon dans notre chambre – ce que Seth n'aurait sans doute pas apprécié – afin de pouvoir me jeter sur le lit pour un petit moment de détente avant de me remettre au travail. Nous en avions bien besoin tous les deux.

Mais j'étais décidé à me faire une meilleure idée du sens du livret avant la répétition du soir. À cette époque de l'année, le soleil se couchait à six heures moins le quart, ce qui ne me laissait pas beaucoup de temps avant le dîner.

Bowyn se replongea dans le livre qu'il était en train de lire – un recueil de nouvelles de H.P. Lovecraft – et je m'installai devant mon ordinateur. Malheureusement, je dus admettre au bout d'une heure et demie que j'étais complètement coincé.

— Quelle plaie ! marmonnai-je pour moi-même, même si évidemment Bowyn m'entendait. Ce n'est pas *de l'énochien !*

Bowyn referma son livre et gardant la page avec son doigt.

— Comment ça ? Je croyais que nous avions établi avec certitude que c'en était.

— En grande partie, oui, reconnus-je, mais certains passages ne comportent que quelques mots d'énochien par-ci par-là. Le reste est constitué de termes dont je ne trouve trace nulle part.

Bowyn se leva pour venir voir ce que j'avais accompli jusque-là. Les deux premiers tiers étaient une transcription approximative de la troisième invocation énochienne des Tablettes Élémentaires – celle qui était utilisée pour invoquer les esprits angéliques de la Tablette de l'Air. Il y avait plusieurs variations dans la transcription phonétique – en plus des *a* par lesquels j'avais remplacé toutes les voyelles – ainsi que dans la grammaire, mais j'avais été capable de surmonter ces obstacles assez facilement. En revanche, la section finale était problématique. Le texte était parsemé de termes énochiens, mais la plupart d'entre eux étaient introuvables dans le livre de Dee.

— Dis-moi que tu as pensé à cherch*e*r un dictionnaire d'énochien en ligne.

Je le regardai d'un air consterné.

— Pour qui me prends-tu ? Évidemment.

Le texte de Casaubon était inestimable en tant que source primaire, mais il ne constituait pas un dictionnaire cohérent. De plus, ce n'était pas l'unique source de connaissance de cette langue, puisque Casaubon n'avait publié qu'une partie des écrits de Dee. Heureusement, d'autres dictionnaires d'énochien étaient disponibles en ligne.

— Je suis sûr que certains mots du livret sont juste difficilement reconnaissables à cause de leur orthographe et que je vais finir par les retrouver. Mais d'autres ne se trouvent dans aucun dictionnaire, j'en suis sûr. J'ai essayé toutes les variantes orthographiques possibles et imaginables.

— Ça ne veut pas dire que ce ne sont pas des termes énochiens, remarqua Bowyn. Ce sont peut-être juste des mots qui n'ont jamais été révélés à Dee.

Je me giflai mentalement. Bien sûr. Quelle que soit la façon dont Ficin avait eu connaissance de l'énochien, il n'avait pas été en contact avec Dee et Kelley. Il connaissait donc nécessairement des mots que les deux autres ne connaissaient pas.

— Dans ce cas, nous sommes foutus, conclus-je. Sans dictionnaire, nous ne réussirons jamais à comprendre le sens.

Bowyn regardait à l'extérieur. Il faisait frais dehors, mais il avait tout de même entrouvert la fenêtre, et la brise du soir nous apportait le son de la cloche qui annonçait Resh et le dîner.

— Je n'en suis pas si sûr, dit Bowyn. Si le chœur répète la messe ce soir et que Christopher y participe, il se pourrait que nous ayons une assez bonne idée de ce que tout cela signifie.

121

XVIII

Nous vîmes Marianne au dîner, qui nous prit à part pour nous parler du coup de téléphone qu'elle avait passé au centre de désintoxication de Berlin.

— Ils sont d'accord pour le voir, nous dit-elle à voix basse.

Elle vérifia que personne ne nous entendait et prit une gorgée d'une tisane qui diffusait une forte odeur de menthe.

— J'en ai déjà parlé à Seth et Alex, et ils pensent que nous devrions payer ses séances avec les fonds du Temple, si vous êtes d'accord.

— Bien sûr, dit Bowyn.

Je n'étais pas ravi d'avoir à approuver une décision du Temple, mais je supposai que je l'avais bien cherché. Je n'avais aucune raison d'être contre, d'autant plus que Christopher avait besoin de notre aide.

— Je suis d'accord. Et toi ? Tu es la comptable du Temple après tout.

Marianne fit la grimace.

— Eh bien, c'est un peu cher, mais ce n'est rien comparé aux acquisitions de Seth pour la bibliothèque. Et puis, ça fait plaisir pour une fois d'utiliser l'argent du Temple pour aider quelqu'un.

C'était la première fois que je voyais la chapelle de nuit avec les lumières allumées. De larges colonnes étaient disposées à intervalles réguliers le long du mur extérieur cylindrique, mais sans y être encastrées – il y avait un écart d'une cinquantaine de centimètres entre les deux. Les lampes qui imitaient les lampes à gaz à manchon victoriennes étaient fixées sur les colonnes. Un système d'éclairage similaire avait également été installé sur le cercle de colonnes intérieur qui supportait la corniche du dôme. Hormis le très léger bourdonnement électrique que l'on entendait lorsque l'on se tenait tout près des lampes, l'impression d'être retourné dans le passé était parfaite.

J'eus la satisfaction de constater que Christopher était présent à la répétition. Il avait l'air maussade, mais il était là. En fait, presque tout le monde était là. Bien qu'il ne s'agisse que d'une répétition, la chapelle débordait d'initiés et de néophytes attirés par les rumeurs concernant ce mystérieux projet musical. Ils mouraient tous de curiosité et n'allaient pas manquer l'occasion d'entendre enfin ce morceau qui faisait tant parler de lui.

Je crus tout d'abord que Seth en serait contrarié, mais ce n'était pas le cas, et j'aurais dû m'en douter. Tout ce qui pouvait attirer l'attention sur lui ou sur l'un de ses projets lui plaisait. Il avait l'air ravi, bondissant de l'un à l'autre et bavardant avec tout le monde comme s'il essayait de les persuader d'acheter des actions.

Comme tout le monde était occupé à discuter, je saisis l'occasion pour m'approcher du chœur et avoir une brève conversation avec Timothy et Christopher. Je les entraînai à l'écart pour leur dire :

— Je pense que vous devez savoir tous les deux que nous avons eu la chance d'effectuer des progrès considérables dans la traduction du livret.

— S'il te plaît, ne me dis pas que tu vas filer de nouvelles paroles à mes chanteurs cinq secondes avant le début du spectacle, grommela Timothy qui tordait sa baguette dans ses mains en considérant la foule grandissante avec anxiété.

— Non, mais… as-tu remarqué quelque chose d'étrange cet après-midi quand le chœur a chanté le Credo ?

— Non, répondit-il en haussant les épaules. C'était plutôt facile et, je dois te l'avouer, un peu ennuyeux.

— Lorsque Christopher chantera le solo, ça n'aura plus rien d'ennuyeux, le rassurai-je. Le chœur n'est là qu'en accompagnement du soliste et, si je peux me fier à ce que j'ai entendu cet après-midi, c'est un morceau d'une grande puissance.

Comme Christopher assistait à la conversation, je lui jetai un os.

— Christopher a assuré.

Gêné, le jeune homme baissa les yeux à terre.

— Bien, dit Timothy.

— Ce n'est pas nécessairement une bonne nouvelle.

Je leur expliquai ce que nous avions découvert au sujet du livret et vit le visage de Timothy virer du cynisme à la terreur en l'espace de trente secondes. En tant que membre du Temple, il n'était pas seulement chef de chœur, il était aussi magicien.

— Tu n'es pas sérieux ? Invoquer des esprits angéliques sans avoir la moindre idée de ce que nous leur demandons ? As-tu perdu la tête ?

Christopher semblait décontenancé. Il n'avait sans doute qu'une expérience limitée de la magie cérémoniale.

— Mais quel est le problème ? nous demanda-t-il. Les anges sont bons, non ?

— Non ! nous écriâmes Timothy et moi à l'unisson.

— Si tu considères attentivement les différentes mentions des anges dans la Bible, expliquai-je, tu verras qu'ils sont décrits comme des êtres extrêmement puissants, qui parfois interviennent en tant que messagers bienveillants, mais sont le plus souvent annonciateurs de destruction. Si tu es en bons termes avec le dieu judéo-chrétien – ce qui n'est pas le cas de la plupart d'entre nous – tu peux avoir le pouvoir de leur donner des ordres si tu les invoques. Dans le cas contraire, mieux vaut les éviter.

Nous croyions au Temple que tous les dieux étaient réels et devaient être traités avec respect, y compris le Dieu de l'Ancien Testament. Mais la façon dont nous concevions celui-ci différait de la vision des Juifs et des Chrétiens. Nous ne croyions pas que le Tétragramme, tel qu'il était couramment appelé en Magick cérémoniale, était l'unique dieu ni qu'il était tout-puissant. Mais il méritait tout notre respect, et les esprits angéliques étaient à son service. Seuls les adorateurs du Tétragramme avaient le droit de l'invoquer.

Christopher haussa les épaules.

— Je n'ai rien senti de dangereux quand j'ai chanté cet après-midi.

Il était vrai que j'avais moi aussi le souvenir d'une expérience belle et inspirante plutôt qu'effrayante ; mais cela ne changeait rien au fait que nous jouions avec des forces d'une grande puissance sans avoir la moindre idée des conséquences possibles.

— Je te conseille de ne chanter que des *la*, dis-je à Christopher. N'essaie pas de chanter les syllabes que je t'ai données.

— Je les ai chantées cet après-midi et rien n'est arrivé.

— Tu les prononçais mal, puisque je ne savais pas encore ce dont il s'agissait. Je ne vois pas l'intérêt de persévérer dans l'erreur en les prononçant mal ce soir encore.

Il leva les yeux au ciel en murmurant :

— Bref...

Ce que je pris pour un accord.

— Pourrions-nous au moins faire un petit rituel de protection avant de commencer la répétition ? demanda Timothy.

— Je vais voir si je peux convaincre Barnum, répondis-je en hochant la tête et en montrant Seth du pouce.

124

Je m'apprêtai à partir quand Christopher me prit par le coude. Il attendit que Timothy se soit éloigné et me demanda à voix basse :

—Alors ? Et la réunion ?

Je m'en voulus de l'avoir fait attendre.

— Nous voulons tous te garder ici, Christopher, mais nous aimerions que tu voies un thérapeute qui t'aidera à arrêter de prendre de la drogue. Si nous prenons les rendez-vous pour toi, tu iras ?

— Bien sûr ! s'exclama-t-il, ravi. Tout ce que tu veux, Jeremy !

Et il se jeta dans mes bras encore une fois, me prenant par surprise. C'était tout de même étrange ; il n'y avait pas si longtemps, il ne voulait même pas que je le touche, et maintenant il me prenait dans ses bras à tout bout de champ. Je le soupçonnais de croire qu'il pourrait ainsi obtenir de moi ce qu'il voulait. Mais je le serrai dans mes bras moi aussi malgré tout.

— Crois-tu pouvoir suivre avec les autres ténors en dehors de ton solo ?

— Oh oui. J'ai regardé la partition avec Timothy il y a une heure. C'est facile.

Puis il partit rejoindre le chœur.

Je trouvai Seth entouré de néophytes. Il captivait les petits nouveaux avec ses anecdotes sur Aleister Crowley. Il ne fut pas particulièrement satisfait de me voir débarquer, mais son visage s'illumina dès que je lui transmis la demande de Timothy.

— Excellent ! s'écria-t-il, toujours partant pour un peu de spectacle. Je pense que ça peut être très instructif pour nos néophytes.

Il leva les bras et s'adressa à l'assemblée d'une voix forte.

— Mes amis ! Mes amis ! Écoutez ! Puis-je avoir un peu de calme, s'il vous plaît ? Merci. Avant la représentation, nous allons faire le RMBP…

Je le laissai divaguer, comme si la soirée avait une sorte de plan pré-établi, et j'allai m'asseoir près de Bowyn, Marianne, Alex et Rafe. J'étais content qu'Alex ait pris le temps de sortir un peu de sa cuisine, mais Marianne m'inquiétait.

— Tu vas bien ?

— J'ai des nausées, répondit-elle en secouant la tête, et j'ai très mal à la tête.

— Veux-tu retourner à la maison ? proposa Bowyn d'un air inquiet.

— Je ne voudrais pas manquer la première représentation du somptueux requiem de Ficin, répliqua-t-elle en riant. Je devrais tenir jusqu'au bout, si seulement Seth se tait un jour et que la musique peut commencer.

— Je n'arrive pas à croire qu'il transforme une simple répétition en un tel show, marmonna Alex. Le pauvre Timothy va avoir une attaque.

Seth fit exécuter le Rituel Mineur de Bannissement du Pentagramme à la congrégation. Il s'agissait de l'un des rituels les plus élémentaires de la Magick cérémoniale – en tout cas pour ceux qui suivaient la tradition de l'Aube Dorée – et l'un des tout premiers que l'on apprenait au Temple, si bien que même les néophytes furent capables de suivre sans difficulté. Le but du RMBP était de définir un espace magicke et d'empêcher les énergies hostiles d'y entrer et d'interférer avec les procédés magickes. Il ne s'agissait pas dans ce cas des esprits angéliques eux-mêmes, puisqu'ils étaient invités, mais de tout autre esprit qui pourrait profiter de la situation pour causer des ennuis. La version victorienne du RMBP demandait aux anges de protéger les quatre coins de l'espace défini, mais comme je l'avais dit, nous n'étions pas particulièrement intéressés par la tradition judéo-chrétienne. Notre version invoquait plutôt les éléments magickes : l'air, le feu, l'eau et la terre.

Enfin, Seth prit place entre Alex et Rafe, et la musique commença.

Les deux premières pièces étaient des arrangements pour chœur sans soliste. Jusqu'alors, je n'en avais entendu que l'horrible version MIDI. Désormais, malgré la substitution du livret par une série de *la, la, la*, ces morceaux étaient d'une beauté stupéfiante. Ils n'avaient pas la beauté d'une œuvre de Mozart ou de Beethoven ; on n'y décelait pas le génie d'un compositeur formidable. Leur beauté était plutôt mathématique. Ficin avait trouvé la combinaison exacte de notes et d'accords susceptible de susciter une réaction émotionnelle et spirituelle précise chez celui qui l'écoutait, et l'effet produit était physique. Les chanteurs tenaient parfois des accords dont la dissonance était sensiblement perturbante, avant de résoudre cette discordance dans une harmonie qui provoquait une sensation physique de soulagement ; puis le même procédé recommençait d'une manière légèrement différente.

Je commençai à remarquer quelque chose vers la fin de la première pièce. J'étais presque certain d'entendre la mélodie qu'avait chantée Christopher en solo, non pas interprétée par l'un ou l'autre des chanteurs, mais en quelque sorte insérée dans les différentes voix du chœur. Mais je ne pus en être certain avant la fin du morceau. Curieux de savoir si le même phénomène se reproduirait dans le morceau suivant, j'écoutai avec une attention particulière, et cette fois j'en eus la certitude. La mélodie transparaissait comme une sorte de *cantus firmus* – une mélodie préexistante

126

utilisée comme base à une polyphonie – mais mieux dissimulée dans la composition que ne l'aurait été un *cantus firmus*, puisqu'elle était disséminée entre toutes les voix du chœur. Les sopranos en chantaient une note, puis les altos deux, etc. On ne pouvait percevoir la mélodie sans la connaître. C'était brillant.

L'atmosphère était lourde – ce à quoi je m'attendais – mais rien d'extraordinaire ne semblait se produire. Jusqu'au solo de Christopher.

Portée par le chœur et la formidable acoustique de la chapelle, la voix de Christopher atteignit un nouveau degré de beauté et de puissance qui touchait au sublime. L'auditoire était cloué sur place et tous les regards rivés sur le jeune homme. J'étais moi-même subjugué, mais également anxieux maintenant que j'avais compris un élément – mais guère plus – de la finalité de ce morceau. J'observais l'auditoire autant que le chœur, conscient de la puissante sensation viscérale qui étreignait mon corps tandis que la musique semblait résonner au plus profond de mon être.

Je sentis comme un battement à mon oreille et mon regard tenta de saisir la chose qui venait de me frôler. Je suivis des yeux son parcours erratique jusqu'au plafond et vit que les ombres projetées sur le dôme de la chapelle semblaient se tordre et tournoyer. Quelque chose dissimulait les fresques du dôme et masquait la lumière de la lune qui pénétrait dans le bâtiment à travers les vitraux – quelque chose doté d'un millier d'ailes battant à tout rompre.

Des chauves-souris.

Je n'aurais pu estimer leur nombre, mais il y en avait bien plus que j'en avais jamais vues réunies au même endroit. Elles ne m'avaient jamais particulièrement effrayé jusqu'alors, mais les essaims gigantesques de créatures minuscules réveillent toujours une sorte de terreur primaire. Je sentis mes cheveux se dresser sur ma nuque. Je continuai à les observer, fasciné par leur danse frénétique et par le sort surnaturel que tissait la voix de Christopher, jusqu'à ce qu'enfin enfle dans la chapelle la note finale, avant de mourir lentement.

Il y eut un long silence, au cours duquel plus personne ne semblait respirer.

Puis Marianne hurla.

XIX

Marianne était pliée en deux sur le banc, les mains sur le ventre, manifestement en proie à une douleur intense. Bowyn se précipita vers elle, mais elle le repoussa, tomba à genoux et vomit sur le sol de marbre. Là où elle était assise, le banc était couvert de sang.

Tandis que nous restions tous paralysés, Alex bondit sur ses pieds et prit les choses en main.

— Que quelqu'un appelle le 911 !

Puis, quand elle comprit que cela n'avait pas grand sens puisque personne n'avait de téléphone portable, elle pointa du doigt l'un des néophytes et lui cria :

— Toi ! Cours jusqu'au bureau et appelle ! Maintenant !

L'isolement du Temple n'était que relatif. La Route 2 passait juste en bas de la colline et nous étions à moins de vingt kilomètres de l'Hôpital de la Vallée de l'Androscoggin à Berlin. Nous aurions pu y conduire Marianne, mais une ambulance serait sans doute plus rapide et les ambulanciers pourraient la prendre en charge plus tôt sans que nous prenions le risque de faire monter Marianne nous-mêmes dans une voiture. Bowyn et Alex restèrent à ses côtés, et je courus jusqu'à l'entrée principale afin de guider le véhicule jusqu'à la chapelle.

L'heure suivante fut chaotique et déplaisante. L'ambulance arriva et les ambulanciers firent ce qu'ils pouvaient pour elle avant de l'attacher sur une civière et de l'emmener au plus vite. Bowyn insista pour monter à l'avant de l'ambulance pendant que Seth nous emmenait, Alex, Rafe et moi, dans l'une de ses berlines. Il laissa des instructions à quelques-uns des plus anciens parmi les initiés pour que la chapelle soit nettoyée et que chacun vaque à ses tâches quotidiennes.

Le trajet jusqu'à l'hôpital fut l'un des pires souvenirs de ma vie. Je n'avais aucune idée de ce qui avait bien pu arriver à Marianne, bien qu'Alex ne cesse de parler d'une possible fausse couche. Pour une fois, à mon grand soulagement, Seth et Rafe restaient silencieux. De mon côté, j'étais inquiet au sujet de la messe. La musique était-elle responsable de ce qui s'était passé ou n'était-ce qu'une coïncidence ? J'étais sans doute trop superstitieux. Marianne se sentait déjà mal avant la représentation, mais je ne pouvais m'empêcher de penser que nous avions été stupides d'autoriser cette représentation publique.

À NOTRE arrivée aux urgences, nous eûmes la mauvaise surprise de nous voir refuser toute information, sous prétexte que nous n'étions pas de la famille proche. Le fait que nous étions vêtus comme des voyageurs du passé tout juste arrivés du Moyen-Âge n'aida sans doute pas. Aucun signe de Bowyn, qui avait sans doute était autorisé à entrer en tant que futur papa. Nous autres n'avions plus qu'à patienter dans l'inquiétude tandis que les patients nouvellement admis nous jetaient des regards suspicieux du coin de l'œil et que la télévision à écran large nous tourmentait à coups d'émissions de relooking et d'interminables publicités.

Trois heures plus tard, nous n'avions toujours aucune information, et seule la conversation d'un jeune étudiant dépenaillé qui croyait que nous faisions une représentation de Shakespeare dans le parc ou quelque chose du genre vint interrompre le bourdonnement de la télévision. Rafe le reluquait comme une proie, et je fus soulagé quand le jeune homme fut enfin emmené par les infirmiers pour faire soigner sa cheville foulée.

Ce ne fut que deux heures plus tard que Bowyn nous rejoignit dans la salle d'attente, l'air hagard. Je n'avais jamais vu son visage aussi vide, et je compris immédiatement que les nouvelles étaient mauvaises.

— Comment va-t-elle ? lui demandai-je.

Bowyn parut surpris de nous trouver là. J'appris plus tard qu'on l'avait gardé isolé dans une pièce pendant plusieurs heures une fois Marianne transférée dans l'unité de soins intensifs. Il recevait des nouvelles de temps à autre, mais l'épreuve avait été plus pénible pour lui que pour nous, puisqu'il l'avait traversée seul.

— Ils pensent qu'elle va s'en sortir, répondit-il, mais il est encore trop tôt pour en être sûr.

Il était si épuisé qu'il avait du mal à parler.

— Qu'est-ce qui l'a rendue malade ?

— Je crois qu'ils ne savent pas encore.

— Pouvons-nous la voir ?

Bowyn secoua la tête.

— Pas ce soir. Nous ferions mieux de rentrer. Ils ont notre numéro s'il se passe quoi que ce soit.

— Et le bébé ? demanda Alex la voix tremblante.

Bowyn répondit d'un air sombre :

— Il n'y aura pas de bébé.

NOUS RENTRÂMES à la maison dans un silence total. Bowyn était calé entre Alex et moi sur la banquette arrière. Je lui tenais une main et je crois qu'Alex lui avait pris l'autre, mais personne ne savait quoi dire.

Il était presque quatre heures et nous étions tous exténués. Alex et Seth insistèrent pour prendre Bowyn dans leurs bras avant que nous ne montions dans notre chambre, et Bowyn eut même à subir l'accolade hypocrite de Rafe. Puis nous nous retirâmes.

J'avais enlevé ma robe et j'étais étendu sur le lit quand je me rendis compte que Bowyn avait pris l'enveloppe contenant les échographies dans le tiroir de la commode. Il l'amena jusqu'au lit et s'assit près de moi ; il l'ouvrit et prit le cliché sur lequel la main du bébé était visible.

— Ils ne devraient peut-être pas les montrer… dit-il doucement en caressant du doigt la minuscule main, avant la naissance du bébé.

Et ses larmes commencèrent à couler. Je pris dans mes bras Bowyn, qui sanglotait pour Jay, ce petit garçon innocent que son père n'aurait jamais la chance de tenir dans les siens, et je pleurai moi aussi pour ces deux êtres.

JE FUS réveillé plus tard dans la nuit. Bowyn était enfin profondément endormi, après s'être retourné dans le lit pendant plusieurs heures, et j'eus l'étrange impression de revivre ce qui s'était passé deux nuits plus tôt, quand j'avais entendu un bruissement dans les murs. Il pleuvait légèrement et des nuages assombrissaient le ciel, si bien que la faible lueur de la lune qui éclairait la pièce cette première nuit n'était plus visible. Par conséquent, je voyais une lumière vaciller autour de la porte des domestiques. Elle était si pâle que je ne l'aurais sans doute pas remarquée au clair de lune.

Je me glissai hors du lit par curiosité et avançai à pas feutrés sur le sol froid en bois dur. La porte s'ouvrit avec le bruit infime d'une pièce de bois qu'on déplace, et je passai ma tête par l'entrebâillement. Sur ma droite, l'étroit passage donnait sur le mur extérieur de la maison et virait à gauche. La lueur disparut quand celui qui tenait la torche s'éclipsa, et j'entendis un doux bruit de pas – il portait des mocassins – gravissant l'escalier, parfois accompagné d'un craquement des marches en bois. Ou peut-être descendait-il cet escalier ? Celui-ci partait dans les deux directions, si bien que le visiteur aurait tout aussi bien pu monter que descendre vers le premier étage.

J'envisageai de le poursuivre, mais je n'étais pas suffisamment curieux pour avoir le courage de m'aventurer dans ce labyrinthe à rat sale et sombre. La lumière s'était totalement évanouie, ce qui signifiait que j'aurais dû progresser dans l'obscurité, à moins de retourner chercher une torche ; et alors, le promeneur aurait été bien loin. Sans oublier que Bowyn m'attendait dans un lit bien chaud.

Je refermai la porte et retournai me pelotonner sous mes draps. Mais ces incursions nocturnes dans les murs de ma chambre – ajoutés à l'intrusion de Christopher qui était lui aussi entré par cette porte – commençaient à me donner la chair de poule. Si j'étais resté plus longtemps, j'aurais insisté pour mettre un verrou.

XX

Ni Bowyn ni moi n'entendîmes la cloche du matin. Nous devions être tous les deux si épuisés, tant physiquement qu'émotionnellement, que nous dormîmes une bonne heure de plus. Et nous aurions peut-être continué plus longtemps si un coup frappé à notre porte ne nous avait pas réveillés. Bowyn se hissa péniblement sur un coude et demanda :

— Qui est là ?

— Christopher, répondit une voix étouffée depuis le couloir. Jeremy est là ?

Bowyn se laissa retomber sur le matelas en grognant.

— Ton adolescent à problème veut te parler.

Je lui lançai un regard amer en me levant et allai ouvrir la porte. Je m'aperçus que je m'étais rapidement accoutumé à la vie au Temple – mais ma fatigue n'aidait pas non plus – lorsque je constatai une fois la porte ouverte que j'étais nu comme un ver. Mais cela ne sembla pas troubler Christopher.

Il portait des vêtements de ville : un vieux jean, un tee-shirt tout simple et une veste en cuir. Je le considérai avec surprise, me demandant s'il quittait le Temple après tout.

— Excuse-moi si je t'ai réveillé, me dit-il, mais je ne t'ai pas vu au petit déjeuner, et Alex m'a dit que tu serais peut-être parti avant mon retour. Je voulais te dire au revoir.

Mon cerveau endormi ne parvenait pas à comprendre ce qui se passait.

— Je suis encore ici pour quelques jours au moins.

— Je sais, mais je ne serai peut-être pas rentré.

Donc j'avais raison, il s'en allait vraiment.

— Où vas-tu ? lui demandai-je.

— En désintox.

Cette perspective ne semblait pas le perturber. Il était même d'humeur plutôt joyeuse.

— Je vais passer une semaine à Berlin, sous surveillance, ajouta-t-il en levant les yeux au ciel. Puis je reviendrai et je n'aurai plus que trois rendez-vous par semaine.

— Oh.

— À chaque rendez-vous, ils me feront un test, et je me ferai mettre à la porte s'il est positif. Ils ne plaisantent pas.

J'étais encore en train de nettoyer les toiles d'araignée qui obstruaient mon cerveau en espérant qu'une tasse de thé me tombe du ciel, mais je réussis à lui sourire.

— C'est super, Christopher. Je veux dire, cette dernière partie craint un peu, mais je pense qu'à long terme tout cela te fera le plus grand bien.

— Oui, sans doute, répondit-il en haussant les épaules. Bon, un taxi m'attend à l'entrée. Je voulais juste te dire au revoir avant de partir.

J'avais encore une étrange sensation. Il était possible que Christopher m'apprécie davantage qu'au début, mais j'avais toujours l'impression que notre relation était passée d'hostile à amicale bien trop rapidement. Mais lorsqu'il ouvrit les bras pour m'enlacer, je me laissai faire.

Le baiser, c'était une autre histoire. Je ne sais même pas bien comment cela arriva, mais d'une manière ou d'une autre ses lèvres trouvèrent les miennes et il m'embrassa. Et ce ne fut pas un petit baiser amical ; il fut plein de fougue et de passion. Je l'acceptai, trop stupéfait pour concevoir une autre réaction ; puis il s'éloigna en riant doucement et serra d'un air taquin mon sexe en érection. Avant même que j'aie décidé si je voulais ou non protester, il avait disparu.

Je fermai la porte et entendis Bowyn rire derrière mon dos.

— Je crois que ça ne me dérangerait pas trop si tu voulais mettre celui-là dans notre lit.

Je retournai vers le lit en fronçant les sourcils.

— Ce n'est pas moi qui lui ai dit de m'attraper la queue, grommelai-je. Ni de m'embrasser, d'ailleurs.

— Tu ne t'es pas trop débattu.

— C'est vrai, dus-je reconnaître. Il est vraiment mignon et je pense que je l'aime bien, dans une certaine mesure…

— Je n'ai jamais dit que ça me dérangeait.

— Eh bien, moi, ça me dérange, répliquai-je en m'installant à califourchon sur Bowyn. J'ai l'impression d'être comme ses vieux clients pervers.

Bowyn saisit mon érection qui – et c'était bien embêtant – ne s'était pas calmée.

— Ne t'inquiète pas pour ça, me dit-il en commençant à me masturber comme si de rien n'était. Je suis sûr qu'il a fait ça juste pour t'embêter.

— Probablement.

Et il avait réussi. Mais je n'arrivais plus à penser correctement à cause de Bowyn qui attirait mon attention sur mon entrejambe. Je me penchai en avant, et cette fois-ci je ne doutai pas une seconde d'avoir envie d'embrasser l'homme qui se trouvait en face de moi.

NOUS ALLÂMES voir Marianne après le déjeuner, Bowyn, Alex, Seth et moi. Rafe était heureusement occupé – sans doute à une quelconque activité sexuelle, puisqu'il ne faisait rien d'autre au Temple – et ne nous accompagna pas. Non pas que sa compagnie soit franchement pénible, mais Marianne n'aurait sans doute pas apprécié sa présence alors qu'elle traversait une épreuve aussi personnelle et traumatisante. Nous étions sa famille, pas Rafe.

Elle était hors de danger à présent, avait-on dit à Bowyn lorsqu'il avait appelé, et avait été transférée dans une chambre individuelle. Comme nous n'étions pas pressés cette fois-ci, nous nous habillâmes en vêtements de ville. Le personnel ne nous aurait pas forcément compliqué les choses si nous nous étions pointés en robe, mais autant ne pas tenter le diable. Après nous être enregistrés à l'accueil, nous pûmes monter directement dans sa chambre.

Nous la trouvâmes après un petit temps de confusion, car ils l'avaient finalement déplacée dans une chambre double afin de libérer de la place. La pièce était à peine suffisante pour deux lits, et nous dûmes nous faufiler entre le mur, le lit de la vieille dame qui partageait la chambre et des tonnes d'équipements avant d'atteindre le fond de la pièce où se trouvait Marianne. Bowyn dut s'asseoir sur le lit, Alex prit l'unique chaise, et Seth et moi restâmes debout, un peu mal à l'aise. C'était l'une des raisons de ma haine des hôpitaux : ils étaient toujours bondés.

— Comment te sens-tu ? demanda Bowyn sans élever la voix.

La dame de l'autre côté du rideau était endormie, mais nous n'avions pas l'impression d'avoir beaucoup d'intimité. Marianne haussa les épaules.

— Je suppose que je survivrai.

Mais l'expression de son visage n'avait rien de désinvolte. Son regard était sombre et comme hanté tandis qu'elle contemplait la pluie fine qui coulait de l'autre côté de la fenêtre condamnée. Le manque total d'air frais était une autre raison de détester les hôpitaux.

—As-tu besoin que nous t'apportions quoi que ce soit ? demanda Alex.

— Je ne sais pas… Peut-être des livres. Quelque chose de gai. J'ai quelques vieux livres de Léo Buscaglia dans ma chambre.

Seth fronça le nez.

— Tu ne veux pas non plus quelques romances historiques à l'eau de rose tant qu'on y est ? Ou peut-être une histoire d'anges de Noël ?

Le Dr Léo Buscaglia était un écrivain et conférencier très populaire dans les années quatre-vingts et quatre-vingt-dix. Ses histoires où l'amour venait à bout de tous les obstacles étaient l'un des plaisirs secrets de Marianne. Je dois admettre que je trouvais ses bouquins assez divertissants quand je tombais sur eux par hasard, mais Seth aurait préféré une opération à cœur ouvert sans anesthésie. Alex le fit taire d'un regard noir.

— Tout ce que tu voudras, ma puce. Sais-tu combien de temps ils comptent te garder ?

— Le médecin dit qu'ils veulent faire d'autres tests. Pas seulement à cause… du bébé… mais parce qu'ils ne comprennent pas pourquoi j'ai été si malade la nuit dernière. J'ai encore des nausées et je saigne encore beaucoup. Ils font des analyses sanguines pour essayer d'en savoir plus. Je devrais pouvoir sortir dans quelques jours.

Nous restâmes environ une heure à discuter de tout sauf du bébé. Marianne ne semblait pas prête et nous la laissâmes mener la conversation comme elle l'entendait, sur des sujets légers. La question de qui allait payer les frais d'hôpital et les analyses surgit, mais juste en passant. Apparemment, Seth avait une assurance qui couvrait Marianne, mais aussi Alex et Bowyn, et il n'y aurait que quelques détails mineurs à régler. Bowyn l'assura qu'il s'occuperait de tout.

Nous partîmes lorsque Marianne nous dit qu'elle était fatiguée, mais avant que nous sortions, elle demanda à Bowyn :

— Pourrais-tu rester une minute ?

Nous l'attendîmes donc dans le hall, pour plus longtemps que prévu. Lorsque Bowyn finit par nous rejoindre, il avait l'air troublé mais se contenta de lancer :

— Allons-y.

Ce ne fut que plus tard dans l'après-midi, quand nous fûmes de nouveau seuls dans notre chambre, que je découvris ce dont Marianne avait parlé à Bowyn.

— Je crois qu'elle veut réessayer, m'annonça Bowyn d'un ton calme.

— Quoi ?

J'étais assis devant mon ordinateur, à lutter comme d'habitude avec le manuscrit de Ficin, mais je me tournai brusquement vers Bowyn.

— Tu ne crois pas qu'il est un peu tôt pour parler de ça ?

— Elle ne m'en a pas vraiment parlé, précisa-t-il. Elle m'a surtout parlé du… de Jay, mais elle a bien insisté sur le fait que le médecin lui avait dit qu'elle pourrait sans doute avoir d'autres enfants. Les analyses le confirmeront.

Une pensée désagréable et égoïste me traversa l'esprit – qu'il serait préférable pour Bowyn et moi que Marianne ne tombe pas de nouveau enceinte. Mais j'en eus honte et la chassai rapidement.

— Et toi, qu'est-ce que tu veux ? lui demandai-je.

— Je n'en sais rien.

Je me levai pour aller le rejoindre sur le lit. Je lui pris son livre des mains et le posai sur la table de chevet avant de l'embrasser longuement.

— Peut-être est-il un peu tôt pour y penser, lui dis-je.

Bowyn acquiesça et chercha de nouveau mes lèvres. Pendant la demi-heure – ou plutôt l'heure – suivante, je fis de mon mieux pour le distraire de ses idées noires.

PLUS TARD dans l'après-midi, Rafe vint livrer sa traduction anglaise du livret grec ; il travaillait toujours sur la transcription phonétique du grec ancien.

— Comme convenu, Frère, me dit-il en me saluant d'une façon un peu trop dramatique.

— D'accord, merci, dis-je en lui prenant les notes des mains et en ignorant son petit cinéma.

Ni Bowyn ni moi n'avions pris la peine de nous rhabiller, et Rafe traîna donc sur le seuil de la porte pour nous observer avec un appétit bien visible.

— Y a-t-il quoi que ce soit d'autre pour vous servir, Frères ?

— Ça ira pour l'instant, merci. Finis la transcription phonétique aussi vite que possible et donnes-en un exemplaire à Timothy, s'il te plaît, ajoutai-je avec un grand sourire. Nous t'appellerons si nous pensons à quoi que ce soit d'autre.

Ce qui n'allait pas arriver – pas avec tout ce qui se passait en ce moment – mais cela m'amusait de le taquiner un peu.

Il me salua, je le saluai, puis je fermai la porte.

Je m'assis en tailleur sur le lit pour lire les notes près de Bowyn. Pour une traduction d'une traduction, elle n'avait pas l'air mauvaise. J'aurais été incapable de dire si une partie importante du sens s'était perdue en route, mais je fus immédiatement sûr d'une chose.

— Ce n'est pas du Platon, remarquai-je.

Bowyn leva les yeux de son livre et tenta de lire par-dessus ma jambe les feuilles que j'avais à la main.

— Comment le sais-tu ?

— Eh bien, écoute ça : *Iä ! Iä ! Cthulhu fthagn !*

— Quoi ? s'écria Bowyn en riant. Tu dis n'importe quoi !

Cette incantation, comme l'auront reconnu les fans de l'auteur de récits d'horreur H.P. Lovecraft, était utilisée par les adorateurs fous des Grands Anciens afin d'invoquer le dieu Cthulhu depuis les profondeurs de la mer.

Je souris à Bowyn.

— En effet, mais je suis sérieux quand je dis qu'il ne s'agit pas de Platon. C'est une invocation à Zeus ou Hadès. Il est d'ailleurs étrange qu'elle soit indifféremment adressée aux deux dieux. Si Platon a écrit pareil texte, je n'en ai jamais entendu parler. Je ne suis pas un expert, mais j'ai lu la plupart de ses œuvres puisque Ficin s'en inspire.

— Et si c'était une œuvre perdue ?

Je secouai la tête en fronçant les sourcils.

— Ça m'étonnerait vraiment. C'est une invocation magicke, et Platon n'en a jamais écrit. Mais les Grecs de l'Antiquité croyaient en la magie et disposaient de sorts pour toutes sortes d'utilisations ; il est donc plausible qu'il s'agisse d'un texte de cette époque.

— Et qu'est-ce qu'il dit ?

Je lus la traduction de Rafe à voix haute.

— *À vous qui régnez sur toutes choses, Zeus ou Hadès, comme vous aimez être appelés, cette libation et ce bouillon j'apporte. Acceptez ce sacrifice, l'offrande non consumée de tous les fruits a été déversée devant vous, entre tous les dieux et les fils d'Ouranos, prenez le sceptre de Zeus et acceptez de partager avec Hadès le règne sur toutes choses terrestres, envoyez vers la lumière les âmes de ceux d'en bas, ceux qui sont prêts à combattre pour savoir avant les autres où pousseront les racines du mal, ce qui doit être offert afin que ceux qui sont sauvés trouvent le repos après l'effort.*

Bowyn s'approcha pour regarder les notes de Rafe et posa son menton sur ma jambe comme le faisait mon labrador quand j'étais enfant ; je ne pus m'empêcher de lui caresser les cheveux.

— Encore une invocation ? demanda-t-il.

— On dirait bien, ou au moins une demande faite aux dieux d'ouvrir les portes qui séparent le royaume des vivants du royaume des morts.

Bowyn haussa les sourcils.

— Sympathique… Et pourquoi ?

— Je n'en sais pas plus que toi, répliquai-je, et je commence à être vraiment inquiet au sujet de ce qui pourrait se passer si le chœur chante le livret grec et le soliste le livret en pseudo-énochien. Tu l'as bien senti, n'est-ce pas ? La façon dont les sons résonnaient pendant le solo de Christopher ?

— Oui, je l'ai senti, reconnut Bowyn. Mais qu'est-ce que ça veut dire ? Quelle était l'intention ?

Je n'osai dire à voix haute que je me demandais si la messe avait un rapport avec la fausse couche de Marianne. À vrai dire, je n'en savais rien. Les fausses couches étaient fréquentes, et elles arrivaient sans intervention métaphysique. Marianne ne se sentait déjà pas très bien avant la représentation, et sa grossesse n'était pas sans risque.

Mais, en tant que magicien, je me sentais mal à l'aise de conduire une opération magicke sans en connaître les tenants et les aboutissants. Combien de films d'horreur commençaient de cette façon ? *Oh, chouette, regarde ! Un livre qui s'intitule* Le… livre… des… morts. *Et la reliure est en peau humaine. Ouvrons-le et lisons-le !*

Non, je ne tiens pas mes connaissances en matière de Magick des films d'horreur de série B, mais pour quelqu'un qui croyait en la Magick, jeter des sorts sans avoir la moindre idée de leur effet semblait vraiment stupide. Et, bien sûr, c'était exactement ce que nous venions de faire.

D'un autre côté, on ne commençait pas à étudier la Magick sans une certaine arrogance et beaucoup de curiosité, et Bowyn et moi partagions ces caractéristiques avec Seth. Car, malgré les réserves que j'avais au sujet de la messe, une partie de moi mourait d'envie d'en savoir plus. Même si je trouvais la réponse théorique à cette question, serais-je capable de repartir à Durham sans avoir vérifié que la messe *fonctionnait* ?

— Je n'y comprends… absolument rien, finis-je par répondre en reposant la traduction de Rafe. Et bien qu'il soit très amusant de rechercher quelles forces démoniaques nous sommes sur le point de lâcher sur le monde, j'ai très faim. Allons voir si nous pouvons trouver quelque chose à nous mettre sous la dent.

LE DÎNER était dans moins de deux heures, mais Alex nous prit en pitié et nous offrit des restes de solyanka, ou ce qui passait pour tel dans les livres de recettes végétariennes : un délicieux ragoût de pommes de terre, ricotta et chou. Alex était trop occupée pour beaucoup discuter ; nous nous mîmes donc à table tandis qu'elle s'affairait dans la cuisine pour préparer le dîner en aboyant sur le personnel, comme d'habitude.

— Coupe-moi ça plus fin, Sam, s'il te plaît ! Ces fourchettes te semblent-elles propres ? Pas à moi. Colleen, il me faut… quatre aubergines, tout de suite !

Bowyn et moi la connaissions suffisamment pour savoir qu'il ne fallait rien y voir de personnel ; elle devait juste préparer un repas pour une centaine de personnes sans retard et s'assurer que le tout était sain et délicieux et n'intoxiquerait personne. Une petite saleté sur une fourchette n'était peut-être pas grand-chose pour celui qui était à la plonge, mais il en allait autrement pour la personne qui s'en servait.

— Vous avez besoin d'autre chose ? nous demanda-t-elle en passant en trombe près de la table.

— J'ai tout ce qu'il me faut, répondis-je.

— Une infusion ?

— Tu es occupée, dit Bowyn en haussant les épaules. Nous pouvons la préparer nous-mêmes.

— Ne dis pas de bêtises.

Alex se dirigea vers le placard où ses pots de plantes sèches étiquetés étaient rangés par ordre alphabétique en rangs réguliers et en prit quelques-uns. Elle les posa sur le plan de travail devant elle et s'empara d'une théière en céramique rangée sur une autre étagère. Cette théière disposait d'un filtre qui permettait d'y effectuer le mélange, puis de laisser infuser.

Alex avait déjà opté pour différentes sortes de menthe et un peu de ginseng – un bon tonifiant dont l'odeur et le goût immonde devaient être masqués – quand elle parut hésiter. Elle baissa les yeux vers la poignée d'herbes qu'elle venait de prendre dans le pot étiqueté *Menthe verte* et l'examina un moment, stupéfaite. Elle renifla le contenu de sa main et écarquilla les yeux d'un air horrifié.

— Qui a touché à mes plantes ? hurla-t-elle en direction des néophytes qui couraient en tous sens dans la pièce.

Comme personne ne répondait, elle fit volte-face pour les voir, la menthe à la main.

— Répondez-moi ! Qui a touché à mes plantes ?

Toute activité cessa dans la cuisine et tous les néophytes se tournèrent vers elle, à la fois terrifiés et interloqués. Personne ne répondit. Bowyn et moi échangeâmes un regard, également surpris.

— Ceci, cria-t-elle en levant le poing, n'est pas de la menthe verte. En tout cas, pas seulement. Qui a mis quelque chose dans le pot de menthe verte ? Répondez-moi !

N'obtenant que le silence, Alex se retourna et saisit le pot. Elle le scruta consciencieusement, le secoua et l'exposa à la lumière afin de mieux en examiner le contenu. Au bout d'une minute, elle claqua le pot sur le plan de travail et s'y accrocha comme si elle avait peur de défaillir. Elle ferma les yeux et respira bruyamment.

— Qu'est-ce qui ne va pas ? demanda Bowyn.

Elle secoua la tête et prit un long moment avant de répondre.

— On a mélangé une autre plante à la menthe verte.

Sa voix s'étrangla, et lorsqu'elle leva la main pour remettre les plantes dans le pot, elle était tremblante. Bowyn écarquilla les yeux.

— N'est-ce pas ce que buvait Marianne hier soir ? Ça sentait la menthe.

— Mais ce n'est pas de la menthe verte, répéta Alex lentement ; enfin, pas seulement. On y a ajouté de la menthe pouliot.

Je ne m'y connaissais pas bien en plantes, mais je savais une chose au sujet du pouliot : il était souvent utilisé comme abortif.

XXI

ALEX ORDONNA à l'un des néophytes d'appeler la police, puis elle renvoya tout le monde de la cuisine à part Bowyn et moi.

— Retire tout ce qui est sur le feu, commanda-t-elle à l'un de ses aides, puis va mettre un écriteau sur la porte de la salle à manger pour prévenir que le dîner sera retardé d'une heure ou deux. Ensuite, tout le monde dehors ! C'est bien compris ?

Alex s'effondra sur une chaise à mes côtés et enfouit son visage dans ses mains.

— Mon Dieu…

Bowyn la scrutait avec une expression d'hostilité que je ne lui avais jamais vue.

— Es-tu en train de me dire, commença-t-il lentement, d'une voix blanche, que mon fils est mort à cause de la tisane qu'a bue Marianne ? À cause de la tisane que toi, tu lui avais préparée ?

Alex leva les yeux ; des larmes commençaient à se former dans son regard.

— Je… je ne sais pas.

Bowyn se leva si brusquement qu'il renversa sa chaise, qui vint s'écraser au sol. Il la ramassa avec rage et la remit à sa place en la claquant sur le sol. Alex et moi sursautâmes tous les deux tandis qu'il fulminait en marmonnant :

— Je vais voir Seth avant que la police arrive.

Je me demandais lequel des deux avait le plus besoin de réconfort, mais vu l'humeur de Bowyn, je pris plutôt Alex dans mes bras. J'ignorais encore ce qui s'était réellement passé. Qu'une personne aussi expérimentée qu'Alex ait commis une telle erreur était presque inconcevable ; mais elle ne niait pas cette possibilité. Elle baissa la tête et se mit à sangloter ; je lui frictionnai les épaules sans la moindre idée de ce que je pouvais lui dire pour la réconforter.

LA POLICE parut quelque peu déconcertée. Alex eut beau leur répéter maintes et maintes fois que le pouliot n'avait pas pu se retrouver dans le

141

pot de menthe verte par erreur, les deux agents semblaient convaincus qu'il s'agissait d'un banal accident – aux conséquences tragiques, certes, mais pour eux il n'y avait là aucun acte mal intentionné.

— Madame, commença le plus âgé des deux policiers d'un ton raisonnable, vous avez dit vous-même que la situation était chaotique et que vous aviez mille choses à faire en même temps. Avez-vous préparé l'infusion vous-même, ou est-ce Mme Truitt…

— *Mlle* Truitt, corrigea Bowyn.

Le policier, qui répondait au nom de Westcott, se tourna vers Bowyn.

— Êtes-vous le petit ami ?

— Plus ou moins.

Le policier hocha la tête et se tourna de nouveau vers Alex.

— Mlle Truitt a-t-elle préparé son infusion elle-même ?

— Non, répondit Alex fermement. Personne d'autre que moi ne touche aux plantes qui se trouvent dans ce placard.

— Alors, n'est-il pas possible que, dans la précipitation, vous n'ayez pas remarqué que la plante que contenait le pot n'était pas la bonne ? Vous avez dit…

Il vérifia sur son carnet.

—… que l'odeur du pouliot ressemble à celle de la menthe verte, c'est bien cela ?

— Plus ou moins, admit Alex. L'une de mes aides de cuisine s'était coupée et… Écoutez, Monsieur, je reconnais avoir préparé l'infusion et y avoir mis du pouliot en croyant que c'était de la menthe verte. J'aurais pu le remarquer en étant plus attentive. La menthe verte est vert foncé alors que le pouliot est plutôt marron une fois séché. Mais jamais je n'aurais mis du pouliot dans le mauvais pot ! C'est ce que j'essaie de vous faire comprendre. Je ne remplis jamais mes pots au milieu de la préparation du repas ; je m'en occupe toujours le soir, après ma journée, au calme. Et ces deux plantes ne se ressemblent absolument pas, même une fois séchées et broyées. Quelqu'un a mélangé le pouliot à la menthe verte afin de le dissimuler.

Le plus jeune policier n'avait pas l'air très futé. Il ne tentait même pas de masquer sa stupeur devant le spectacle du Temple et de ses habitants. Personne n'avait paru nu devant la police à ma connaissance, mais nous étions tous en robe et ce type nous regardait avec des yeux ronds et sans la moindre discrétion, se demandant sans doute ce que nous portions en

142

dessous. Si Rafe l'avait trouvé mignon, il lui en aurait peut-être donné un aperçu, mais heureusement les choses ne se passèrent pas comme ça.

Seth se tint debout derrière Alex pendant l'interrogatoire, une main protectrice posée sur son épaule. C'était la première fois que je le voyais toucher son épouse depuis mon arrivée, et je trouvais cette petite marque d'affection rassurante.

— Monsieur, commença Seth posément, ma femme est une experte en phytothérapie. Elle a publié quatre livres sur le sujet. Elle n'aurait jamais commis une telle erreur.

Westcott soupira ; il n'était apparemment pas convaincu. De son point de vue, Alex avait fait une erreur toute bête et avait mélangé les plantes. Affaire classée.

— Autre chose, dit Alex en se levant pour se diriger vers le buffet où le pot se trouvait encore, ouvert, parmi les autres qu'elle avait descendus de l'étagère. Sentez-moi ça.

À contrecœur, le policier s'avança pour renifler le contenu du pot.

— Ça sent la menthe, constata-t-il d'un air blasé.

Alex prit un autre pot dans le buffet, l'ouvrit et le lui mit sous le nez.

— Et ceci ?

Westcott renifla le second pot et parut un peu moins assuré.

— La menthe aussi ?

— Non, répondit-elle en lui montrant l'étiquette. Menthe pouliot. Vous voyez bien que ça n'a pas du tout le même aspect que la menthe verte ; mais vous remarquerez aussi que ce pot-ci sent beaucoup moins fort que le premier.

— Parce que dans l'autre il y a aussi de la véritable menthe verte ?

— Non, répondit Alex en secouant la tête énergiquement. En petites quantités, la menthe pouliot séchée ne provoque pas nécessairement de fausse couche, mais si la personne qui a mélangé le pouliot à la menthe verte voulait être sûre de son coup, elle aurait ajouté un autre composant.

Elle retourna fouiller dans son placard parmi des petites bouteilles en verre marron fermées par des bouchons en caoutchouc noir. Elle finit par trouver ce qu'elle cherchait.

— L'huile essentielle aurait laissé un résidu à la surface de l'infusion que Marianne aurait pu remarquer, mais... ah voilà. De la teinture-mère de menthe pouliot.

Elle leva la bouteille à la lumière.

— Elle est à moitié vide.

— Et vous êtes sûre que ce n'était pas le cas avant ?

— Certaine.

— Quelle est la différence avec l'huile essentielle ?

— Comme c'est à base d'alcool, ça ne laisse aucune trace. Il aura suffi de l'appliquer sur la plante et de laisser sécher avant de la mélanger à la menthe verte. Ainsi, l'infusion était bien plus concentrée que si elle n'avait contenu que la plante elle-même.

Je ne pouvais pas vraiment en vouloir à Westcott de se montrer sceptique. Toute cette histoire semblait de plus en plus tirée par les cheveux. Si l'on suivait Alex, cela voulait dire que la menthe pouliot avait été préparée au moins un jour ou deux à l'avance.

Westcott fronça les sourcils et adressa un signe de tête à son partenaire.

— Très bien, Mme Harriman. Nous allons rédiger un rapport et appeler l'hôpital pour savoir s'ils ont fait des analyses toxicologiques. S'ils n'ont trouvé aucune trace de cette substance, nous leur demanderons de la chercher expressément. Nous allons prendre quelques photos pendant que nous sommes ici et voir si nous pouvons relever des empreintes digitales. Êtes-vous certaine que personne d'autre que vous ne touche à ces pots ?

— Jusqu'à aujourd'hui.

— Alors, nous allons relever vos empreintes. Évidemment, vous avez touché à tout ici, ajouta-t-il d'un air ennuyé, mais si jamais nous trouvions une empreinte qui n'était pas la vôtre…

Il haussa les épaules d'un air évasif.

Bowyn observait la scène depuis l'un des coins de la cuisine, le visage sombre. J'essayai de lui dire un mot pendant que les policiers faisaient leurs relevés, mais il me fit taire d'un signe de la main ; je le laissai donc en proie à ses tristes pensées. J'étais contrarié de le voir se renfermer ainsi sur lui-même, mais je n'avais jamais vécu la perte d'un enfant, et je ne pouvais qu'imaginer ce que cela faisait de savoir que quelqu'un dans sa propre maison avait intentionnellement provoqué la fausse couche.

La situation m'apparaissait dans toute son horreur. Je croyais Alex. Elle avait peut-être préparé l'infusion sans remarquer le pouliot mélangé à la menthe verte, sans remarquer l'odeur plus forte que d'ordinaire, occupée qu'elle était à coordonner les préparatifs du repas dans la cuisine. Cela faisait plus de dix ans que personne, absolument personne, ne posait la main sur ses pots, et elle n'avait aucune raison de soupçonner qu'ils puissent ne pas contenir ce qui était censé s'y trouver. J'avais la certitude qu'elle n'avait pas pu se tromper et mélanger le pouliot avec la menthe verte.

Quoi qu'en pensait la police, ce n'était pas un accident. Quelqu'un avait délibérément mis cette plante dans ce pot en sachant qu'elle finirait dans la tasse de Marianne – quelqu'un qui voulait qu'elle perdre son bébé.

Et cette personne vivait au Temple.

APRÈS LE départ de la police, Alex alla laver dans l'évier l'encre qu'ils avaient utilisée pour relever ses empreintes. Seth sembla éprouver le besoin de la réconforter et lui dit :

— Personne ne te reproche rien, Alex.

Sa femme ne lui répondit pas. Bowyn finit par se réveiller et sortir de son coin pour annoncer :

— Je vais à l'hôpital dire à Marianne ce que nous avons découvert.

Tout avait commencé à l'heure du dîner du Temple, mais il n'était même pas encore vingt heures. Les visites à l'hôpital étaient autorisées jusqu'à vingt et une heures.

— Tu ne crois pas que ça risque de la perturber ?

— Plus que de penser que son propre corps a rejeté le bébé et qu'elle ne pourra peut-être jamais avoir d'autre enfant ? aboya Bowyn. Je ne crois pas.

Alex ferma le robinet et dit tranquillement en s'essuyant les mains, incapable de regarder Bowyn dans les yeux :

— Tu as raison, elle doit savoir. Mieux vaut lui dire maintenant plutôt qu'elle l'apprenne par un médecin.

Je proposai à Bowyn de l'accompagner, mais il me répondit :

— Je crois que j'ai besoin d'être un peu seul sur le trajet.

Je m'inquiétais pour lui et pour Marianne. Elle serait dévastée d'apprendre la nouvelle. Et Bowyn… Je ne l'avais jamais vu aussi sombre. Plus que de la colère, c'était de la rage que je percevais sur son visage. Mais cela ne lui ressemblait pas de s'acharner sur Alex, qui était une cible toute désignée pour déverser sa fureur. J'ignorais s'il la tenait pour responsable ou s'il croyait que quelqu'un d'autre avait effectivement trafiqué l'infusion. Mais il était clair qu'il avait besoin de s'éloigner un peu afin de se remettre les idées au clair. Je ne pouvais rien faire pour lui pour l'instant.

Je le laissai donc partir.

Alex reposa le torchon à mains en tremblant légèrement, puis déclara :

— Bien, j'ai besoin de mon personnel de cuisine. Nos pensionnaires ne vont pas attendre leur repas toute la nuit.

XXII

JE DÉCIDAI après le dîner d'emporter mon ordinateur dans la bibliothèque. Bowyn n'était toujours pas rentré et la perspective de rester seul dans la chambre vide me déprimait. De plus, je voulais jeter un œil au manuscrit de Ficin – sans raison particulière, mais depuis des jours je scrutai des copies numériques alors que l'original était deux étages au-dessus de moi. C'était une sensation indéfinissable ; je ressentais un grand désir de rétablir le lien avec le manuscrit lui-même, en personne.

Je ne pouvais pas le toucher bien sûr, mais lorsque j'eus ouvert le large tiroir, je m'émerveillai de la délicatesse du travail. Bien que le manuscrit soit abîmé et passé, les portées musicales soigneusement dessinées à la main et la précision de la calligraphie me fascinaient, comme c'était toujours le cas lorsque j'examinai des documents anciens. L'imprimerie fut une merveilleuse invention, mais qui provoqua aussi la perte d'une large partie de l'art des manuscrits occidentaux. Je n'avais bien sûr pas le désir de revenir à un temps où chaque livre devait être recopié à la main – à condition déjà qu'il y en ait plusieurs exemplaires. John Dee avait consacré une grande partie de sa vie à rassembler trois mille manuscrits, moins que ce que j'avais sur ma liseuse, et constituer ainsi la plus grande bibliothèque d'Angleterre.

En observant le manuscrit dont les pages étaient soigneusement alignées sous la vitre, je ne pus que constater qu'elles étaient plus nombreuses que dans mon souvenir. Je ne veux pas dire que l'on avait ajouté des pages, mais les fichiers que Seth avait copiés sur mon ordinateur n'en comprenaient pas l'intégralité. Il en manquait deux. Je me souvenais très bien de l'une d'elles : c'était le magnifique frontispice que Seth et moi avions examiné le soir de mon arrivée. L'autre page contenait une illustration et très peu de texte, rien que quelques abréviations de part et d'autre de l'image et quelques courtes lignes en latin au bas de la page. Le style du dessin correspondait à celui du frontispice.

J'étais capable de lire le latin avec un dictionnaire sous la main, mais ces abréviations ne m'évoquaient rien à première vue. L'illustration représentait un autel avec juste devant un trou ou une fosse dans le sol. Des objets rectangulaires, peut-être des plates-formes, formaient un cercle tout autour, indiquant peut-être où devait se trouver le chœur. Au centre de la fosse était dessiné un homme vêtu d'une robe. Il représentait sans doute le magicien. Des symboles magickes ornaient le sol en divers endroits.

Curieux de savoir ce qu'en pensait Seth, je me mis à sa recherche.

La première étape fut sa chambre, mais pour une fois il n'y était pas occupé avec Rafe. Je tombai sur un couple, un homme et une femme, en pleine action sur le tapis moelleux du hall, ce qui était assez osé même au Temple et fit surgir une interrogation dans mon esprit, à savoir à quelle fréquence les tapis étaient nettoyés. Je passai près d'eux en déclinant poliment leur proposition de me joindre à eux et descendis les escaliers.

Le Temple était immense et abritait à cette époque une centaine de personnes. Trouver Seth était un vrai défi. J'étais sur le point de renoncer et de retourner dans ma chambre quand je croisai un initié qui me dit que celui que je cherchais se trouvait dans la chapelle ; je m'y rendis donc.

Le soleil était couché depuis longtemps maintenant et il s'était remis à pleuvoir, pas très fort, mais la bruine morne et insistante qui imprégna ma robe et mes cheveux me glaça jusqu'aux os. J'aimais l'odeur appuyée de l'automne, cette odeur d'herbe et de feuilles mouillées, mais je n'en fus pas moins ravi d'atteindre la chapelle et de pouvoir m'y abriter.

Seth s'y trouvait en grande conversation avec Rafe et Timothy pendant que quatre néophytes disposaient des plates-formes en bois. Seth avait une feuille de papier à la main, et je vis en m'approchant qu'il s'agissait d'une copie de l'illustration que je venais d'observer.

Rafe fut le premier à m'apercevoir. Il me salua, ce qui attira l'attention de Seth et de Timothy qui se tournèrent vers moi. Timothy me salua également, mais ce n'était qu'un demi-salut que je commençais à reconnaître comme caractéristique des initiés les plus anciens et qui constituait une indication subtile de leur rang. Encore une habitude qui s'était développée en mon absence, une de ces multiples nuances qui n'existaient pas huit ans plus tôt.

— Ah, mon amour ! s'exclama Seth en m'accueillant avec un grand sourire.

Je ne relevai pas.

— De quoi s'agit-il ? demandai-je en désignant les néophytes qui ajustaient l'emplacement d'une plate-forme qu'ils venaient juste d'apporter.

— Un peu de décoration.

— Inspirée d'une illustration du manuscrit.

— En effet, répliqua Seth en me tendant le papier – que je ne pris pas.

— Je l'ai déjà vu.

— Alors, pourquoi es-tu si... ronchon ?

En vérité, je ne savais pas très bien pourquoi. J'avais la vague impression qu'il me cachait quelque chose et son ton condescendant n'arrangeait rien.

— Pourquoi n'as-tu pas inclus cette page dans les fichiers que tu m'as donnés ?

Seth ricana comme s'il s'adressait à un enfant difficile qui a besoin d'une sieste.

— Jeremy, mon amour, je t'ai donné les pages sur lesquelles tu avais du travail à faire. Puisque cette page ne contenait aucune notation musicale, je ne voyais pas l'intérêt de te faire perdre ton temps.

Ce n'était pas illogique.

— Bien, répliquai-je à contrecœur. Et qu'as-tu appris ?

— Comme tu l'as vu toi-même, le frontispice donne les correspondances astrologiques nécessaires pour procéder à l'opération. Je dois avouer que de nombreux symboles me laissent encore perplexe. Cette page, dit-il en brandissant celle qu'il tenait à la main, nous indique la disposition la plus favorable pour le chœur et l'autel. Et pas grand-chose d'autre. Nous ne savons toujours pas ce que provoque l'opération, et nous ne le saurons que lorsque tu auras traduit la partie énochienne du livret. As-tu progressé de ce côté-là ?

Je dus bien avouer que non.

— Il y a trop de mots vers la fin que Dee et Kelley n'ont apparemment jamais rencontrés au cours de leurs recherches. Sans aucun dictionnaire, je ne sais pas comment m'y prendre pour les traduire.

— Comme c'est frustrant ! reconnut Seth.

Son attention fut momentanément attirée par Timothy qui demandait aux néophytes de faire glisser la plate-forme de quelques centimètres sur la gauche. Il consulta le document afin de vérifier la position.

— Si Ficin tient cette langue des mêmes esprits que Dee, intervint Rafe, pourquoi ne pas demander le sens de ces mots directement aux esprits ?

Seth et moi nous retournâmes pour le regarder avec stupéfaction pendant quelques secondes. J'avais un peu honte d'avouer que j'avais classé Rafe dans la catégorie *pas futé* – ou en tout cas *intéressé par le sexe et rien d'autre* – depuis le début et qu'il me fallut donc un petit moment avant de comprendre qu'il venait de faire une suggestion judicieuse.

— C'est peut-être en effet la meilleure solution, reconnus-je.

— Mais oui ! s'écria Seth, ravi. Nous allons organiser une séance de spiritisme !

Le mot *spiritisme* évoque souvent le tableau de personnes assises autour d'une table en se tenant la main tandis que le médium gémit et que son assistant tire un levier dans la pièce d'à côté pour faire léviter la table. Mais les séances de Magick cérémoniale sont un peu différentes. Il s'agit plutôt d'un travail de groupe au cours duquel une personne permet aux esprits de communiquer avec tous les autres par son intermédiaire. Personne ne reste observateur, tout le monde participe.

Mais ce qui reste essentiel, c'est le médium.

— Qui ici a une aptitude à tomber en transe ? demandai-je.

Rafe répondit en s'inclinant bien bas :

— Je vous offre mes humbles services, Frères.

Je dus avoir l'air sceptique, car Seth s'empressa de préciser :

— Rafe est un excellent médium. J'ai eu recours à ses multiples talents dans ce domaine au cours de plusieurs opérations.

— Très bien, répondis-je. Quand veux-tu que nous organisions tout ça ?

J'espérais que la réponse ne serait pas *ce soir* ; j'avais besoin d'un peu de temps pour me préparer. Heureusement, Seth était du même avis.

— Il faut que je revoie mes notes d'énochien, répondit Seth. Ça fait un moment que je ne m'y suis pas plongé. Mais le temps presse : ce sera demain soir.

JE LES laissai à leur occupation et retournai dans la chambre. Bowyn était rentré de l'hôpital. Il se tenait à la fenêtre au moment où j'entrai, le regard perdu dans la nuit lugubre et grisâtre. Lorsqu'il se retourna, je fus surpris par l'état d'épuisement dans lequel il se trouvait.

Il m'observa sans parler jusqu'à ce que je me sente contraint de briser le silence.

— Tu es parti longtemps.

Il hocha la tête mais semblait n'avoir rien à dire ; je m'approchai.

— Ça va ?

Il secoua la tête en soupirant, puis haussa les épaules.

— Ils disent qu'elle sera prête à rentrer à la maison demain matin.

— Tant mieux. Veux-tu que j'aille la chercher avec toi ?

— Je veux bien.

149

Bowyn hésita un moment avant d'ajouter :

— Elle le ramène… à la maison, avec elle.

Je ne compris pas tout de suite, puis le déclic se fit.

— Oh, dis-je, je… je ne pensais pas que c'était permis.

— Je suppose que certains hôpitaux l'autorisent maintenant. Ils l'ont incinéré aujourd'hui et elle rapportera l'urne. Nous en avons parlé… nous voulons organiser des funérailles. Ne te sens pas obligé de venir si ça te semble trop bizarre.

Je lui souris et lui caressai la joue. Il ne s'était pas rasé depuis le soir où Marianne était partie à l'hôpital, et ses poils commençaient à s'assouplir pour former une courte barbe.

— Bowyn, je suis habillé comme un moine du Moyen-Âge et je m'apprête à faire une séance de spiritisme avec Seth et Rafe. Je serais mal placé pour qualifier quoi que ce soit de bizarre.

Il esquissa un sourire et appuya son visage sur la paume de ma main.

— À moi, ça m'a paru bizarre. Et en même temps ça a du sens. Tu sais, de dire au revoir…

— Bien sûr, lui dis-je doucement. Ce sera un honneur d'être présent.

— Merci.

Le ton qu'il employa, la façon qu'il eut de prononcer ce mot me fit comprendre tout à coup à quel point ma présence à ses côtés était importante. J'étais certain qu'il n'avait pas essayé de me manipuler, mais je savais tout aussi bien que, si j'avais pris cette idée de funérailles à la légère, cela aurait érigé une autre barrière entre nous.

Je l'attirai contre moi pour l'enlacer et posai mon visage sur son épaule.

— Il est tard. On devrait dormir un peu.

— D'accord.

Puisqu'il ne prenait pas l'initiative de se déshabiller, je défis sa ceinture et la jetai sur la chaise qui était près de la fenêtre. Puis je fis passer sa robe par-dessus sa tête ; Bowyn émit un rire bref et doux puis leva les bras pour m'aider à la lui retirer.

Je n'étais pas sûr qu'il soit d'humeur à s'amuser, mais la vue de son corps nu me remplit d'un désir de le toucher si fort que je ne pus résister à poser un baiser délicat sur son torse. Je léchai rapidement son mamelon pour le taquiner ; j'aurais tout à fait compris qu'il me repousse ce soir-là. Mais ce ne fut pas le cas. Il expira bruyamment, de façon irrégulière, comme si la tension qui s'était accumulée au cours des derniers jours s'évanouissait peu à peu, et je compris ce dont il avait besoin.

J'embrassai son torse de haut en bas, suivant la piste de poils blonds qui descendait de son nombril jusqu'à son sexe raidi, puis je le pris dans ma bouche. Bowyn émit un grognement et glissa une main dans mes cheveux, pétrissant mon crâne tandis que ma langue et mes lèvres l'amenaient à une érection complète.

Au bout de quelques minutes, je l'entendis murmurer :

— J'ai besoin que tu me prennes.

Je ne fus pas surpris. Comme je l'ai déjà dit, je suis le plus souvent passif et satisfait de mon sort, surtout quand c'est Bowyn qui me prend. Mais il y avait toujours eu des périodes où il avait eu besoin que je le *domine*. Ce n'était pas parce que nous pensions que se faire pénétrer rendait un homme nécessairement soumis – c'était d'ailleurs une notion étrange – mais la sensation procurée était incroyable, comme si notre corps tout entier était possédé par le membre qui était en nous d'un côté et par la langue qui nous prenait de l'autre, comme si l'amant se répandait dans chaque partie de notre corps… et que nous l'acceptions en toute confiance. Plein d'amour et prêt à renoncer à tout contrôle.

Je pris un préservatif et le flacon de lubrifiant qui se trouvait dans la table de nuit, Bowyn toujours allongé sur le lit. Après m'être préparé, je m'agenouillai entre ses jambes et glissai une main sous lui. Je le massai d'un doigt lubrifié en contemplant son visage qui se relâchait, comme si le mur dont il s'était entouré commençait à s'effriter. Lorsque je le pénétrai, il fut capable de ressentir à nouveau – le plaisir, l'amour… et le chagrin.

Ma bouche vint effleurer ses joues pour y déposer de tendres baisers, et c'est alors que je m'aperçus qu'il pleurait.

— Tu veux que j'arrête ? lui demandai-je doucement.

— Non, j'ai envie de te sentir en moi, murmura-t-il.

Je le laissai donc pleurer tout en caressant chaque partie de son corps, en embrassant sa bouche et son visage, en allant et venant en lui. J'échouai malgré tout à toucher le plus profond de son être, mais j'en approchai autant que le peut un amant, et Bowyn savait que j'essayais.

BIEN APRÈS que Bowyn et moi nous fûmes assoupis dans les bras l'un de l'autre, je fus réveillé encore une fois par un bruit dans le passage des domestiques. Quelqu'un se trouvait là. Inconsciemment, je devais être à l'affût.

Bowyn dormait profondément et je n'avais pas l'intention de le réveiller ; je me dégageai délicatement de ses bras et sortis du lit, guidé par la curiosité. Je n'avais objectivement aucune raison de penser que cette personne était mal intentionnée, mais j'avais le pressentiment qu'il s'agissait du même individu chaque nuit. L'heure était trop régulière pour qu'il s'agisse de promeneurs différents qui passaient au hasard près de notre chambre. Et bien que la personne qui avait mis le pouliot dans la menthe verte n'ait pas eu besoin de pénétrer en cachette dans la cuisine par la porte des domestiques pour commettre son méfait, cela aurait été le meilleur moyen de ne pas être vu.

Je me dirigeai vers la porte près de la cheminée sur la pointe des pieds et l'ouvrit aussi discrètement que possible avant de me glisser dans le passage.

Mes yeux étaient déjà accoutumés à l'obscurité, mais les minuscules fenêtres situées tout en haut des murs extérieurs ne laissaient guère entrer de lumière et je n'avais pas pensé à apporter une torche. De toute façon, le faisceau aurait alerté celui ou celle que j'essayais de suivre. J'avançai donc en m'aidant de mes mains et de mes pieds nus pour me guider. Le passage était étroit et j'avais toujours un mur auquel me cramponner. L'unique source de lumière était la torche qu'utilisait le visiteur, et je la voyais s'éloigner rapidement devant moi.

Mais il ne marchait pas très vite, n'ayant aucune raison de soupçonner qu'il était suivi. Je m'efforçai de garder la lumière dans mon champ de vision tout en évitant de faire du bruit en marchant ; je pris un virage et la vit descendre vers le premier étage.

J'accélérai le pas en priant pour qu'une écharde ne me transperce pas le pied sur ce sol en bois mal dégrossi. J'étais complètement nu, n'ayant pas eu le temps de me mettre en quête d'une robe. Il n'y avait qu'un mur non isolé entre la froide nuit d'octobre et moi et je me mis bientôt à grelotter et à regretter amèrement ma précipitation. Mais faire demi-tour était une bien mauvaise idée, sans torche pour me guider.

Au premier étage, ma proie quitta brièvement le passage pour traverser le grand hall avant de se faufiler par la porte des domestiques qui se trouvait sur le mur d'en face. J'attendis un peu pour qu'il ne me voie pas traverser le hall en courant, puisque l'endroit était faiblement éclairé par les fausses lampes à gaz fixées au mur ; puis je me replongeai dans les ténèbres et l'air froid du passage.

Alors que je commençais à descendre l'escalier étroit qui menait au rez-de-chaussée, l'une des marches grinça sous mon pas ; je me figeai sur place. Le faisceau de la lampe fit volte-face pour venir éclairer la marche suivante. Heureusement, le plafond était bas et mon pied n'était pas éclairé. Je retins mon souffle en priant pour qu'il ne fasse pas demi-tour. J'étais étonné de craindre à ce point d'être découvert ; après tout, ce n'était pas moi qui rôdais dans le bâtiment chaque nuit. Et rien n'indiquait que cet individu préparait un mauvais coup. Mais je retins mon souffle malgré tout jusqu'à ce que le faisceau de la torche soit dirigé de l'autre côté et que les bruits de pas retentissent de nouveau. Je fus plus précautionneux en empruntant les autres marches.

Nous dépassâmes plusieurs portes au rez-de-chaussée, dont l'une, j'en étais sûr, menait à la cuisine ; mais le visiteur poursuivit son chemin jusqu'à un autre escalier qui menait au sous-sol. Allait-il prendre une douche ? À trois heures du matin, celles de l'étage étaient sans doute libres. Il aurait été inutile de se faufiler à travers les murs. Le seul autre point d'intérêt du sous-sol était les toilettes – là encore, pas la peine d'aller si loin.

Je restai au bout du couloir pendant que l'individu ouvrait la porte du sous-sol – ce qu'il fit lentement et discrètement, comme s'il ne voulait pas se faire remarquer. Le coin des douches était éclairé ; je l'aperçus donc rapidement au moment où il se glissa dans le sous-sol, mais je ne pus reconnaître qu'une robe standard dont le capuchon cachait le visage de l'intéressé.

C'était ma dernière chance de découvrir son identité. Je courus jusqu'au bout du couloir et ouvrit la porte brusquement.

Devant moi se trouvaient les douches, puissamment éclairées et vides. Je m'aperçus en examinant la surface de la porte qu'elle avait été recouverte de carreaux pour se fondre dans le mur, mais j'étais trop pressé pour y réfléchir plus longuement.

Je m'avançai sur le sol encore traîtreusement humide depuis les dernières douches et traversai la pièce, mes pieds nus clapotant sur le sol carrelé. J'entendis des bruits de pas rapides, mais il y avait un tel écho que j'étais incapable d'identifier leur provenance. Les toilettes étaient également vides. Je passai devant une rangée de lavabos et de miroirs, devant quelques urinoirs puis devant les cabinets dont certains étaient fermés ; je tordis la tête pour essayer d'y apercevoir des pieds, mais tous étaient vides.

153

Je me souvenais qu'il existait trois portes d'accès au sous-sol, sans compter celle des domestiques : la porte qui menait à la cuisine, celle qui menait à la cave et l'énorme porte en métal qui donnait sur l'arrière du jardin. Si l'on avait ouvert cette dernière, je l'aurais entendu à coup sûr.

La cave n'était plus utilisée comme réserve de nourriture, m'avait dit Bowyn à mon arrivée. Depuis l'installation des douches et des toilettes, elle était devenue trop humide et malsaine pour stocker des aliments. Mais la porte se trouvait en bas de l'escalier qui montait vers la cuisine, donc je l'ouvris. Il y faisait noir comme dans un four, mais je me souvenais de l'emplacement de l'interrupteur. J'allumai, et la lumière révéla des étagères complètes surchargées de casseroles et d'instruments de cuisine. Je me trouvai sur le seuil d'une porte qui était le seul accès à la pièce, d'après ce que je pouvais voir.

Je ne perdis pas plus de temps : j'éteignis la lumière et fermai la porte, puis je montai les escaliers jusqu'à la cuisine.

Elle restait toujours faiblement éclairée, comme tous les couloirs et toutes les pièces communes. Alex y tenait. Elle n'aimait pas l'idée que l'on ait à errer seuls dans l'obscurité, même dans un endroit aussi sûr que le Temple. J'examinai la pièce sans rien remarquer, puis retournai dans le grand hall. S'il était venu de ce côté, cela faisait longtemps qu'il avait disparu.

En proie au froid, à la fatigue et à la frustration, je retournai dans le lit bien chaud de Bowyn.

XXIII

LE MATIN suivant, nous allâmes chercher Marianne à l'hôpital, juste Bowyn et moi. Je profitai du trajet jusqu'à Berlin pour lui raconter mes mésaventures de la nuit précédente dans les passages secrets, mais il parut distrait et peu intéressé.

— Tu as eu de la chance de ne pas tomber dans les escaliers et te casser le cou, me dit-il. Tu aurais pu trébucher sans lampe dans ces tunnels.

— Tu ne trouves pas ça bizarre que quelqu'un se balade là-dedans toutes les nuits à trois heures du matin ?

— Je ne sais pas, me répondit-il en haussant les épaules. Ils doivent trouver ça cool. On le faisait nous aussi.

— C'est vrai, dus-je admettre, mais pourquoi en pleine nuit et toujours à la même heure ? Et que faisaient-ils au sous-sol ?

— Ils allaient prendre une douche ?

— Mais non.

Je lui avais déjà dit que le promeneur avait disparu à mon arrivée dans le sous-sol.

— Écoute, repris-je patiemment, quoi qu'en pense la police, quelqu'un a touché aux plantes d'Alex, c'est indéniable. Ça ne peut pas avoir été une erreur, ou juste quelqu'un qui a fait ça pour passer le temps. Le coupable voulait que Marianne fasse une fausse couche.

Je sentis Bowyn tressaillir et compris qu'il ne voulait pas y croire. Il ne pouvait pas concevoir que dans le monde idéalisé que nous avions créé se produisent de telles horreurs. Pourtant, il me dit paisiblement :

— Je sais.

Je n'avais plus rien à ajouter. Nous n'avions aucune idée de l'identité ni des motivations du coupable, mais quoi qu'il m'en coûte j'allais les découvrir.

MARIANNE ÉTAIT habillée et prête à partir à notre arrivée. Je fus surpris de la voir en vêtements de ville : un large pull rose et une salopette. Elle ne les avait pas pris avec elle. Ni la petite valise posée près d'elle ni le livre de Léo Buscaglia qu'elle lisait d'ailleurs. Bowyn avait dû lui apporter tout cela le soir précédent.

Cette tenue lui allait bien, mais quelque chose clochait et je mis un peu de temps avant de comprendre ce dont il s'agissait : son look baggy n'était plus à la mode depuis dix ans. Certes, Marianne avait perdu du poids depuis que je l'avais vue huit ans plus tôt, mais ce n'était sans doute pas la principale raison qui la faisait flotter dans ses vêtements. Elle ne devait pas avoir eu l'occasion de faire du shopping depuis qu'elle s'était installée au Temple.

— Ils t'ont donné l'urne ? demanda Bowyn d'un air embarrassé.

— Elle est dans la valise.

— J'ai fait préparer un emplacement près de Jack. Il faut encore que je m'occupe de la pierre.

Marianne hocha la tête et se leva pour nous suivre. Elle s'apprêtait à prendre sa valise, mais Bowyn la porta à sa place. Puis je les suivis tous les deux jusqu'à la voiture.

Nous étions déjà bien engagés sur la route lorsque Marianne se tourna vers moi et me dit :

— Jeremy… j'aimerais beaucoup que tu chantes avec moi lors de l'enterrement.

Je fus surpris par sa requête, mais y accéder n'aurait sûrement rien d'une épreuve.

— À quelle chant pensais-tu ?

— « L'Éveil de l'Homme ».

C'était un autre morceau que j'avais composé à l'université. J'en avais aussi écrit les paroles et elles n'étaient pas particulièrement brillantes ; c'était pour cette raison que je préférais généralement reprendre des passages de poésie classique comme paroles ou pour mes livrets. Mais ce chant me semblait approprié aux circonstances.

— Tu t'en souviens ?

— Je crois, me répondit Marianne en esquissant un sourire. J'ai passé la matinée à l'extraire des tréfonds de ma mémoire.

— Alors, c'est d'accord. J'en suis honoré.

LES FUNÉRAILLES eurent lieu après le déjeuner. Seth célébra un office dans la chapelle auquel seuls Bowyn, Marianne, Rafe et moi assistâmes. Pour une fois, Seth fit preuve de sobriété et de retenue. Il raconta l'histoire de Perséphone, la belle et jeune fille de Zeus et Déméter, jalousement gardée par sa mère loin des dieux qui voulaient l'épouser. Désespéré, Hadès, maître des Enfers, alla trouver Zeus, qui lui révéla que le seul moyen de soustraire Perséphone à Déméter était de l'enlever. Hadès suivit le conseil de Zeus et emmena la jeune fille dans son royaume.

Déméter ne pensait plus qu'à retrouver sa fille. Elle la chercha partout et négligea ses devoirs en tant que déesse de la moisson, si bien que le monde entier fut bientôt plongé dans une misère aussi profonde que la sienne. Enfin, Hélios, le soleil, qui voyait tout, fut touché par son chagrin et révéla à Déméter le lieu où Perséphone avait été emmenée.

— Déméter exigea le retour de sa fille, nous raconta Seth, et Zeus, ému par son tourment, exigea d'Hadès qu'il lui rende Perséphone. Mais le dieu des Enfers n'était pas prêt à renoncer si facilement à sa belle épouse. Il lui fit manger des grains de grenade, et qui mange ou boit dans les Enfers est condamné à y demeurer pour toujours. Pourtant, les dieux décidèrent que Perséphone n'aurait à rester avec Hadès que six mois de l'année – six mois, pour les six grains de grenade qu'elle avait mangés. Au cours de cette période, le chagrin de Déméter recouvre la terre d'un linceul de froid et de ténèbres. Mais, le reste de l'année, Perséphone et sa mère aimante sont réunies. Alors, le monde entier ressent la joie de Déméter.

Nous sortîmes de la chapelle les uns derrière les autres pour nous rendre au cimetière qui se trouvait à l'arrière, au son des cloches qui sonnèrent cinq coups pour représenter la mortalité de l'homme – esprit lié aux quatre éléments du monde matériel – et leur écho lugubre nous revint depuis les montagnes. Pour la première fois depuis mon arrivée au Temple, je réussis à localiser l'origine de ce son de cloches : il provenait de haut-parleurs situés juste sous la corniche des piliers extérieurs de la chapelle.

Le ciel était couvert et une légère bruine continuait à tomber, pas assez forte pour que nous nous embarrassions de parapluies, mais froide et déplaisante malgré tout.

La pierre tombale de Jack était ornée d'un *memento mori*, un crâne ailé typique de la Nouvelle-Angleterre. L'effet était glaçant, mais approprié à l'atmosphère victorienne du Temple. L'inscription était une citation de Percy Bysshe Shelley : *Il s'est réveillé du rêve de la vie.*

Un trou étroit mais profond avait été creusé près de la tête de la tombe de Jack. Seth prononça quelques paroles de plus pendant que Bowyn prenait l'urne des bras de Marianne et la plaçait dans la tombe. Il dut s'allonger dans l'herbe pour en atteindre le fond.

Puis je commençai à chanter :

Les ténèbres enveloppent mon corps froid et éteint.
C'est avec joie que j'attends le final de mon destin.
Des souvenirs lointains, puissants et beaux,
Viennent me réconforter comme de vieux amis.
Ma vie était un merveilleux récit ;
Mon histoire touche à sa fin aujourd'hui.

Marianne entama la réponse :

Mon fils, tu es sage et courageux,
Tu ne crains pas ce qu'a choisi pour toi le sort.
Tout mortel doit traverser l'épreuve de la mort.
Pourtant je pleurerai ta perte,
Je pleurerai l'être que la mort m'a pris,
Mais pour toi je ne crains rien, libéré que tu es des liens terrestres.

Puis nous entonnâmes en chœur le refrain final :

Après les joies et les douleurs de la vie, la mort n'est qu'un instant
de repos,
Un jour, au signal du Destin, nous nous lèverons de nouveau.
Jeunes et beaux, nous contemplerons l'ancien monde
Avec un courage renouvelé né de notre innocence.
Nos vies sont un merveilleux récit,
Qui ne doit jamais finir.

À la fin de la chanson, Marianne, en larmes, me prit dans ses bras, et je la serrai très fort contre moi, les yeux humides moi aussi.

Bowyn se tenait à côté de la petite tombe, le regard plongé dans la fosse.

— Au revoir, à plus tard, Jay, dit-il avec un léger tremblement dans la voix. Je ne t'ai jamais rencontré, mais j'espère que nous nous reverrons un jour et que nous nous reconnaîtrons.

Il leva les yeux pour voir si Marianne voulait dire quelque chose, mais elle pleurait trop pour parler et secoua la tête. Je tendis la main à Bowyn et il vint se serrer contre nous. Puis ses larmes commencèrent à couler sur ses joues, et nous restâmes ainsi tous les trois.

Enfin, les autres s'approchèrent pour réconforter Bowyn et Marianne et présenter leurs condoléances ; les cloches sonnèrent six coups, le nombre de l'ascension de l'homme. Je remarquai qu'une personne se tenait à l'écart. Alex pleurait elle aussi, mais elle observait Marianne sans s'approcher, comme si elle attendait le signe que ses marques de consolation seraient les bienvenues. Elle parut plusieurs fois sur le point de s'approcher, esquissant un geste de la main ; mais Marianne ne tourna pas une seule fois les yeux vers elle, bien qu'elle ait dû savoir qu'elle se trouvait là.

Finalement, Marianne prit Rafe dans ses bras, revint se tenir à mes côtés, et Alex tourna les talons pour rentrer discrètement à la maison.

XXIV

LA SÉANCE énochienne était prévue pour le soir même dans la chapelle. Cette dernière avait été préparée l'après-midi, consacrée par Seth, puis verrouillée pour le reste de la journée. Bowyn et moi nous y rendîmes peu après le dîner, et Seth nous laissa entrer. À l'intérieur, l'air était lourd d'odeurs d'encens – du bois de santal, de la cannelle, et d'autres senteurs que je ne pus identifier – et le centre de la chapelle était éclairé par la lumière vacillante de bougies disposées dans de grands bougeoirs. Hormis cet espace réduit, tout le bâtiment était plongé dans l'obscurité.

Seth était vêtu d'une robe en lin blanc immaculée et venait de se raser. Il sentait l'huile d'Abramelin, dont l'ingrédient principal est la cannelle, et insista pour nous en enduire le front avant que nous entrions. J'avais toujours aimé utiliser de l'huile d'Abramelin au cours des rituels ; la sensation de picotement et de chaleur que je ressentais sur ma peau était très agréable.

Sur le sol devant l'autel avait été placé un large carré de soie rouge sur lequel se trouvait une chaise pour le devin, Rafe, et la Sainte Table. Cette dernière était en bois de laurier ; sa surface était de deux coudées carrées et sa hauteur de deux coudées. Je me souvenais du sketch de Bill Cosby dans lequel Noé demandait à Dieu : *Une coudée, qu'est-ce que c'est ?* Et Dieu, après quelques instants d'hésitation, changeait de sujet. En fait, personne ne savait exactement ce que représentait une coudée. Il s'agissait de la plus ancienne unité de mesure, mais elle avait beaucoup varié au cours de l'histoire. On considérait le plus souvent qu'elle équivalait à une longueur d'avant-bras. L'avant-bras en question ici avait sans doute été celui de Seth.

Les quatre pieds de la Sainte Table reposaient sur des disques de métal sur lesquels était gravé le *Sigillum Dei Aemeth*, le Sceau de la Vérité de Dieu, qui contenait les sept noms de Dieu, les sept anges planétaires et bien d'autres noms sacrés. Le plateau de la table était recouvert d'un morceau de soie rouge sang comme celui qui était au sol, avec des glands dorés qui pendaient à chaque coin. En dessous – je le savais – se trouvait une autre représentation du *Sigillum Dei Aemeth*, gravée dans un carré de cire d'abeille aux côtés de nombreux autres symboles inscrits sur de fines tablettes en métal disposées dans un ordre bien précis. Mais la Magick énochienne n'était pas mon point fort ; j'aurais été incapable de dire quels symboles allaient être utilisés et dans quel ordre ils avaient été placés. Je devais m'en remettre à Seth, qui savait ce qu'il faisait.

Le miroir de divination était au centre de la table, disposé de telle manière que Rafe pouvait le regarder facilement. Ce n'était pas un simple miroir. Il s'agissait en fait d'un disque de verre concave d'environ trente centimètres de diamètre, et la plaque de métal sous le verre était noire. Le reflet n'était pas aussi clair que dans un miroir argenté. Le but n'était pas tant de refléter le visage de celui qui s'y regardait que de révéler ce qui se trouvait dans les ténèbres au-delà du miroir.

À côté, sur la table, se trouvaient également un anneau en or et une autre large plaque de métal sur laquelle des symboles étaient gravés. Elle était en or et une chaîne, en or également, reliait deux de ses coins, si bien que le magicien pouvait se l'accrocher autour du cou. C'était le lamen, qui protégeait le magicien au cours de l'opération.

Bien qu'inexpérimentés en Magick énochienne, Bowyn et moi étions des habitués de la Magick cérémoniale en général et savions bien que nous n'avions pas intérêt à entrer dans l'espace sacré en jacassant. Rafe se tenait juste derrière Seth et nous fîmes tous deux une halte pour le laisser souffler sur nous de la fumée d'encens. Puis Seth nous fit décrire à trois reprises un grand cercle autour de l'espace, nous fîmes le RMBP et Rafe prit place sur la chaise devant le miroir.

Bowyn et moi restâmes debout en silence pendant que Seth s'avançait vers la table et commençait à parler.

— Apprends-moi, oh Créateur de Toutes Choses, invoqua-t-il d'une voix qui se répercuta dans toute la petite chapelle, à acquérir une connaissance et une compréhension juste. Car je ne désire rien d'autre que Ta sagesse. Déverse Ta parole dans mon oreille et dépose Ta sagesse dans mon cœur.

Tout en continuant sa prière, Seth mit l'anneau à son doigt et passa la chaîne du lamen autour de son cou. Puis il poursuivit en chantant les lettres énochiennes gravées sur le bois de la table, suivies des noms des anges du *Sigillum Dei Aemeth* et des noms saints de la *Table Ronde de Nalvage*, que je ne vais pas énumérer. Il suffira de dire que tout cela prit un certain temps.

Seth termina avec le très long Dix-neuvième Appel, aussi connu sous le nom d'*Appel des Trente Éthers*. Pendant toutes ces incantations, Rafe resta assis sur la chaise de divination les yeux fermés, en respirant profondément et lentement.

— *Ol vinu od zacam*, invoqua Seth.

161

Je t'invoque et te demande… S'ensuivit une longue liste d'anges énochiens énoncée selon la hiérarchie angélique et ponctuée par l'expression *od dooiap*, qui signifie *au nom de*.

Le dernier appel fut suivi d'un long silence ; puis Rafe ouvrit lentement les yeux. Ils étaient étrangement voilés, comme s'il avait pris de la morphine. Il tourna la tête avec raideur pour plonger son regard dans le miroir noir, comme s'il était incapable de simplement baisser les yeux. Ceux-ci ne semblèrent pas se focaliser sur le miroir ; ils regardaient plus loin, à travers l'objet.

— Que vois-tu ? demanda Seth en élevant à peine la voix au-dessus d'un soupir ; l'écho se fit malgré tout entendre sur les murs de marbre de la chapelle.

Rafe prit une inspiration longue et rauque avant de répondre d'une voix endormie :

— Je suis sur une montagne… je regarde la plaine… des étoiles au-dessus…

— Vois-tu ARZL ?

ARZL était l'esprit angélique que nous invoquions pour cette opération. Il – ou elle, puisque ARZL était androgyne – était capable de révéler des connaissances longtemps gardées secrètes.

— Quelqu'un est assis au sommet de la montagne… il me regarde… c'est peut-être un garçon… peut-être… très mince… avec des ailes…

— Demande-lui s'il accepte de nous aider dans nos recherches.

Il y eut une pause.

— Oui, il accepte.

Seth tendit la main sur sa droite, où je me trouvais, et je lui remis une feuille de papier. Elle contenait tous les mots énochiens dont je n'avais pas pu trouver la traduction. Je les avais mélangés par précaution, afin que Rafe ne soit pas tenté d'en faire des phrases, consciemment ou non. Il était au courant, ainsi que Seth.

— Oh ARZL, commença Seth en élevant la voix afin de s'adresser directement à l'esprit, nous avons besoin de ton aide afin de comprendre certains mots qui figurent sur un ancien manuscrit et qui sont, à ce que nous croyons, des transcriptions du Langage des Anges.

— Je t'écoute.

— Merci, esprit sage. Le premier mot est *CAON*.

— Quenouille.

— *LINSA*.

— Fibre.

Seth l'interrogea sur chaque mot de la liste, l'esprit lui donnant à chaque fois l'équivalent en anglais. Seth était censé enregistrer l'opération,

162

comme à chaque fois qu'il se passait quelque chose qu'il faudrait réexaminer de près par la suite, mais, ne voyant aucune trace d'un enregistreur, je notai les mots sur un carnet. J'entendais des termes intéressants, comme *amour* ou *résurrection*, mais je n'avais pas le temps pour le moment de réfléchir à leur sens dans le contexte du livret.

Lorsqu'il eut atteint la fin de la liste, Seth commença à donner congé à l'esprit.

— Nous te remercions, oh ARZL, pour ton aide en cette affaire et te demandons…

— Ne me remercie pas, l'interrompit l'esprit par l'intermédiaire de Rafe, dont les lèvres se tordirent en un sourire sinistre, car ces mots ne t'apporteront nulle consolation. *Li matan sol li nor crip tol tox ednas gze teloch.*

— Que veux-tu dire ? demanda Seth dont le visage avait soudainement pâli à la lueur des bougies.

Mais l'esprit se contenta de répéter en riant :

— *Li matan sol li nor crip tol tox ednas gze teloch.*

Puis la tête de Rafe tomba en avant et, lorsqu'il releva les yeux, ceux-ci avaient retrouvé leur vivacité. Il considéra le miroir noir, puis le visage de Seth.

— Avez-vous obtenu des réponses ?

— Oui, mon beau, répondit Seth d'un air distrait.

Il marcha jusqu'à l'estrade et éteignit quelque chose – l'enregistreur que je n'avais pas repéré.

— Te souviens-tu de quoi que ce soit ?

— Désolé, répondit Rafe en secouant la tête. Je ne me souviens jamais de rien.

— C'est bien ce que je pensais. Je voulais juste vérifier.

Je repassai mes notes et examinai la dernière phrase. Certains mots m'étaient familiers, mais il m'aurait fallu un dictionnaire d'énochien pour être sûr de leur sens. L'un des nouveaux mots que nous avions appris, *amour*, était utilisé dans cette phrase, mais il était peu probable que l'esprit nous ait délivré un message d'amour et de paix – pas avec cette lueur funeste dans le regard.

— Sais-tu ce qu'elle signifie ? demandai-je à Seth. Je veux dire, la dernière phrase ?

— Quelle phrase ? demanda Rafe.

Seth bidouilla l'enregistreur un moment, puis les trente dernières secondes de la séance retentirent depuis des haut-parleurs dissimulés dans les ténèbres qui nous entouraient. L'écho des voix amplifiées résonnait dans l'édifice avec des accents encore plus effrayants que lors de l'opération elle-même, se concluant encore une fois sur la phrase *Li matan sol li nor crip tol tox ednas gze teloch*.

Seth éteignit l'enregistreur.

— Un effroyable avertissement dans une langue morte. Quel ennui, grommela Rafe. Je suppose que je devrais être content de ne pas avoir vomi ni m'être pissé dessus.

Seth le regarda d'un œil réprobateur, puis s'adressa à moi.

— Je n'en suis pas certain. Je crois avoir compris une allusion à l'amour paternel.

Puis, à contrecœur, il ajouta :

— Il est aussi question de la mort.

— Crois-tu qu'il s'agisse d'un avertissement ? Que nous devrions arrêter de nous intéresser à la messe ?

— Oh, Jeremy ! protesta Seth en levant les bras avec agacement. Est-ce que tu te laissais démonter par les histoires d'adolescents qui trouvaient un couteau dans leur oreiller après avoir joué au Ouija ? Pourquoi un esprit nous donnerait-il la clé d'une opération s'il ne voulait pas que nous nous en servions ?

— Il espère peut-être que nous échouions, suggéra Bowyn, tout en voulant nous donner une chance.

Seth leva les yeux au ciel, mais lui répondit avec douceur :

— Nous avons toutes les pièces du puzzle maintenant. Jeremy va pouvoir terminer sa traduction. Toutes les parties en grec ancien ont été traduites et les transcriptions phonétiques données aux chanteurs. La chapelle a été organisée selon les plans de Ficin. D'ici demain soir, nous serons prêts à procéder à l'opération en toute connaissance de ses composants. Que demander de plus ?

— Laisse-moi terminer la traduction avant de te répondre, rétorquai-je.

Cette traduction était la clé. Elle nous permettrait de comprendre le sens de la messe. Tant que je n'aurais pas rassemblé toutes les pièces, nous ne saurions absolument rien du but de ce morceau.

— Bien, dit Seth. Alors, finis cette traduction. Nous pourrons jouer la messe demain soir à vingt-trois heures, avec Saturne ascendante, comme prévu.

— Ne devrions-nous pas attendre le retour de Christopher ?

— Si nous voulons faire les choses correctement, nous n'en avons pas le temps. Je sais bien qu'il est doué, mais j'ai confiance en toi, mon amour. Tu es capable d'interpréter le solo.

Je n'en étais pas si sûr. Techniquement, oui, j'en étais capable, à l'exception peut-être de la dernière note, la plus aiguë. Malheureusement, ma voix vieillissante me ferait peut-être défaut sur celle-là… Mais ma plus grosse inquiétude portait sur le timbre de ma voix. J'avais été un bon chanteur dans ma jeunesse, mais sans jamais atteindre la précision et la pureté de la voix de Christopher.

D'un autre côté, sans Christopher, nous serions peut-être capables de contrôler plus facilement le pouvoir de cette messe. J'avais beau savoir que la fausse couche de Marianne avait été provoquée par la menthe pouliot, je ne pouvais effacer de mon esprit superstitieux l'idée que le solo de Christopher avait eu un impact magicke qui n'était pas étranger à l'accident.

Il ÉTAIT encore tôt lorsque nous quittâmes la chapelle – à peine vingt heures – mais Bowyn et moi nous sentions à bout de forces. Nous décidâmes donc d'aller directement dans notre chambre pour la nuit, mais Marianne nous intercepta sur le chemin de la maison. Elle était emmitouflée dans un châle tricoté qu'elle tenait serré par-dessus sa robe, sa chevelure rousse volant à l'air libre dans la brise froide du soir.

— Vous voilà ! Seth est-il encore dans la chapelle ?

— Oui, répondit Bowyn. Tu es sûre que tu es suffisamment en forme pour sortir avec ce temps ?

Marianne haussa les épaules.

— Il est parti.

— Qui ça ? demandai-je. Seth ?

— Mais non, bien sûr que non. Christopher.

Je ne savais que répondre.

— Il est en désintoxication.

— Non, m'expliqua-t-elle patiemment. Il n'y est plus. Il devrait y être, mais j'ai passé un coup de fil pour avoir de ses nouvelles et ils m'ont dit qu'il n'était pas là. Qu'il n'était *jamais* venu ! Il n'est jamais arrivé à la clinique !

Je frissonnai tout à coup – et pas à cause du vent.

— Nous pourrions appeler la compagnie de taxi…

— C'est ce que je viens de faire, dit Marianne. Le chauffeur est formel : il a déposé Christopher devant la clinique.

Pendant que je regardais bêtement Marianne en faisant défiler dans ma tête toutes les implications de cette nouvelle, Bowyn prit la situation en main.

— Rentrez à la maison tous les deux, ordonna-t-il. Je vais chercher Seth et nous vous retrouvons à l'intérieur.

J'acquiesçai d'un signe de tête.

— Vous devriez en informer Alex.

165

XXV

NOUS NOUS rassemblâmes dans la cuisine après en avoir chassé les aides d'Alex. Je remarquai, comme tous les autres sans doute, qu'Alex ne proposait pas d'infusion, mais personne n'osa faire la moindre remarque à ce sujet. Nous prîmes place autour de la table, tel un concile de Nicée miniature, débattant des apocryphes.

— S'est-il définitivement enfui ? demanda Alex.

Seth secoua la tête.

— J'ai jeté un œil dans sa chambre et discuté avec le jeune homme qui partage la pièce avec lui. Il a emporté des vêtements pour quelques jours et peut-être un livre ou deux, mais il a laissé tous ses ouvrages préférés, ceux qui concernent la mythologie nordique, l'histoire viking, etc. S'il n'avait pas l'intention de revenir, il les aurait pris avec lui, vous ne croyez pas ?

— Et si quelqu'un l'avait enlevé ? suggéra Rafe. Son père, par exemple.

— C'est sûr qu'il lui rapportait beaucoup d'argent, ajouta Bowyn avec une pointe de dégoût dans la voix.

Cette idée fit ricaner Seth.

— Vous voulez dire que son père aurait su exactement où et quand le taxi le déposerait ? Puis il aurait surgi d'un buisson avec un filet ? C'est absurde.

— Et s'il était encore ici ? dis-je.

Tous se tournèrent vers moi au cours du silence qui suivit, comme si je venais de raconter que j'avais vu le yéti dans le salon ; mais je persévérai.

— Je n'en ai parlé qu'à Bowyn pour l'instant, mais cela fait plusieurs nuits que j'entends quelqu'un marcher dans les passages des domestiques.

— De nombreuses personnes utilisent ces passages, souligna Marianne.

— Je sais, mais quelqu'un passe près de notre chambre chaque nuit à trois heures. La nuit dernière, j'ai décidé de le suivre. Il est descendu jusqu'aux douches, puis je l'ai perdu.

— Si tu veux partager ta douche avec quelqu'un, Frère… commença Rafe en gloussant.

— Ce n'est pas la question, l'interrompis-je afin de mettre un terme à son flirt idiot. Si cette personne avait juste l'intention de se rendre dans une autre chambre pour retrouver quelqu'un, elle serait retournée dans sa chambre. Mais ce n'est pas le cas. Il est descendu au sous-sol, puis… je suppose qu'il est sorti, d'une manière ou d'une autre.

— Il s'est aperçu qu'il était suivi et ne voulait pas que tu découvres qui il était et dans quelle chambre il se rendait, proposa Bowyn.

— Je ne crois pas m'être fait remarquer.

Je voyais bien que personne n'était convaincu. Qu'un initié rôde dans les passages des domestiques en pleine nuit ne devait pas leur sembler très inquiétant.

— Mais où veux-tu en venir, mon amour ? insista Seth, apparemment impatient. Si Christopher était de retour, pourquoi voudrait-il se cacher de nous ?

— Je n'en sais rien, dus-je reconnaître. Peut-être ne voulait-il pas aller en désintoxication. Il aura fait du stop pour rentrer dans l'intention de se cacher quelques jours puis de feindre un faux retour.

Mais Marianne secoua la tête d'un air incrédule.

— La clinique doit m'envoyer la facture – enfin, à nous, au Temple. Nous aurions fini par apprendre qu'il n'y était jamais allé. D'ailleurs, nous l'avons découvert au bout de deux jours ! Il n'aurait jamais pu s'en sortir de cette façon, et il s'en serait forcément rendu compte. Certes, il a quelques problèmes, Jeremy, mais il est loin d'être idiot.

Je levai les mains en signe de capitulation. J'avais pensé leur faire part de ma théorie selon laquelle Christopher aurait pu mélanger les plantes d'Alex en pénétrant dans la cuisine par le passage caché, mais cela ne me paraissait plus approprié désormais. Et ce n'était qu'une hypothèse. En toute honnêteté, je ne voyais pas la raison qui aurait pu le pousser à agir de la sorte, ni à se balader chaque nuit dans les murs du Temple d'ailleurs.

— Devons-nous appeler la police ? demanda Alex à l'intention du groupe entier. Au moins pour signaler sa disparition ?

L'idée ne sembla pas réjouir Seth, mais il céda.

— Très bien. Je m'en occupe.

LA POLICE ne tarda pas à arriver – ou, pour être plus exact, les deux agents de la dernière fois. Tous les Frères ainsi que Rafe étaient présents lors de l'entretien qui eut lieu dans le salon principal, mais nous laissâmes Seth parler. Le plus jeune semblait aussi effrayé et interloqué que la dernière fois par le Temple et ses étranges résidents, et je voyais déjà que le dénommé Westcott considérait que nous faisions toute une affaire de pas grand-chose. Encore une fois.

— Donc, pour résumer, dit-il à Seth, vous avez essayé de forcer un gamin toxicomane à aller en cure de désintoxication, et au lieu de ça il s'est sauvé.

— Nous ne pensons pas qu'il se soit enfui, répondit Seth en gardant tout son calme.

— Mais c'est une possibilité.

— Je suppose que tout est possible.

Et la conversation se résuma à cela pendant les quarante-cinq minutes qui suivirent ; puis les deux policiers s'en allèrent.

— Incroyable ! s'exclama Alex en levant les mains au ciel avant de retourner dans sa cuisine afin de s'assurer que tout était prêt pour le petit déjeuner du lendemain et que la table d'en-cas était bien fournie pour la nuit.

BOWYN ET moi finîmes par monter dans notre chambre vers vingt-trois heures. J'étais épuisé – comme on peut l'être après une cérémonie magicke et un interminable entretien avec la police – mais je savais que si je me couchais maintenant, la cloche appelant à Resh me réveillerait dans une heure. De plus, je devais découvrir la signification de l'avertissement – si c'en était bien un – que nous avions reçu à la fin de la cérémonie. Le livret pourrait attendre le lendemain, mais je savais que cette phrase me hanterait toute la nuit si je ne m'y attelais pas dès maintenant.

Je m'installai devant l'ordinateur tandis que Bowyn reprenait comme d'habitude son livre de Lovecraft, étendu sur le lit. La traduction fut rapide. La grammaire de l'énochien, si elle existe bien, n'est pas très complexe, et je n'eus qu'à chercher le sens des mots dans le dictionnaire. Je fus quelque peu ralenti par l'inexactitude de ma transcription phonétique des paroles de Rafe, mais je pus finalement annoncer à Bowyn que j'étais prêt.

Il leva les yeux. Il semblait curieux, mais pas spécialement concerné.

— Vraiment ? Alors ?

Je m'appuyai sur le dossier de ma chaise et pris une profonde inspiration.

— *Le père aime le fils, mais à travers lui ne trouve que la mort.*

168

XXVI

Je me réveillai de nouveau dans la nuit, juste après trois heures trente, en sursautant comme si j'avais entendu quelque chose. Pas simplement le bruit des pas d'un promeneur dans l'un des passages, mais un son plus effrayant qui faisait battre mon cœur à toute vitesse dans ma poitrine. J'aurais juré avoir entendu un cri... Mais tout était silencieux.

Bowyn, allongé près de moi dans le noir, s'était réveillé lui aussi. Je voyais ses yeux briller entre deux battements de paupières, bien qu'il reste immobile et silencieux, aux aguets. Il avait entendu la même chose.

Je laissai la pendule victorienne posée sur le manteau de la cheminée avancer d'une minute, puis lui demandai dans un murmure :

— Qu'est-ce que c'était ?

— Je ne sais pas. J'ai cru entendre quelqu'un crier.

Il sortit du lit pour jeter un œil par la fenêtre.

— Te souviens-tu vraiment d'avoir *entendu* un cri ? lui demandai-je.

— Non, je ne sais pas. J'ai plutôt... eu la *sensation* que quelqu'un criait.

Je ressentais la même chose, je n'aurais pas juré avoir réellement entendu ce cri.

J'allai le rejoindre à la fenêtre. Il faisait frais dans la chambre et je songeai que nous étions à moins d'une semaine de Halloween. Sans réfléchir, je dis :

— Nous devrons bientôt laisser le feu allumé la nuit.

Bowyn passa son bras autour de mes épaules.

— Sauf que tu ne seras plus là.

— Ah. Oui.

Je fus surpris par ma propre émotion. Cela faisait moins d'une semaine que j'étais de retour au Temple, mais déjà je m'y sentais de nouveau chez moi. Et dormir chaque nuit dans le même lit que Bowyn me paraissait même plus naturel que respirer.

Je passai mon bras autour de sa taille musclée et pressai mon entrejambe contre sa hanche, ma peau chaude contre sa peau chaude, mais bien que nous sentions tous deux nos érections naissantes, l'heure n'était pas au sexe.

Bowyn m'embrassa le haut du crâne juste au moment où un objet vint frapper la vitre.

Nous nous reculâmes d'un bond, interloqués, mais la vitre ne s'était pas brisée et l'on ne voyait plus trace de ce qui était venu la heurter. Les mains de Bowyn se refermèrent sur mes épaules dans un geste protecteur, comme si j'étais l'héroïne fragile d'une romance gothique.

J'observai par la fenêtre les nuages agités qui se tordaient dans le ciel noir ; c'était un spectacle étrange, comme s'ils ne se déplaçaient pas de la même façon que d'habitude.

Bowyn se pencha sur mon épaule afin de scruter l'extérieur ; il semblait lui aussi avoir un étrange pressentiment. Je perçus un mouvement au-dehors, mais la lune était presque nouvelle et nous ne distinguions pas grand-chose.

Nous nous penchâmes tous les deux en avant et un second coup sur la vitre nous fit sursauter.

— C'était une aile ! m'écriai-je.

— Mais qu'est-ce que c'est que ce bordel ???

Et tout à coup mes yeux comprirent que la masse ondoyante que nous voyions était un énorme nuage d'oiseaux noirs, extrêmement dense, qui s'abattaient sur la maison, de plus en plus proches ; ailes, becs et griffes heurtaient la vitre de plus en plus fréquemment devant nos regards terrifiés. Je n'avais jamais vu autant d'oiseaux ! Ils recouvraient le ciel. Un autre son surgit au milieu des bruits de battements d'ailes et des crissements contre le verre, comme si au loin des milliers de personnes criaient toutes en même temps. Mais il ne s'agissait pas d'humains. C'étaient les croassements et les cris stridents des corbeaux.

— C'est complètement fou, murmurai-je.

Mais, comme d'habitude, Bowyn surmonta rapidement sa peur.

— Je vais voir dehors.

Bien sûr, pourquoi pas ? Aller sur le terrain pour mener l'enquête sur des événements démoniaques est toujours une si bonne idée dans les films d'horreur…

Mais je le suivis malgré tout. Bowyn ne prenant pas la peine d'enfiler une robe, je fis de même, et nous nous mîmes à trottiner nus dans le couloir et les escaliers, croisant d'autres initiés tout aussi peu vêtus qui titubaient les yeux encore à moitié fermés dans la faible lueur des lampes à gaz artificielles. Presque tous les résidents du Temple s'étaient rassemblés au rez-de-chaussée et dans le grand hall, la plupart tirés du lit et encore nus, si bien que se frayer un chemin parmi eux relevait d'un degré d'intimité perturbant, même pour un lieu tel que le Temple.

En passant la porte, nous pénétrâmes dans une scène digne d'un film de Hitchcock – s'il avait filmé *Les Oiseaux* dans un camp de nudistes. Nous étions à peine une vingtaine à avoir eu le courage de sortir. Seth était là, essoufflé et couvert de sueur – d'avoir couru dans les escaliers ou pour une autre raison, je préférais ne pas le savoir – et contemplait le nuage d'oiseaux avec rage comme s'ils lui faisaient un affront personnel.

— Ce ne sont pas censés être des oiseaux de nuit ! gronda-t-il.

Bowyn éclata de rire.

— Veux-tu faire un rapport au syndicat ?

Seth lui lança un regard furieux.

— Je suppose que c'est ce qu'on récolte quand on se mêle de magie noire, remarquai-je.

Seth ouvrit les yeux si grand que je crus qu'ils allaient lui sortir de la tête.

— Bien sûr, répliqua-t-il d'un ton sarcastique, tu as raison ! Ça fait vingt ans que je pratique la Magick cérémoniale, et aujourd'hui les Pouvoirs Célestes ont décidé de me punir en envoyant un nuage de corneilles chier sur ma maison !

— Ce sont des corbeaux, précisai-je.

La cour était jonchée des cadavres des volatiles kamikazes – des tas désarticulés de plumes et d'ailes noires.

— Merci. Un magicien devrait toujours connaître la véritable nature des démons qui le tourmentent.

— En l'occurrence, je m'appelle Jeremy, et lui c'est Bowyn.

Seth ignora ma plaisanterie et s'avança dans la cour pour examiner de plus près les oiseaux morts éparpillés sur les pavés. C'était une scène d'une étrange beauté que cet homme nu parfaitement sculpté éclairé par des lampes à gaz factices. Leur éclat tremblait sur son corps tandis que les oiseaux volaient entre les lampes et lui et qu'il progressait parmi les petits corps brisés de leurs compagnons. Seth avançait les mains tendues en avant, comme s'il tentait de les ressusciter. Et c'était peut-être ce qu'il faisait. Il avait suffisamment d'arrogance pour essayer. Mais les animaux restaient immobiles, usés, sanglants, tragiques.

Et de mauvais augure. En tant que magicien, je ne crois pas aux coïncidences. Enfin, il en existe peut-être parfois… Je trouve ridicules ceux qui prétendent que des forces cosmiques influencent les feux de circulation pour leur confort. Mais une immense volée de corbeaux qui attaquent notre maison ? Cela ne pouvait être qu'un message.

Mais quel message ? Ne te mêle pas de Magick cérémoniale ? Je ne croyais pas plus que Seth à cette explication. Cela faisait presque dix ans que je pratiquais la magie et j'en connaissais les dangers. J'avais entendu parler de magiciens qui avaient perdu la tête à force de travailler avec des esprits sans prendre les précautions nécessaires. Mais même de mon point de vue cette horde de corbeaux était plus qu'étrange. Il y avait forcément une raison pour qu'ils se regroupent tous en ce lieu précis, à ce moment précis, plutôt que, disons, dix ans plus tôt lorsque Bowyn et moi étions pour la première fois tombés sur *Le livre de la magie cérémonielle* d'A. E. Waite.

Y avait-il un rapport avec le manuscrit ? Possible. Mais Ficin désirait nécessairement que des magiciens futurs fassent jouer sa musique, ou il ne l'aurait jamais écrite. Et, malgré la popularité des sorts de vengeance ou de gain personnel dans les grimoires de son époque, tout ce que nous savions sur cet homme indiquait qu'il s'intéressait aux arts guérisseurs, et non à la Magick noire. C'était un Chrétien dévoué. Que pouvait-il y avoir de si terrible à jouer cette messe ?

Évidemment, il était possible que nous ne l'interprétions pas correctement. Jusqu'ici, on ne pouvait pas dire que nous avions une maîtrise totale de tous les éléments.

Et puis, il y avait Christopher. Manquait-il aux corbeaux ? Iraient-ils jusqu'à attaquer la maison parce qu'ils n'avaient pas été nourris depuis plusieurs jours ? C'était peut-être la plus raisonnable des explications, mais elle me paraissait toujours ridicule.

Il y eut soudain un changement subtil de la luminosité, comme si le ciel s'éclaircissait imperceptiblement, et les ombres mouvantes s'évanouirent. Seth leva les yeux.

— Ils sont partis.

Nous levâmes tous les yeux pour suivre son regard et ne vîmes… rien du tout. Juste un ciel de nuit sombre rempli de nuages pâles qui de temps à autre nous laissaient voir le scintillement de quelques étoiles. Mais pas de corbeaux. Plus un seul.

Je vérifiai que les cadavres d'oiseaux étaient encore dans la cour, afin de m'assurer que tout n'était pas qu'une sorte de rêve ou d'hallucination collective. Ils étaient bien là, et les pavés étaient recouverts de fientes. Il y avait même une traînée de cette substance immonde sur mon avant-bras. Tout avait bien été réel. L'attaque – si l'on pouvait désigner ainsi cet événement – était terminée, en tout cas pour l'instant.

— Et voilà ! s'écria Seth comme s'il avait lui-même orchestré le départ des corbeaux. Les vilains oiseaux sont partis. Nous pouvons tous retourner au lit.

Il revint vers nous et s'adressa à l'un des initiés les plus récents :

— Ian, s'il te plaît, fais nettoyer la cour par quelques néophytes.

— Bien, Frère.

— Mais pas tout de suite, ça peut attendre demain matin.

— Oui, Frère.

L'initié le salua et rentra dans le bâtiment, mais Bowyn lança à Seth un sourire en coin :

— Nous ne pourrons plus dire que les Frères ne se montrent pas courtois lorsqu'ils demandent aux néophytes de remplir les tâches ingrates dont ils ne veulent pas s'occuper eux-mêmes.

— Je suis trop fatigué pour discuter du rôle de la structure hiérarchique au sein de notre communauté religieuse, mon amour, rétorqua Seth.

Il m'examina de la tête aux pieds, et je m'aperçus que c'était la première fois qu'il me voyait nu depuis mon retour au Temple.

— Je suis même trop épuisé pour vous proposer d'aller au lit tous ensemble.

— Peut-être une autre fois, lançai-je malicieusement.

Seth sourit et nous embrassa tous les deux pour nous souhaiter bonne nuit, sans oublier de me tapoter le postérieur au passage ; puis il rentra à son tour.

Je restai dans la cour à regarder tour à tour les corbeaux morts sur les pavés et le ciel paisible, jusqu'à ce que Bowyn me prenne par le bras en disant :

— Tu auras le temps de réfléchir à tout ça demain. Retournons nous coucher, il fait trop froid ici.

C'était le moins que l'on puisse dire. Maintenant que l'excitation s'était dissipée, chacun dans la cour se rendait compte qu'il était nu dehors à quatre heures du matin en octobre, et commençait à frissonner. Bowyn me prit par les épaules et me guida vers la maison.

XXVII

LA CLOCHE annonçant Resh sonna à sept heures le matin suivant, trois heures après que nous étions retournés nous coucher. Il était tentant de l'ignorer et de continuer à dormir, mais je me sentis coupable en voyant Bowyn s'extraire du lit, et je l'imitai. Heureusement, les gestes comme les paroles à réciter étaient redevenus comme une seconde nature pour moi, et mon cerveau à moitié endormi ne fut pas trop sollicité.

Mais en m'approchant de la fenêtre après avoir terminé pour contempler le matin morne et gris et décider si j'avais plus envie d'un petit déjeuner que de retourner dans mon lit, je vis quelque chose qui me sidéra et me réveilla totalement.

— Oh, mince, murmurai-je.

Bowyn vint me rejoindre et je sentis son souffle stupéfait sur ma nuque.

Les corbeaux n'étaient pas partis, ils s'étaient simplement déplacés. L'impeccable pelouse et les chemins pavés à l'arrière de la maison étaient vides, mais la chapelle et l'herbe sauvage tout autour en étaient recouvertes, comme si un géant était venu pendant la nuit avec son énorme pinceau pour recouvrir le paysage d'encre noire.

ÉVIDEMMENT, TOUT le monde ne parla que des oiseaux au petit déjeuner. J'appris que des fenêtres avaient été fendues et même cassées la nuit précédente. Un corbeau avait même réussi à traverser le verre sans se blesser et à pénétrer dans la chambre d'une jeune femme qui avait finalement réussi à l'emprisonner dans une couverture et à le relâcher dehors.

Certaines personnes essayaient d'adopter une approche scientifique et suggéraient que les oiseaux s'étaient rassemblés parce que Christopher les nourrissait et qu'ils s'agitaient parce qu'ils avaient faim, en raison de son absence.

Mais je n'étais pas convaincu par cette hypothèse. Lorsqu'il faisait sa distribution de graines sur la colline, il n'attirait pas tant d'oiseaux, loin de là. D'où venaient tous les autres ? Et même s'ils mouraient de faim, pourquoi se seraient-ils ainsi jetés sur les fenêtres jusqu'à se briser le cou ?

En aussi grand nombre ? J'avais entendu dire que les mouettes qui avaient attaqué des maisons à Monterey, en Californie, en 1961 – fait divers qui avait inspiré *Les Oiseaux* à Hitchcock – avaient été empoisonnées par une algue toxique. Mais nous étions loin de l'océan et les corbeaux, à ma connaissance, n'étaient pas friands d'algues.

Je ne posai pas la question directement, mais personne ne semblait partager mon point de vue et penser que Christopher était revenu en cachette et se cachait dans l'édifice. Après tout, même en supposant que j'aie raison, je ne parvenais pas à faire le lien entre ses errances nocturnes et l'attaque des corbeaux. À moins qu'il ne s'adonne à des rituels pour les appeler.

Ne croyez pas que je n'avais pas envisagé cette possibilité. Une image surgit dans mon esprit : Christopher gesticulant frénétiquement sur la terrasse de toit en chantant en énochien, entouré de corbeaux qui tournoyaient autour de lui…

Oui... bon.

On ne devient pas magicien sans un peu de crédulité à l'encontre des phénomènes paranormaux, mais cela ne signifie pas que l'on doit croire en n'importe quoi. Je ne voulais pas renoncer à l'hypothèse d'un lien magicke entre les corbeaux et Christopher, mais la partie rationnelle de mon esprit exigeait un minimum de vraisemblance. Et il n'y avait aucune raison pour que Christopher rassemble une armée de corbeaux hostiles. Mes pensées se tournèrent à nouveau vers le manuscrit. Nous en avions presque terminé la traduction et avions reçu un message qui ressemblait fort à un avertissement. Seth était déterminé à réaliser le rituel le soir même. ARZL avait-il – ou elle – l'intention de nous empêcher de finir la traduction ? D'accomplir le rituel ?

Si c'était le cas, c'était mal parti ; nous étions si prêts d'assembler toutes les pièces du puzzle que moi-même je n'étais plus si sûr de vouloir interrompre le travail. Pouvais-je vraiment mettre le manuscrit de côté sans mettre un point final à la traduction ? Et, même en connaissant l'intention de Ficin, serais-je capable de retourner à Durham sans savoir si le rituel fonctionnait ? Sans doute pas. À moins que le but soit de précipiter l'Apocalypse. Nous prendrions des précautions bien sûr, en érigeant des protections, mais comme on dit au théâtre, le spectacle doit continuer.

PERSONNE N'AVAIT le courage de passer devant les corbeaux qui rôdaient autour de la chapelle comme des bandes de voyou en blousons de cuir prêts à vous sauter dessus à un coin de rue ; et personne n'osait se rendre à l'office du matin. Bowyn, Marianne et moi découvrîmes une foule d'initiés et de néophytes arrêtés net sur le chemin pavé, incapables d'aller plus loin. Les corbeaux étaient tous sur l'herbe et le chemin, paisibles, silencieux, à nous regarder comme si c'était à nous de faire le premier mouvement.

— Vous croyez que nous devrions juste passer devant eux ? demanda Bowyn.

Marianne haussa les épaules.

— Ils n'ont encore blessé personne.

— Pas encore…

Mais l'arrivée de Seth nous dispensa de prendre une décision. Il jeta un bref coup d'œil sur la scène, émit un grognement méprisant, puis se fraya un chemin à travers la foule. Les corbeaux n'eurent pas l'air terrifiés, mais ils s'écartèrent de son chemin en sautillant ou en volant.

Bowyn lui emboîta le pas, bientôt suivi de Marianne et moi qui nous tenions la main comme Dorothy et l'épouvantail dans la forêt hantée. Marianne avait dû penser à la même chose, car je l'entendis susurrer :

— Des corbeaux, des tigres et des ours…

— Oh mon Dieu ! complétai-je, et nous nous esclaffâmes tous les deux.

La brume s'était épaissie depuis l'aube, se transformant en un brouillard dense qui recouvrait tout ce qui se trouvait à plus de trois mètres. Pendant que nous avancions parmi les corbeaux, je m'imaginais un océan d'oiseaux noirs qui s'étendait à l'infini dans le brouillard, la chapelle surgissant des vagues pour nous offrir notre unique espoir de refuge. Mais les grands oiseaux noirs étaient aussi perchés sur le toit de l'édifice ; ils étaient présents partout où ils pouvaient se poser et nous scrutaient de leurs yeux de marbre noir, pas tant hostiles que simplement… froids.

Nous atteignîmes la chapelle sans provoquer de réaction significative chez les volatiles, et les initiés et néophytes eurent enfin le courage de nous suivre. L'office fut plus court que d'ordinaire. Personne n'était à l'aise dans l'édifice, encerclés comme nous l'étions, et même Seth n'avait pas la tête à ce qu'il faisait. Pour la première fois depuis que je le connaissais, son sermon fut terne et ennuyeux. Nous fûmes tous ravis de rentrer à la maison, même s'il fallait pour cela affronter encore une fois les inquiétants intrus.

J'ÉTAIS TOUJOURS persuadé que le rôdeur du passage des domestiques était Christopher, quoi qu'en pensent les autres. Et j'avais bien l'intention de découvrir où il était allé après avoir disparu dans le sous-sol. Une heure après le déjeuner, je descendis pour prendre une douche rapide.

Une fois séché et habillé, après avoir jeté ma robe sale dans le panier à linge et en avoir pris une propre sur les étagères qui se trouvaient à la sortie du coin douches, j'entamai une petite balade afin d'inspecter les alentours en prêtant une attention toute particulière aux murs, dans l'espoir de déceler une porte cachée. Certes, je me sentais un peu idiot, mais la personne que j'avais suivie – et qui était sans doute Christopher – n'avait pas pu quitter le sous-sol par l'une des portes que je connaissais. Et il n'y avait aucun endroit ici où il aurait pu se cacher. À part peut-être dans le panier à linge sale. Mais je connaissais tant de passages « secrets » dans cette maison qu'il n'était pas inconcevable qu'il en existe dont je n'avais pas connaissance.

L'une des possibilités était l'ancienne cave. Elle m'avait paru vide, mais il s'y était peut-être glissé furtivement. En examinant l'endroit de plus près, je m'aperçus que l'ouverture d'une porte secrète supposerait de faire basculer au moins une étagère, et je ne voyais pas comment c'était possible sans renverser toutes les casseroles qu'elles supportaient.

— Cherches-tu quelque chose ? me demanda Alex.

Je sursautai. Elle me regardait avec curiosité depuis le seuil.

— Euh… une porte secrète ?

Elle rit en secouant la tête, ce qui fit tinter ses anneaux argentés.

— Bonne chance, me dit-elle en attrapant deux grandes casseroles sur l'une des étagères qui se trouvaient près de la porte. Tu crois toujours que Christopher rôde dans les parages la nuit ?

— Lui ou un autre, répliquai-je. Mais il y a quelqu'un, c'est sûr.

Elle resta pensive un instant.

— Je n'en suis pas certaine, mais… il est possible que quelqu'un vienne voler dans la cuisine.

J'oubliai pendant une minute les étagères de casseroles et me tournai vers elle.

— Qu'est-ce qui te fait penser ça ?

— Je crois qu'il manque des choses. J'ai compté les briques de jus d'orange dans le frigo hier parce que les réserves baissaient et je voulais savoir s'il y en aurait suffisamment pour le petit déjeuner d'aujourd'hui. Et il en manquait une ce matin.

— C'est tout ?

Elle avait pu être subtilisé par n'importe quel résident qui voulait se faire une vodka-orange dans sa chambre.

— Non, d'autres choses ont disparu : un pain, du fromage, un pot de moutarde… C'est difficile de savoir exactement, mais je n'avais jamais remarqué que des choses manquaient avant…

Alex semblait hésitante, et je terminai pour elle :

— Avant que l'on vienne se mêler de tes plantes ?

Elle acquiesça et prit une autre casserole sur l'étagère. Elle était déjà encombrée par les deux autres, je tendis donc le bras et elle me la donna à porter.

Il n'était pas impossible, bien sûr, qu'un ou plusieurs initiés volent dans la cuisine la nuit. Ils savaient tous qu'ils y pénétraient à leurs risques et périls et que, s'ils avaient faim la nuit, ils pouvaient se servir dans la salle à manger. Pourtant, la cuisine n'était jamais verrouillée et il se pouvait qu'un néophyte se montre suffisamment stupide pour risquer le courroux d'Alex.

Elle me passa un autre plat.

— Il y a quelque chose dont nous n'avons jamais vraiment parlé, songea-t-elle.

— Le mobile ?

— Exactement. Tu as suggéré qu'il pourrait s'agir de Christopher, et il avait peut-être effectivement les moyens…

— Pas plus que toute personne qui aurait connaissance de l'existence des passages, me sentis-je obligé de préciser.

— C'est vrai, mais supposons pour un instant qu'il soit coupable. Pourquoi aurait-il fait une chose pareille ? Il connaissait à peine Marianne. Il ne savait sans doute même pas qu'elle attendait un bébé. Presque personne n'était au courant. Et pourquoi aurait-il voulu lui faire du mal, à elle ou à son bébé ?

Je m'étais posé toutes ces questions. Tout cela n'avait aucun sens.

— Qui pourrait vouloir faire ça, point ? demandai-je.

Alex sembla retourner la question dans sa tête, mais j'avais la nette impression qu'elle connaissait déjà la réponse – ou qu'elle avait une petite idée.

— Eh bien, je ne voudrais pas prétendre que je suis au-dessus de tout soupçon, mais il me semble que seules trois personnes avaient intérêt à ce que Marianne perde son bébé…

Je m'attendais à ce qu'elle allait dire – j'avais évité d'y penser moi-même. Le bébé était important aux yeux de Marianne et de Bowyn. Nous autres étions tous heureux, mais c'était une joie en demi-teinte, car après la naissance de Jay ses deux parents auraient dû quitter le Temple pour aller s'installer à six heures de route. Et en effet trois personnes en particulier auraient pu souffrir de la situation.

— Moi, commençai-je.

— Et Seth.

— Et Bowyn, dit une voix derrière nous qui me fit presque lâcher mes casseroles.

Nous nous retournâmes et aperçûmes le Bowyn en question appuyé sur le chambranle de la porte. Il avait le visage froid et impassible, mais ses yeux bleu clair comme le cristal étaient dirigés droit sur moi, et ils étaient furieux.

— Comment peux-tu même y songer ? me demanda-t-il, plus en colère que je ne l'avais jamais vu. Toi ! Comment peux-tu penser que je tuerais mon propre fils ?

— Ce n'est pas ce que je pense ! protestai-je, bien conscient qu'il m'écoutait à peine.

— C'est tout comme.

Je ne pouvais pas lui en vouloir d'être furieux. C'était une accusation horrible, mais je ne faisais qu'envisager toutes les possibilités.

Alex me prit les plats des mains, esquissa le mot *Désolée* du bout des lèvres en me regardant, puis se faufila entre Bowyn et la porte pour nous laisser régler cette histoire entre nous. Bowyn fit demi-tour comme pour la suivre, mais je le rattrapai et lui agrippai fermement le bras.

— Bowyn, dis-je en m'efforçant de rester calme, je sais que tu aimais Jay…

— Et je l'aime encore !

— Je le sais bien, et Alex aussi le sait.

— Vous étiez juste en train de vous demander si j'avais une bonne raison de le tuer !

— Nous examinions toutes les hypothèses logiques, c'est tout. Ça ne veut pas dire que nous les prenions au sérieux.

— Et toi, alors ? Tu n'avais pas plus envie de me voir partir que j'en avais envie moi-même. C'est peut-être toi qui l'as tué ?

J'espérai qu'il ne parlait pas sérieusement, mais après tout, comme Alex et moi l'avions souligné, j'avais un mobile.

— J'étais sur la liste, comme tu l'as entendu.

Malheureusement, Bowyn n'était pas disposé à écouter ce que j'avais à lui dire. Il remonta les escaliers sans ajouter un mot, et je le laissai partir. Une partie de moi voulait désespérément le rattraper et le faire revenir, lui

179

faire comprendre que je l'aimais et que je ne pourrais jamais le soupçonner d'un acte aussi horrible. Mais je savais bien que cela ne le rendrait que plus furieux. Il ne me restait plus qu'à espérer qu'une fois calmé, il comprendrait que ni Alex ni moi ne faisions d'accusations sérieuses. Nous nous contentions d'établir une liste des possibilités. Je savais que je n'étais pas le coupable, et même en considérant l'affaire en toute logique, je ne pouvais me résoudre à croire que Bowyn avait fait du mal à son propre enfant.

Restait Seth. Il n'avait aucune envie que Marianne et Bowyn quittent le Temple. Moi non plus, je ne voulais pas que Marianne parte, mais... c'était de Bowyn dont j'étais amoureux. Bowyn jouait un rôle essentiel dans le fonctionnement quotidien du Temple et Marianne était responsable de la trésorerie. Seth serait perdu sans eux. Mais c'était aussi pour cette raison que je ne croyais pas à sa culpabilité. Il devait savoir que la menthe pouliot était un produit très dangereux et que des femmes mouraient parfois d'en avoir trop pris dans le but de provoquer un avortement. Aurait-il mis en péril la vie de Marianne ? C'était peu probable.

Ce qui me ramenait au point de départ. Sauf qu'en plus, Bowyn était furieux contre moi maintenant. C'était une journée qui commençait bien...

XXVIII

NE PARVENANT pas à trouver le passage secret – qui pourtant devait bien exister – je remontai et me mis à la recherche d'Alex. Sans surprise, je la trouvai dans la cuisine, occupée à aboyer des ordres à son personnel. Elle n'aboyait pas lorsqu'elle me parlait à moi, mais je savais bien malgré tout que mieux valait ne pas traîner dans ses pattes trop longtemps.

— J'aimerais voir la chambre de Christopher, lui dis-je.

Je ne savais pas bien ce que j'y chercherais. Des traces de drogue peut-être, même si cela ne m'aurait pas appris grand-chose. Et pourtant, je sentais qu'il serait idiot de ne pas y jeter un œil. J'aurais peut-être pu découvrir des traces de son passage depuis le jour supposé de son départ.

— Premier étage. Il y a des étiquettes sur les portes. Mais il partage sa chambre, alors ne fais pas irruption sans prévenir.

Je trouvai la chambre facilement. C'était la cinquième sur la gauche. L'étiquette annonçait *Christopher Nillson et Paul Denning*. Je frappai à la porte. Pas de réponse. J'attendis un instant en me demandant si je devais entrer ou non. Techniquement, les Frères étaient responsables de tout ce qui se passait au Temple, ce qui nous conférait le droit de fouiller une chambre si l'on suspectait une activité illégale.

D'un autre côté, c'était ce que certains d'entre nous auraient considéré comme un abus de pouvoir. Je n'avais aucune raison de soupçonner quoi que ce soit d'illégal. À part la présence d'une réserve de drogue. Mais si Christopher avait encore de l'héroïne, il ne l'aurait sans doute pas laissée dans sa chambre pendant son absence. Et à ma connaissance, Paul n'avait rien fait de mal et méritait d'être traité avec respect.

Je redescendis et demandai à des néophytes qui se trouvaient dans la salle à manger s'il l'avait vu dans les parages ; je fus finalement envoyé vers un cours de yoga qui se tenait sur la pelouse de derrière. Les corbeaux n'avaient guère montré d'intérêt pour cet endroit ; ils étaient principalement regroupés autour de la chapelle. Je reconnus la professeure, que j'avais connue lors de mes premiers jours au Temple : Maggie Goldstein, une dame âgée qui était toujours de bonne humeur. Je ne l'avais jamais vue sans un sourire sur le visage. Elle me souriait à présent et me fit un signe de la main avant de poser sa tête sur son genou. Je m'assis dans l'herbe non loin en attendant la fin du cours, puis m'adressai à tous les élèves :

— L'un de vous est-il Paul Denning ?

Le jeune homme s'arrêta net, surpris, et vint vers moi.

— C'est moi.

Paul Denning devait avoir quelques années de plus que Christopher, mais lui aussi semblait tout juste sorti du lycée. Il avait un visage assez insignifiant, un peu maigrichon, et ses cheveux châtains bouclés ne semblaient pas avoir été lavés au cours des dernières vingt-quatre heures. Pour couronner le tout, il avait de l'acné.

Il sembla déconcerté lorsque je lui demandai de voir sa chambre.

— Euh… elle n'est pas rangée…

Je le rassurai en lui expliquant que je ne venais pas voir s'il faisait bien son lit.

— J'aimerais juste vérifier qu'il n'y a rien qui pourrait nous indiquer où se trouve Christopher.

— Il est toujours en désintoxication à Berlin.

Je compris qu'il n'avait pas été informé de la disparition du jeune homme.

— J'aimerais vraiment examiner votre chambre, s'il te plaît.

Paul me lança un regard soupçonneux, mais finit par accepter. Nous rentrâmes tous les deux dans la maison.

Dire que la chambre n'était pas rangée était un euphémisme. Au moins en ce qui concernait le côté de Paul. Non seulement le lit n'était pas fait, mais des robes sales traînaient sur le sol – ce que j'avais du mal à concevoir, étant donné qu'il y avait des paniers à linge dans le couloir – le bureau était couvert d'assiettes de nourriture desséchée ou à moitié moisie – ce qui aurait rendu Alex complètement folle – et il y avait des livres dans tous les coins. Sur les murs étaient épinglées des photos de femmes à demi ou complètement nues. Bref, Paul était un porc.

Le côté de Christopher était différent. Son lit n'était pas impeccablement fait, mais le sol était net et les livres qui se trouvaient sur sa commode soigneusement rangés. J'ouvris les tiroirs du meuble et me rendis compte rapidement que je n'y trouverais rien d'intéressant. Il y avait juste quelques vêtements de ville, bien rangés eux aussi. Les seules images affichées au mur étaient des copies de peintures du dix-neuvième siècle représentant des Vikings et des dieux nordiques.

Contrairement à celle de Bowyn, cette chambre était petite et ne contenait que peu de meubles, si bien que je pus rapidement conclure que rien n'y était caché.

— Vous vous entendez bien tous les deux ? demandai-je à Paul, incapable de résister à la curiosité – pour ma part, j'aurais étranglé Paul s'il avait partagé ma chambre.

Il haussa les épaules.

— Ouais, ça va. Il est très discret, il ne parle pas beaucoup. Il est tout le temps nu et c'est pas trop mon truc, mais je l'accepte, et lui il accepte…

Il se tut comme s'il s'apercevait qu'il disait n'importe quoi, mais je le pressai de continuer.

— Il accepte… ?

Paul semblait embarrassé.

— Eh bien, j'aime bien… tu sais… le matin…

— Te masturber ?

— Ouais. Je veux dire, j'aurais jamais fait ça devant mon colocataire à l'université, mais Christopher raconte plein d'histoires au sujet de choses incroyables qu'il a faites – des trucs de malade – et il est tout le temps nu, alors je suppose que ça ne le choque pas.

Je lui souris avec sympathie.

— Les résidents du Temple font souvent des choses qu'ils n'imagineraient jamais faire ailleurs.

— Sans blague, rétorqua Paul avec un sourire embarrassé. Lui, il ne le fait jamais par contre.

— Tu veux dire qu'il ne se masturbe jamais devant toi ?

— Il ne se branle jamais, point, précisa Paul. Il dit qu'il déteste ça. Il lui est parfois arrivé d'éjaculer la nuit dans son sommeil, et il a tellement flippé qu'il a tout de suite changé les draps et qu'il est allé prendre une douche.

Pauvre gamin, pensai-je. On lui avait complètement dérobé sa sexualité. Certaines personnes profitaient de lui pour ça et il s'en servait parfois pour manipuler les gens, mais ce n'était jamais une source de plaisir. Je changeai de sujet.

— Tu as dit qu'il était en désintoxication ?

Paul ouvrit grand les yeux, croyant peut-être qu'il avait trahi un secret.

— Je pensais que tu le savais, Frère.

— Je le savais, le rassurai-je. Ce que je me demande, c'est si tu savais qu'il consommait de la drogue. Je veux dire, avant que nous l'apprenions et que nous l'envoyions en désintox.

Paul attendit un long moment avant de répondre, sans me regarder dans les yeux.

— Il n'embêtait personne.

Je n'étais pas d'humeur à lui faire la leçon sur les dangers de la drogue. Il était loyal envers Christopher, et c'était déjà admirable.

— Écoute, Paul, je ne suis pas ici pour rendre les choses encore plus compliquées pour Christopher et je ne vais pas te punir pour avoir gardé le secret d'un ami. J'essaie juste de rassembler quelques informations afin de pouvoir l'aider.

Ce discours n'était pas convaincant, même à mes propres oreilles. Les figures d'autorité prétendent toujours être vos amis juste avant de vous tomber dessus, mais il était un peu tard pour envisager une approche plus subtile.

— Sais-tu où Christopher cache sa réserve ?

Il y avait peut-être un autre mot aujourd'hui pour désigner cela, mais je n'étais pas très au courant de l'argot de la drogue. Je vis Paul hésiter, puis secouer la tête.

— Je ne pense pas qu'il en ait une.

Je haussai les sourcils d'un air dubitatif, et il se hâta d'ajouter :

— Il revient toujours dans la chambre complètement stone – en tout cas, c'est ce qu'il faisait avant son départ. Très tard dans la nuit. Mais je ne l'ai jamais vu se piquer.

— Il *revient* dans la chambre complètement stone ?

S'il était vrai qu'il ne gardait pas la drogue dans sa chambre, alors soit il la cachait ailleurs, soit il allait la prendre dans une autre chambre. Ce qui nous ramenait à l'hypothèse que le dealer se trouvait à l'intérieur du Temple.

— Ouais.

— Ça arrivait souvent ?

Paul sembla de nouveau gêné.

— Ben, presque toutes les nuits.

Mon Dieu.

— Et depuis longtemps ?

— À peu près depuis son arrivée au Temple. Enfin, les premières semaines, il a essayé de décrocher, mais c'était dur. Il ne dormait presque plus, il tremblait, il était tout le temps malade et il a même vomi plusieurs fois. Je ne savais pas ce qui se passait – j'ai cru qu'il était en train de crever ou un truc comme ça. Mais quand je l'ai supplié de vous en parler, il m'a dit que c'était le manque et m'a fait jurer de ne le dire à personne. Il pensait qu'il pouvait s'en sortir tout seul et il avait peur d'être mis à la porte.

J'eus le cœur brisé d'apprendre que quelqu'un au Temple pouvait traverser une pareille épreuve en ayant peur de nous en parler.

— Au bout de combien de temps crois-tu qu'il a recommencé ?

— Pas longtemps, me dit Paul tristement. Un matin, je me réveille et il est allongé sur son lit à regarder dans le vide. J'ai essayé de lui parler, mais… J'ai tout de suite vu qu'il avait pris un truc. Je n'en ai pas tiré grand-chose sur le moment, mais plus tard il m'a parlé. Il m'a dit que c'était difficile de décrocher, mais que tout allait s'arranger parce que quelqu'un s'occupait de lui maintenant.

— Qui ?

— Aucune idée. Il sortait chaque nuit pour aller le retrouver, une fois que tout le monde dormait.

Paul désigna du menton la porte au coin de la pièce qui desservait le passage des domestiques.

— Il passait par-là, puis il revenait au bout d'une heure.

J'ouvris la porte et jetai un coup d'œil à l'intérieur. Il faisait plus clair dans le passage que de nuit, les fenêtres étroites laissant pénétrer une faible lueur. C'était un lieu sombre et humide, mais je me dis que c'était le bon moment pour essayer de découvrir ce qui serait resté invisible en pleine nuit. Je remerciai Paul de m'avoir laissé inspecter sa chambre et me glissai dans le passage avant de refermer la porte derrière moi. Paul me prenait sans doute pour un excentrique… voire pire.

Une première évidence m'apparut à la lumière du jour : le sol à ma droite était toujours couvert de poussière, mais il avait dû être balayé sur ma gauche par l'ourlet d'une robe. Christopher avait dû souvent faire ce trajet, tandis que peu de gens venaient de l'autre direction. Ce qui n'était pas étonnant, puisqu'il n'y avait que trois chambres sur la droite et que la perspective d'emprunter ces passages secrets n'enchantait pas tout le monde, surtout à cette période de l'année où il y faisait un froid de canard.

J'empruntai le passage le moins poussiéreux jusqu'à tomber sur l'escalier que j'avais descendu lorsque j'avais poursuivi Christopher – sans doute – deux nuits plus tôt. Si je descendais, je me retrouverais au rez-de-chaussée devant la cuisine ; je décidai plutôt de monter au deuxième étage. En haut, un étroit couloir longeait le mur extérieur sur la longueur de la chambre de Bowyn avant de tourner sur la droite, tandis que l'escalier continuait vers le grenier. Il était encore assez poussiéreux, mais le passage le long de la chambre de Bowyn était plus dégagé, comme je m'y attendais.

Le passage se terminait après la porte qui donnait sur la chambre de Bowyn. Une porte donnait sur le couloir du deuxième. Je traversai ce couloir et ouvris la porte de service d'en face ; le sol était couvert de poussière, personne n'y était passé récemment. Je n'étais pas plus avancé. Je savais déjà qu'il se rendait au deuxième. Il y avait douze chambres à cet étage, dont celles de Bowyn, Seth, Alex et Marianne. Rafe, d'après ce que je savais, dormait dans la chambre de Seth, et dans les autres chambres résidaient des initiés que je ne connaissais pas. Sans compter qu'il aurait très bien pu se faufiler jusqu'à l'une des chambres du grenier.

JE RETOURNAI dans la chambre que je partageais avec Bowyn et fus déçu de la trouver vide. J'espérais que nous pourrions nous réconcilier après notre dispute et je n'avais aucune envie de rester seul dans la chambre sans Bowyn, à travailler sur le livret. Je savais déjà que je passerais le plus clair de mon temps à m'inquiéter.

Mais il fallait que je termine ce travail, j'étais trop près de la fin. Je pris donc mon ordinateur et me dirigeai vers la bibliothèque. Au moins, devant la fausse cheminée, je pourrais me concentrer sans tendre l'oreille toutes les trente secondes en espérant que Bowyn ouvre la porte.

J'avais glissé mes notes manuscrites dans l'étui du portable avant de me coucher la veille au soir et je les en ressortis pendant que l'ordinateur démarrait. Compléter la traduction du livret maintenant que je connaissais la signification en anglais des termes énochiens était un jeu d'enfant.

Le fil s'est rompu, mais la fibre reste solide. Elle peut être filée à nouveau sur la quenouille d'une chanson. Viens ! Reviens habiter ta chair mortelle !

Ces quelques lignes firent se dresser les poils de mes avant-bras comme dans un mauvais film d'horreur et oui, je pouvais vraiment voir la chair de poule sur ma peau. Je me demandai pendant une seconde quel bénéfice évolutif la chair de poule avait pu apporter à nos ancêtres, puis repoussai ma chaise du bureau et bondis sur mes pieds.

Je traversai la pièce et ouvris le tiroir qui contenait le manuscrit de Ficin en allumant les lumières noires qui se trouvaient de chaque côté.

La froide lumière bleutée fit surgir l'écriture ancienne et passée, et je me penchai plus spécifiquement sur les pages illustrées. Au centre de la pièce, entouré par les plates-formes du chœur et l'autel, se trouvait la large fosse, et dans cette fosse le dessin de l'homme que j'avais vu plus tôt.

Reviens habiter ta chair mortelle.

J'avais cru tout d'abord que l'homme se tenait debout et que Ficin l'avait dessiné en entier plutôt que vu d'au-dessus par souci de clarté. Mais je m'étais trompé. L'homme était en fait allongé au fond de la fosse.

Parce qu'il était mort.

XXIX

JE ME retournai en entendant la porte du sas s'ouvrir, m'attendant à voir Seth ; mais ce fut Bowyn qui entra dans la bibliothèque, l'air penaud.

— J'ai vu que ton portable avait disparu et comme il fait trop froid dehors pour travailler sur la pelouse, je me suis dit que tu devais être ici.

— Brillante déduction, Sherlock ! lui dis-je en souriant.

Il sembla rassuré de voir que je n'étais pas en colère – et je ne l'étais pas du tout.

— Je suis désolé, dit-il. J'ai eu une réaction excessive.

— Et moi, je ne me suis pas montré très… compréhensif.

Je crois que ni lui ni moi ne savions trop que dire après ça, mais Bowyn ne perdit pas plus de temps avec des paroles. Il traversa la pièce pour me prendre dans ses bras et me serrer de toutes ses forces. Je respirai pendant une minute ou deux son odeur délicate et me reposai dans la chaleur de son corps ferme, heureux que la tempête soit derrière nous. C'était plutôt une brève averse de Nouvelle-Angleterre à vrai dire, mais elle avait été tout aussi désagréable.

Ma bouche trouva celle de Bowyn et il gémit en me laissant partager son souffle et respirer à travers lui. À force de baisers et de caresses, nous avions tous les deux une douloureuse érection et l'idée de faire l'amour sur le tapis de la bibliothèque commençait à paraître alléchante. Après tout, pourquoi pas ? Connaissant Seth et Rafe, nous ne serions probablement pas les premiers.

Nous gardâmes nos robes, nous contentant de les remonter au-dessus de nos tailles afin de pouvoir nous installer en soixante-neuf sur le tapis moelleux pour nous sucer et nous lécher frénétiquement. Cette fois-ci, il n'y eut rien de lent ni de sensuel dans nos rapports. Nous avions tous les deux désespérément envie de jouir et nous nous agitâmes avec l'énergie d'animaux, jusqu'à ce que nos corps se contractent presque en même temps ; je goûtai la semence de Bowyn dans ma bouche tout en aspergeant la sienne.

Nous restâmes allongés un long moment dans cette position, parfois agités de dernières ruades, avalant encore et encore, jusqu'à la fin. Je me sentais épuisé, lascif et comblé. J'avais presque envie que Seth ou quelqu'un d'autre pénètre dans la pièce à cet instant et nous découvre ainsi, juste pour compléter cette scène lubrique. Mais rien de tel ne se produisit, et nous finîmes par nous séparer. Nous nous embrassâmes pour nous goûter une dernière fois mutuellement avant de nous relever et de laisser retomber nos robes, ce qui nous rendit un air plutôt respectable.

— C'était drôle, marmonna Bowyn en m'attirant vers lui pour me donner un autre baiser.

Je n'allais pas dire le contraire, mais après quelques câlins, mes pensées se dirigèrent de nouveau vers ce qui m'avait occupé l'esprit avant l'irruption de Bowyn. Je lui donnai un dernier baiser et le repoussai tendrement.

— Il faut que tu voies quelque chose.

Je lui montrai le dessin du manuscrit et lui expliquai ce qu'avait révélé la traduction du manuscrit.

Comme je l'avais craint, il trouva ces révélations plus amusantes qu'effrayantes.

— Ressusciter les morts ? Tu es sérieux ?

— Ficin et d'autres néo-platoniciens croyaient en une forme parfaite du corps qui résidait dans le monde des esprits, l'*anima mundi*, ou l'esprit de Dieu, si tu préfères. La guérison est obtenue lorsque le corps physique est en quelque sorte synchronisé avec la véritable image du corps. Et il faut pour cela équilibrer les humeurs corporelles afin d'aligner le corps avec sa forme parfaite.

Bowyn avait toujours l'air amusé.

— Ça fait très New Age.

— C'est vrai, dans un sens, reconnus-je, mais je ne te parle pas de doux carillons et de cordes au synthé qui vont t'aider à te relaxer. Ficin a passé sa vie à parfaire ce morceau ; chaque note a été mathématiquement calculée pour résonner avec nos corps. Tu l'as bien senti, non ? Quand Christopher a chanté ?

— J'ai senti quelque chose et je dois admettre que c'était un peu perturbant. Mais tu crois vraiment qu'un morceau de musique peut ramener un cadavre à la vie ?

Je ne sus que répondre. Cela paraissait absurde en effet, mais j'avais toujours eu le pressentiment que la musique avait davantage de pouvoir qu'il n'y paraissait et qu'il aurait suffi de trouver le moyen de l'utiliser. C'était la raison pour laquelle j'avais passé ma vie à l'étudier.

— Laisse-moi te poser une question, répliquai-je. Crois-tu en l'âme éternelle ? Crois-tu qu'une partie de nous survit après la mort ?

Bowyn paraissait sceptique. La doctrine de l'âme telle qu'elle était enseignée par les Églises chrétiennes était accessoire dans les enseignements du Temple. La plupart d'entre nous croyait en une vie après la mort tout simplement parce que nous avions été élevés ainsi, mais cette croyance n'était pas essentielle.

— Je ne sais pas, répondit-il après réflexion. Sans doute.

— Et crois-tu que certaines personnes sont mortes – sur la table d'opération ou dans un accident, par exemple – puis revenues à la vie ? Ce qu'on appelle l'expérience de mort imminente ?

— Oui, à moins qu'elles n'aient pas été véritablement mortes.

— Ça a toujours été difficile à prouver, mais dans certains cas il n'y avait plus eu aucune activité cérébrale pendant plusieurs heures. J'ai entendu parler d'un cas où l'on avait fait baisser la température du corps d'une femme et arrêté toute activité cardiaque afin d'exécuter une opération du cerveau extrêmement délicate. Pendant toute la durée de l'opération, son cerveau est resté complètement inactif, et pourtant, à son réveil, elle a prétendu avoir entendu des conversations et a même su décrire un des instruments utilisés par le chirurgien alors qu'elle n'en avait jamais entendu parler auparavant.

Bowyn haussa les épaules.

— OK, donc je suppose qu'on peut mourir et revenir à la vie.

— Il y a aussi des cas de personnes qui prétendent avoir été appelées par leurs proches, qui criaient leur nom ou leur disaient qu'ils les aimaient.

— D'accord.

— Donc tu dois bien admettre que si le corps est intact et que l'esprit n'est pas encore arrivé… là où il est censé aller après la mort… alors il doit être possible de le rappeler, en ayant recours à la voix humaine ou…

— À la musique ?

— Et pourquoi pas ? Si la musique résonne avec l'esprit et le ramène vers le monde physique ?

Bowyn se pencha afin d'examiner l'illustration plus attentivement.

— Mais ce n'est pas si facile de rassembler tout un chœur afin de réaliser le rituel dès que quelqu'un se retrouve sur son lit de mort, d'autant plus que, selon Seth, ça doit avoir lieu à onze heures à la nouvelle lune. C'est précis. Les conditions ne seraient pas rassemblées très souvent.

— Sans doute, mais cela ne veut pas dire que c'est impossible. En plus, ajoutai-je, certaines personnes sont revenues à la vie après avoir été considérées comme décédées depuis plusieurs jours. J'ai même lu un texte au sujet d'un corps ressuscité qui avait commencé à se décomposer.

Bon, celui-là était peut-être apocryphe…

Bowyn fronça le nez comme s'il sentait une odeur nauséabonde et s'écarta du manuscrit.

— Est-ce que Seth connaît le but de ce rituel ?

— Je n'en sais rien.

— Je crois qu'une petite conversation avec lui s'impose.

JE REFERMAI le tiroir, pris mon ordinateur et suivis Bowyn. Nous ne savions pas bien où se trouvait Seth, peut-être dans sa chambre. Mais il ne répondit pas lorsque nous frappâmes à sa porte ; nous continuâmes notre descente jusqu'au rez-de-chaussée, l'ordinateur toujours calé sous mon bras.

Nous passâmes devant la porte de la salle à manger. En temps normal, je ne m'y serais pas attardé si peu avant l'heure du déjeuner, par crainte de gêner Alex et ses aides qui disposaient les grands plateaux de nourriture. Mais quelque chose attira mon regard et je m'arrêtai.

Marianne et Alex se tenaient là, dans les bras l'une de l'autre. J'aurais été heureux de les voir partager une accolade amicale en signe de réconciliation, mais la situation semblait plus sérieuse. Marianne pleurait et Alex la consolait, tandis que le personnel de cuisine s'efforçait de les contourner avec de grands plateaux de nourriture chaude sans les déranger.

Bowyn vit la scène en même temps que moi, mais contrairement à moi qui tentais d'évaluer la situation, il se précipita dans la salle afin de comprendre ce qui n'allait pas. Je le suivis ; Alex leva les yeux en nous voyant arriver et chuchota quelques mots à l'oreille de Marianne.

Cette dernière se retourna ; elle avait le visage couvert de larmes.

— Que se passe-t-il ? demanda Bowyn.

Ce fut Alex qui répondit.

— Marianne a trouvé un mot dans sa chambre.

Marianne tendit à Bowyn un bout de papier froissé. Il le lut rapidement et je vis son visage s'assombrir. Je m'approchai afin de lire ce qu'il tenait à la main.

L'écriture était claire et petite, et le mot n'était pas signé.

Je suis vraiment désolé de t'avoir blessée, mais c'est mieux comme ça. J'aurais aimé que quelqu'un en fasse de même pour moi avant ma naissance.

Christopher. Ce fut le premier nom qui me vint à l'esprit et je devinai au regard que me lança Bowyn qu'il pensait comme moi. Il n'était pas absurde, si l'on raisonnait avec une logique tordue, qu'un gamin qui avait été maltraité, comme Christopher, considère un avortement comme un acte de miséricorde.

Bowyn nous fit signe de le suivre et nous entraîna dans le hall, à l'écart de l'agitation.

— Qui doute encore que ce soit intentionnel ?

Personne ne répondit, et il se tourna vers moi.

— Je suppose que tu avais raison quand tu disais qu'il était revenu se cacher ici.

— Ça ne peut pas être Christopher, protesta Marianne en s'essuyant les yeux du revers de la main. C'est un gentil garçon.

— Ce message aurait pu être écrit par n'importe qui, ajouta Alex, sans avoir l'air convaincue.

Nous savions tous que c'était une hypothèse sérieuse, sans avoir aucune certitude.

— Où l'as-tu trouvé ? demanda Bowyn à Marianne.

— Sur ma cheminée.

— Ça veut dire qu'on l'a mis là pendant l'office, ou en tout cas après que tu as quitté ta chambre pour le petit déjeuner.

Marianne secoua la tête.

— Ça aurait pu être avant. Je ne l'ai remarqué qu'au moment où j'ai pris mon collier en ambre, il y a une quinzaine de minutes.

— Il aurait pu être là hier soir ?

— Non, répondit-elle avec certitude. Je portais le collier hier pour les funérailles et je l'ai retiré juste après Resh, avant de me coucher.

— Et au moment de l'affaire des corbeaux la nuit dernière ? demandai-je. Aurait-il pu être là ?

— Peut-être, je n'ai pas regardé. La situation était un peu chaotique.

— Et je suppose que tu n'as pas fermé ta porte à clé ?

— Qui ferme sa porte à clé ici ? remarqua-t-elle en levant les yeux au ciel.

192

— Donc la personne qui a fait ça, résuma Bowyn, aurait pu agir entre un peu après minuit et il y a une demi-heure, et elle aurait pu entrer soit par la porte de ta chambre soit par le passage des domestiques.

— Ça ne nous apprend pas grand-chose, constata Alex.

— En effet, confirma Bowyn, mais je parie sur Christopher qui rôde dans les couloirs.

Nous restâmes un moment à nous regarder pendant que des néophytes apportaient des tartes aux pommes bien chargées en cannelle, à en juger par l'odeur, et une énorme cafetière remplie de café frais afin d'installer la table des desserts.

Alex soupira.

— Bon, je vais rappeler la police.

XXX

LES POLICIERS ne furent pas ravis d'avoir de nos nouvelles pour la troisième fois en trois jours, et le fait d'être accueillis à la porte par une jeune néophyte qui n'avait pas eu la présence d'esprit d'enfiler une robe n'arrangea rien. Heureusement, les deux agents savaient bien que la nudité était permise au Temple et ils décidèrent d'ignorer l'incident – après qu'elle les avait convaincus qu'elle était majeure.

La néophyte alla chercher Bowyn, qui escorta les agents jusqu'au salon où les Frères s'étaient rassemblés pour le déjeuner. C'était une petite pièce située à l'avant de la maison qui avait sans doute servi à accueillir les invités à l'origine ; on pouvait facilement s'y isoler de la salle à manger et du grand hall. Nous avions trouvé Seth et Rafe dans la chapelle, en pleins préparatifs pour le rituel du soir, et ils nous avaient rejoints, bien que Seth ait l'air contrarié par la présence de la police.

— Vous connaissez tous cette maison mieux que moi, commença l'agent Westcott. Si ce dénommé Christopher s'y cache, où pourrait-il se trouver ?

— Nous n'en savons rien, répondit Seth.

— Toutes les chambres sont occupées en ce moment, ajouta Bowyn, et nous avons fait du porte-à-porte avec Marianne avant que vous n'arriviez : personne n'a reconnu l'avoir caché dans sa chambre, et personne ne dit l'avoir vu.

— Ce qui m'amène à me demander s'il est vraiment l'auteur de ce message.

— Et si ce n'est pas le cas ? demanda Seth avec un regard amer.

Westcott le regarda dans les yeux sereinement en tapotant le message contre sa paume. Il finit par dire :

— Alors, quelqu'un d'autre l'aurait écrit.

— Et ce quelqu'un d'autre aurait ainsi confessé avoir mis le pouliot dans l'infusion de Marianne.

— Peut-être, dit l'agent en se tournant vers Alex. Mme Harriman, les résultats des analyses d'empreintes digitales sont arrivés aujourd'hui. Nous n'en avions trouvé que quelques-unes, mais j'ai bien peur que ce soient toutes les vôtres.

Le visage d'Alex s'enflamma suite à cette accusation à peine voilée, mais ce fut Marianne qui répondit avec véhémence.

— Mais quelqu'un a contaminé mon infusion, et ce n'était pas Alex ! Ce message le prouve.

— On dirait… dit Westcott.

C'était rassurant de voir Marianne soutenir Alex, mais j'étais bien conscient qu'il était possible qu'Alex ait écrit le mot afin de faire porter les soupçons sur quelqu'un d'autre. Croyais-je à cette hypothèse ? Non, mais rien n'était impossible, et Westcott ne semblait pas partager ma conviction.

Je constatai que le jeune policier avait l'air mal à l'aise et je vis en suivant son regard que Rafe lui faisait des yeux qui auraient fait rougir n'importe qui. Il n'y avait rien d'explicite – pas de langue sortie, de léchage de lèvres ou quoi que ce soit du genre – mais Rafe avait le pouvoir de faire passer un message éminemment sexuel avec son seul regard, et il dirigeait à l'instant toute cette énergie sur le cerveau hétérosexuel de ce pauvre jeune homme. Je n'aimais pas trop l'idée de flirter avec des hétéros juste pour le plaisir de les mettre dans une position inconfortable – ce qui était pourtant l'un des passe-temps favoris de plusieurs homos de ma connaissance – mais ces deux policiers commençaient à me fatiguer. Ils ne nous prenaient pas au sérieux, comme si nous avions mérité le crime commis à notre encontre.

J'en étais presque à espérer que Rafe lui montre son sexe pour l'effrayer.

Seth se leva, apparemment convaincu que cet entretien n'était qu'une perte de temps.

— Du travail m'attend. Si vous n'avez pas d'autres questions, messieurs, je vais vous raccompagner. Je vous remercie de nous avoir consacré un peu de votre temps.

Bowyn et moi retînmes Seth après le départ de la police pour l'emmener dans un coin du salon pendant qu'Alex allait vérifier l'avancement du ménage et du rangement après le déjeuner. Rafe s'ennuyait tant qu'il s'était mis à pianoter sur le vieux piano droit désaccordé, et Marianne l'avait enrôlé pour l'un des duos interminables et soporifiques de « Heart and Soul ».

— J'ai fini la traduction du livret, dis-je à Seth.

— Magnifique !

— Seth, poursuivis-je, es-tu sérieux quand tu me dis que tu n'as aucune idée du but de cette messe ?

Il agita la main d'un air désinvolte.

— Je ne voulais pas te mettre des idées dans la tête avant que tu te fasses ta propre opinion. L'homme à qui j'ai acheté le manuscrit le considérait comme le point culminant de l'œuvre de Ficin sur la manière de soigner le corps à travers la musique. Il pensait qu'il était même possible d'inverser les effets du vieillissement. Bien sûr, j'étais sceptique à ce sujet…

— Ne le sois pas, l'interrompis-je. En ce qui concerne Ficin, il semblait effectivement avoir cru aux propriétés guérisseuses de la musique. À vrai dire, il croyait même être capable de soigner les morts.

Le son du piano s'interrompit brusquement. Seth me regarda, les yeux écarquillés, en tentant de saisir ce que je venais de lui dire. J'entendis la voix de Rafe :

— Les morts ?

— Les morts, répétai-je en me tournant vers lui.

J'expliquai brièvement ce que m'avait appris le livret. Marianne et Rafe n'en revenaient pas, mais Seth se contenta de remarquer, en haussant les sourcils :

— Intéressant.

— Intéressant ? s'écria Marianne. Mais c'est ridicule ! Les morts ne reviennent pas à la vie juste en écoutant une bonne symphonie.

Je haussai les épaules.

— La plupart du temps, non, mais on connaît des cas de personnes qui sont revenues d'entre les morts pour d'autres raisons si quelque chose les rappelle. Et elles prétendent souvent avoir entendu des sons et de la musique une fois sorties de leur enveloppe corporelle.

— Ça ne me paraît pas impossible… remarqua Seth en contemplant l'extérieur par la fenêtre ; la cour était encore plongée dans le brouillard.

Si un sceptique s'était trouvé dans la pièce, cela lui aurait évidemment paru impossible ; mais nous croyions tous au surnaturel – aux esprits et aux fantômes. Nous croyions en la possibilité d'appeler les esprits. La seule chose qui semblait moins probable était de pouvoir invoquer l'esprit d'un mort pour le ramener dans son corps… et l'y faire rester.

— OK, votons ! s'exclama Rafe comme s'il venait d'avoir une merveilleuse idée de jeu au cours d'une soirée. Qui se porte volontaire pour se suicider avant la représentation de ce soir ? Aïe !

Marianne lui avait donné un gros coup sur l'épaule.

— Ce n'est pas drôle.

— Tu n'as pas l'intention de maintenir la messe de ce soir, tout de même ? demanda Bowyn à Seth.

Cette question tira Seth de sa rêverie. Il se tourna vers Bowyn d'un air surpris.

— Quoi ? Mais bien sûr que si ! Pourquoi pas ?

— Peut-être parce que quand on ressuscite les morts, ça ne finit jamais bien ?

— Tu n'as pas lu *Frankenstein* ? intervint Marianne. « Herbert West, réanimateur » ? « La patte de singe » ?

Seth la regarda avec pitié.

— Ce sont des histoires, pas des ouvrages académiques sur le sujet. À vrai dire, il n'y a pas d'ouvrages académiques sur le sujet à ma connaissance, à part des recueils d'anecdotes ayant trait aux expériences de mort imminente auxquelles Jeremy faisait allusion.

— *La nuit des morts-vivants*, ajouta Marianne.

Seth ignora sa remarque.

— Cette opération magicke n'a pas été exécutée depuis plus de cinq cents ans, Jeremy. Pour ce que j'en sais, elle n'a même jamais été exécutée. D'après les illustrations et les tableaux fournis avec la messe, toutes les correspondances astrologiques sont favorables pour la tester ce soir à vingt-trois heures. Je n'ai pas l'intention de repousser l'expérience de plusieurs années juste parce que Marianne a regardé trop de films d'horreur.

— Sauf que nous n'avons pas de cadavre, fis-je observer.

— Nous avons des cadavres de corbeaux à ne savoir qu'en faire.

J'étais sur le point de souligner que les oiseaux ne répondraient peut-être pas à la musique de la même façon qu'un être humain, puis je me souvins de leur réaction lorsque Christopher avait chanté. Ils étaient réceptifs à la musique.

— Ça aussi, c'est un autre problème, insista Marianne. Vous ne croyez pas que les corbeaux étaient une sorte de message ou d'avertissement ?

Je voyais que Seth était à bout de patience, mais il lui répondit calmement.

— Je ne sais absolument pas pourquoi toute une volée de corbeaux a décidé de camper sur notre pelouse. Ils sont peut-être en train de migrer.

— Les corbeaux ne migrent pas, remarquai-je.

— Peut-être, mais comme nous n'avons pas encore essayé de ressusciter un corps, je ne vois pas pourquoi il y aurait un rapport avec les corbeaux.

Le débat se poursuivit ainsi pendant plusieurs minutes, Seth répondant à toutes les objections par des appels à la raison. Comme c'était moi qui devais interpréter le solo en l'absence de Christopher, j'aurais pu camper sur mes positions et tout simplement refuser de participer. Mais plus nous en parlions, plus il me fut difficile de trouver des excuses raisonnables pour contrer Seth. Sans compter qu'il titillait mon désir secret – ou pas si secret que cela – de devenir l'une des autorités mondiales sur Ficin.

— Tu sais bien que tu le regretteras toute ta vie si tu rates cette chance de vérifier tes théories, remarqua Seth. Il faudra bien que tu assistes à ce rituel un jour ou l'autre, Jeremy. Tu sais que j'ai raison.

C'était vrai, mais je continuai à résister pour le principe.

— Tu ne crois pas que nous précipitons un peu les choses… ?

— Si, mais nous n'avons pas le choix.

Au final, j'en avais autant envie que lui.

— Très bien, cédai-je, j'interpréterai le solo. Mais je te préviens, la note finale est un peu haute pour moi.

— Je suis sûr que tu t'en sortiras à merveille, me dit Seth en me tapotant sur l'épaule avec un sourire ; il m'embrassa rapidement sur les lèvres. Bien, mon amour, si tu veux bien m'excuser, je dois aller sélectionner un… sujet pour notre petite expérience de ce soir et finaliser les détails avec Timothy. Rendez-vous à la chapelle à vingt-deux heures au plus tard.

Il quitta la pièce et Rafe se traîna derrière lui comme un chiot fidèle.

— Dois-je prévenir ta famille dès maintenant, me demanda Bowyn, ou préférerais-tu qu'elle ne sache jamais que tu as été entraîné dans le Puits de l'Enfer par la bredouillante créature morte-vivante que tu es sur le point de créer ?

— Je n'ai pas de cran, je suis une loque.

— Mieux vaut ne pas être trop ferme quand on se fait dévorer vivant.

— Je vois ce que tu veux dire. Je ne voudrais pas causer d'indigestion à ce pauvre monstre.

Marianne quitta le piano et vint se poster devant nous, les mains sur les hanches et l'air furieux.

— Voulez-vous bien arrêter tous les deux ? Je n'arrive pas à croire que vous vous laissiez convaincre aussi facilement.

Je levai les mains en signe d'impuissance, et Bowyn rit.

— J'étais sûr qu'il céderait, lui dit-il. Seth a raison, il est trop curieux pour laisser passer une telle occasion.

Marianne émit un soupir sonore en faisant demi-tour et nous fit signe de la suivre.

— Venez. Tous les deux.

JE SAVAIS ce qu'elle avait en tête. Marianne était très douée en divination, particulièrement avec le tarot, et elle n'allait pas me laisser me lancer dans cette expérience sans consulter ses cartes.

— Je sais que tu n'y crois pas, me dit-elle en entrant dans sa chambre du deuxième étage, mais tu vas devoir te prêter au jeu cette fois-ci.

Je n'avais pas vu sa chambre depuis mon retour. Elle avait beaucoup changé. Elle était beaucoup plus féminine, beaucoup plus rose que huit ans plus tôt, et décorée de posters de licornes et de chevaux ailés. C'était sans doute tout simplement dû au fait que Jack ne partageait plus cette pièce avec elle. De nombreuses photos de lui étaient exposées sur la cheminée, et je vis ici et là des objets qui lui étaient associés : un livre sur les voyages chamaniques, un tambour en peau de daim, un grand didgeridoo posé dans un coin. Mais Marianne s'était appropriée la chambre.

— Ce n'est pas que je n'y crois pas, précisai-je, c'est plutôt que je n'en vois pas trop l'intérêt. Soit la prévision est vraie, et dans ce cas ça ne m'avance pas à grand-chose de l'avoir su avant, soit elle est fausse, et alors je ne saurai jamais si elle était juste ou pas à l'origine.

— Si elle ne se réalise pas, précisa Marianne, c'est probablement parce que tu as fait quelque chose qui a altéré le cours des événements.

— Ou la prédiction était bidon. Il n'y a aucun moyen de le savoir.

Elle prit son jeu de tarot dans la commode et s'installa devant la grande fenêtre en saillie. Il était enveloppé dans la pochette de soie bleue avec les étoiles et les lunes jaunes que je connaissais bien et que j'avais vue sous le kiosque, et elle me lança un regard mauvais en les déballant.

— Ne sois pas cynique. Assieds-toi.

Je m'assis sur le siège en face d'elle en laissant suffisamment d'espace entre nous pour étendre le morceau de tissu.

Marianne battit les cartes en disant :

— Les magiciens devraient toujours tirer les cartes avant une opération magicke importante. C'est la base de la Magick. Je ne comprends pas que Seth et toi n'en ressentiez pas le besoin.

199

— L'arrogance ? suggérai-je.

Bowyn éclata de rire, mais Marianne n'était pas amusée.

— Coupe, m'ordonna-t-elle en me tendant les cartes.

Je m'exécutai et lui donnai la moitié du paquet ; elle plaça ces cartes sous le reste du paquet. Le but n'était pas de mélanger les cartes, puisqu'elles avaient déjà été battues, mais de me les faire toucher afin qu'elles puissent lire mon énergie psychique et permettre à Marianne d'avoir un aperçu de mon futur.

— La totale ? me demanda-t-elle.

Je secouai la tête.

— Plutôt un petit coup en vitesse.

Je n'étais vraiment pas d'humeur et je voulais revoir le solo que j'étais censé interpréter le soir même. La partition n'était pas facile, même si j'avais déjà passé beaucoup de temps à l'étudier.

Elle fronça les sourcils, mais tira la première carte sur le dessus du paquet et la posa sur le tissu.

— Voici ce qui se situe derrière toi, ton passé.

C'était le Huit de Coupes, ce qui me parut plutôt approprié. La carte représentait un homme qui tournait le dos à huit coupes, enveloppé dans une canne et portant un bâton de marche comme s'il était sur les routes depuis longtemps. Les coupes représentaient l'émotion et l'abondance, et me rappelèrent immédiatement que j'avais tourné le dos à ma relation avec Bowyn, de même qu'à toutes les autres personnes qui comptaient pour moi. Le nombre huit n'était pas anodin non plus. Cela faisait huit ans que je « voyageais »… seul.

Marianne examina la carte avec attention, puis leva les yeux vers moi.

— Celle-ci est facile à interpréter, non ?

— Oui.

Je me tournai vers Bowyn et vis qu'il me fixait intensément de ses beaux yeux clairs.

— Continuons. La prochaine carte représente ta situation présente.

— Elle va dire que je me trouve dans une chambre où l'on me prédit mon avenir ?

Marianne tenta de prendre un air désapprobateur, mais je vis qu'elle dissimulait un petit sourire en baissant la tête. Elle posa la carte sur le tissu.

Le Quatre d'Épées. L'illustration était marquante : un chevalier était allongé sur sa crypte et paraissait mort. Ou peut-être n'était-il lui-même qu'une effigie de pierre qui faisait partie de la crypte. Son épée était posée sous lui le long du mur, et accrochées au mur au-dessus de lui, prêtes à tomber et à le transpercer à tout moment, se trouvaient trois autres épées.

Marianne paraissait intriguée.

— Je ne sais pas trop qu'en penser. Ça pourrait signifier que tu es en position d'attente d'un événement qui va se produire.

Elle était peu sûre d'elle, et j'étais sceptique.

— J'ai l'impression d'avoir accompli plus de choses cette semaine qu'en plusieurs années.

— Peut-être que dans le contexte, le sens s'éclaircira, dit Marianne en posant une troisième carte. Voici ce que te réserve le futur.

Évidemment, la carte qui sortit était l'une des plus sombres du jeu. Non pas la Mort – la grande favorite – mais la Tour.

— C'est mauvais signe ? demandai-je à Marianne qui ouvrit les yeux si grand que c'en était comique.

— Mauvais signe ? C'est une tour frappée par l'éclair qui s'écroule et envoie tout le monde vers une mort certaine. À ton avis ?

Bowyn et moi échangeâmes un regard avant de répondre à l'unisson :

— C'est mauvais signe.

Marianne commença à s'énerver.

— Tout ceci est très sérieux, Jeremy. Cette carte est annonciatrice d'un changement catastrophique, un véritable séisme.

Ce n'était pas que je ne prenais pas ses prédictions au sérieux – Marianne était très douée, et cet avertissement me faisait réfléchir. Mais que cela pouvait-il changer ?

— Écoute, ma puce, lui dis-je, je mentirais si je disais que je n'ai pas de sérieuses réserves concernant ce rituel, mais nous savons tous que Seth ne changera pas d'avis…

— Ce n'est pas pour ça que tu dois l'aider !

—… et il a raison à mon sujet. Ma curiosité a raison de ma réticence. Je dois savoir si Ficin avait raison ou non, si la musique dispose de ce type de pouvoir. C'est le travail de toute ma vie ! Et si le changement extraordinaire qu'annonçait cette carte n'était que la prédiction d'une nouvelle façon de concevoir le monde ? Si l'issue était positive ?

Marianne me regardait le nez et les lèvres pincés, comme si c'était une idée stupide qui méritait à peine une réponse. Et elle avait peut-être raison ; heureusement, Bowyn intervint avant qu'elle me massacre.

— Si tu veux bien nous excuser, lui dit-il en me prenant par le bras, il faudrait que je parle seul à seul avec le Dr Faust.

Marianne soupira de frustration en rangeant ses cartes.

— Très bien. Si tu pouvais le raisonner un peu…

JE M'ATTENDAIS à ce que Bowyn commence à me faire la leçon dès que nous arriverions dans notre chambre, mais apparemment j'avais mal préjugé de ses plans. Dès qu'il eut fermé la porte, il retira sa robe et m'attira contre lui pour m'embrasser longuement et passionnément. Sa langue chercha la mienne et je m'abandonnai à l'incroyable douceur de ses lèvres et aux caresses profondes de sa langue rigide, jusqu'à ce que mon corps et mon sexe soient si excités par ce rapport symbolique que je crus jouir sans plus attendre. Mais Bowyn s'écarta brusquement et m'ordonna :

— Sur le lit.

Nu était probablement sous-entendu ; j'enlevai donc ma robe et grimpai sur le couvre-lit marron. Bowyn ouvrit le tiroir de la table de nuit et enfila un préservatif sur son membre en érection. Puis il me monta dessus, un flacon de lubrifiant à la main.

Je levai les jambes pour lui laisser la voie libre, et il nous prépara tous les deux. Puis il s'introduisit en moi en se penchant en avant afin de s'appuyer sur ses coudes tout en me regardant dans les yeux. Je devais garder les jambes levées et m'agripper à son cul musclé afin qu'il ne sorte pas – une position quelque peu inconfortable mais que nous aimions tous les deux car elle nous permettait d'entretenir des conversations intimes pendant que nos corps étaient intimement enlacés. Depuis huit ans que j'étais parti, je n'avais jamais laissé aucun autre homme me prendre dans cette position. C'était la nôtre, et j'avais continué à la considérer comme telle même à une époque où je pensais ne plus jamais revoir Bowyn. Nous avions partagé tant de tendres moments ainsi, Bowyn allant et venant doucement en moi tandis que nous parlions…

— Tu as dit que tu m'aimais encore, murmura-t-il, ses beaux yeux bleus plongés dans les miens comme s'ils étaient encore endormis – mais je savais bien qu'il était loin d'être endormi.

— Oui, je t'aime, répliquai-je. Absolument.

— Et moi aussi, je t'aime.

Il glissa un peu plus loin en moi, comme s'il prenait possession de mon corps, me faisant gémir de plaisir. Je ne voulais pas gâcher cet instant, mais nous avions évité le sujet depuis mon retour – la véritable raison de mon départ huit ans plus tôt. Il fallait que je sache.

— Et Seth ?

— Comment ça ?

— Tu l'aimes ?

Bowyn me considéra avec surprise.

— Bien sûr, et je croyais que c'était le cas pour toi aussi.

— Ça l'était.

Je sentis mon cœur se serrer dans ma poitrine comme s'il se faisait lentement broyer par une main invisible.

— Et je suppose que je l'aime encore, poursuivis-je.

Je pris une profonde inspiration et ruai en avant.

— Mais je ne l'ai jamais aimé plus que toi.

Bowyn me regarda droit dans les yeux, les sourcils froncés.

— Bien sûr que non. As-tu cru… que c'était mon cas ? Que je l'aimais plus que je ne t'aimais toi ?

Je fus incapable de répondre, mais il dut lire la vérité dans mes yeux, car il m'attira contre sa poitrine.

— Mon chéri, me chuchota-t-il à l'oreille. Jamais. Tu as toujours eu la première place dans mon cœur. J'aime Seth, c'est vrai, mais il n'a jamais pu te remplacer.

L'étau se desserra autour de mon cœur. Je parlai d'une toute petite voix, étouffée dans son épaule.

— Mais tu n'es pas venu avec moi…

— Le Temple avait besoin de moi et j'avais besoin du Temple. Il n'y avait plus rien pour moi à Durham.

Il se redressa pour me regarder, et je vis qu'il avait les yeux humides.

— J'ai cru mourir quand tu es parti.

Je pris une inspiration incertaine. J'aurais été incapable de dire si j'avais pris ou non la meilleure décision en partant. Peut-être que oui. Le Temple était un lieu envahissant pour un jeune homme de vingt-sept ans. Seth, en particulier, s'était montré envahissant. Mais j'avais eu tort de donner cet ultimatum à Bowyn. J'aurais dû être plus ouvert au dialogue. Aujourd'hui, je ne pouvais rien faire d'autre que m'excuser.

— Je suis désolé.

— Moi aussi.

Il m'embrassa et sembla se rappeler la position de nos corps. Je ne pus m'empêcher de gémir en sentant en moi les mouvements de son sexe.

— Mais que va-t-il se passer après ce soir ? me demanda-t-il.

Je n'avais pas voulu me poser la question. Pas pour l'instant. Mais Bowyn avait raison, nous ne pouvions plus remettre cette discussion à plus tard. Je devrais partir bientôt.

— Je ne sais pas, répondis-je en toute honnêteté.

— Tu as envie de rester ici ?

Oui, j'en avais envie, plus que tout. L'idée de quitter Bowyn à nouveau était une véritable torture, mais cela ne signifiait pas que ce n'était pas une solution raisonnable.

— Je ne suis pas sûr de pouvoir renoncer à ma carrière. Être professeur de musique ne semble peut-être pas très glamour...

— Je n'ai jamais dit ça.

Je glissai mes bras autour de ses côtes nues, savourant la chaleur et la douceur de sa peau.

— En tout cas, c'est mon métier, et j'ai mis beaucoup de temps à arriver là où j'en suis.

Bowyn planta son beau regard dans le mien.

— Et si je venais avec toi ? suggéra-t-il.

Le simple fait qu'il envisage cette possibilité représentait déjà énormément pour moi, mais nous savions tous les deux que cela ne fonctionnerait pas.

— Tu étais triste à l'idée de partir, remarquai-je, même quand c'était pour t'occuper de Jay.

Bowyn sortit à moitié de moi le temps de prendre cette remarque en considération, puis il s'introduisit de nouveau en un mouvement lent et langoureux qui m'arracha un autre gémissement.

— Tu as sans doute raison. Ce n'est pas à cause du sexe, vraiment. En vieillissant, j'ai perdu de l'intérêt pour les rapports sans lendemain ; mais toute ma vie est ici. À part toi. Tant qu'il y avait Jay... eh bien, j'avais l'impression de ne pas avoir le choix...

— Alors qu'avec moi, tu l'as.

Il hésita, car il sentait bien que ce ne serait pas agréable à entendre ; mais je le comprenais.

— J'ai ma vie, dis-je avant qu'il n'ait à prendre la peine de réfléchir à comment ne pas me heurter, et tu as la tienne. Il ne serait pas juste que l'un de nous exige de l'autre qu'il abandonne tout ce qu'il a.

— Nous ne sommes qu'à trois heures l'un de l'autre, insista Bowyn.

— C'est un assez long trajet, mais...

Je me tus, me demandant si nous pourrions vraiment envisager une relation à distance. J'avais de temps à autre des vacances au cours de l'année universitaire, mais un professeur n'est jamais véritablement libre de son temps. Il y a toujours des devoirs à corriger, des cours à préparer... mais je pouvais faire tout cela ici aussi bien qu'à Durham, après tout. Quant à Bowyn, il pouvait aller et venir comme il le voulait, tant qu'il ne quittait pas le Temple trop longtemps.

— Nous ne nous sommes pas vus pendant huit ans, me dit Bowyn doucement à l'oreille tout en glissant en moi encore une fois. Il est hors de question de recommencer. Même si je ne te vois que quelques fois dans l'année, ce sera le paradis comparé à ce que nous avons vécu.

— Je suis d'accord.

Il m'embrassa et la conversation s'interrompit tandis que nous abandonnions nos corps à notre étreinte. J'aimais Bowyn, il m'aimait. J'avais été idiot de partir huit ans plus tôt. En tout cas, si j'avais eu besoin de partir pour mon confort personnel, je n'aurais pas dû proférer de telles exigences et rompre tout lien entre nous s'il refusait de s'y plier. Pendant toutes ces années, j'avais juste voulu savoir s'il m'aimait. Je l'avais mis à l'épreuve et j'avais cru qu'il avait échoué ; mais c'était l'épreuve elle-même qui était une erreur. Je n'aurais jamais dû demander à Bowyn de choisir entre la vie qu'il aimait – le lieu où l'on avait besoin de lui – et moi. C'était aussi égoïste que s'il m'avait demandé de renoncer à mes études et à mes projets d'enseigner pour lui.

Mais tout cela appartenait au passé. Nous avions une seconde chance, et je savais que nous serions tous les deux malheureux si nous ne la saisissions pas.

XXXI

LE BROUILLARD semblait s'être installé ; à la tombée de la nuit, les terres du Temple ressemblaient au Londres victorien. Bowyn et moi eûmes beaucoup de mal à trouver notre chemin jusqu'à la chapelle malgré les fausses lampes à gaz. Les corbeaux étaient encore postés autour de l'édifice et assombrissaient le chemin pavé ; ils étaient immobiles, recroquevillés dans le froid, à nous observer.

Contrairement à la répétition du chœur qui avait eu lieu quelques jours plus tôt, le rituel eut un public restreint. Il n'y avait que Seth, Rafe, Bowyn, moi et les chanteurs, dirigés par Timothy. Alex avait prétendu être trop occupée et Marianne avait refusé d'y participer après avoir réitéré ses sinistres avertissements. Je ne pouvais pas le lui reprocher. J'avais moi-même encore des doutes quant à la sagesse d'accomplir cette opération.

Timothy passa la plus grande partie de la préparation à marmonner au sujet d'une mort précoce, et pourquoi n'avait-il pas encore rédigé un testament ? Il ne cessait de jeter des coups d'œil en direction du corbeau mort que Seth avait soigneusement disposé sur un tissu blanc sur l'autel au centre du bâtiment, manifestement dérangé par sa présence. Les membres du chœur semblaient tout aussi mal à l'aise.

Une grande coupelle de fruits avait été placée sur l'une des tables. Il n'y en avait aucune mention dans les notes de Ficin, mais un petit cercle dessiné à un endroit précis était resté non identifié ; la référence à *l'offrande non consumée de tous les fruits* dans le fragment en ancien grec traduit par l'oncle de Rafe nous avait conduits à faire cette hypothèse. Nous n'étions pas sûr de ce qu'étaient *tous* ces fruits, mais Seth avait envoyé Rafe faire le tour des marchés du coin afin de rassembler tous les fruits que l'on trouvait en Italie au temps de Ficin : des olives, des oranges, des figues, des kakis, des grenades, des citrons et différentes sortes de noix.

Il me sembla que Seth aurait préféré procéder au rituel sans établir les protections habituelles. Dee et Kelley ne s'en étaient jamais préoccupés, sans doute persuadés que les esprits angéliques ne leur feraient pas de mal, et elles n'étaient pas incluses dans le rituel énochien standard. Mais ce que nous allions exécuter n'avait rien d'énochien. Ce rituel était antérieur et combinait des inspirations de la Grèce antique et de la Magick médiévale. Bowyn et moi étions presque aussi

206

tendus que Timothy. À force d'insister, nous réussîmes à persuader Seth de faire le RMBP. Prendre cette précaution mineure ne pouvait pas faire de mal.

Une fois celui-ci accompli, Bowyn alla s'asseoir sur un banc avec Rafe, et je pris place dans le chœur.

Le rituel commença.

DEBOUT AU centre de la pièce, Seth constituait une figure imposante, mais également des plus étranges. Sa tenue rituelle était constituée d'une large cape à capuche – pour le moment rejetée vers l'arrière ; la cape était coupée de telle sorte qu'elle lui élargissait les épaules, dotée de sortes d'épaulettes qui dessinaient une silhouette sévère. Taillée dans l'argent et le bordeaux – la combinaison préférée de Seth – elle était son seul vêtement. Elle s'ouvrait sur l'avant pour dévoiler son corps superbe et nu, rasé et orné de peintures des sept chakras et d'autres symboles occultes. L'un des symboles des chakras était peint sur son front comme un troisième œil et lui conférait une apparence exotique, vaguement égyptienne ; les autres étaient peints sur son torse, au centre de son corps, le dernier à la base de sa possession la plus illustre. Un tel accoutrement aurait pu sembler ridicule, mais sur lui l'effet produit était saisissant, et je le trouvai même incroyablement érotique.

L'illustration qui dépeignait la disposition de l'espace rituel dans le manuscrit de Ficin donnait quelques phrases latines à prononcer au magicien, bien que le moment où elles devaient être prononcées ne soit pas très clair, mais celui-ci n'avait pas grand-chose d'autre à faire pendant la cérémonie, à part diriger l'énergie créée par le chœur. En fait, cela demandait énormément d'efforts, et si l'on pouvait considérer la répétition comme une indication valable, la quantité d'énergie dégagée pouvait s'avérer difficilement contrôlable par un magicien inexpérimenté. Mais Seth pratiquait la Magick depuis l'école primaire.

Debout au centre de la chapelle, il leva les mains vers le dôme et nous surprit tous en criant un mot qui se répercuta dans l'espace fermé :

— *Incipiamus !*

Commençons.

Seth se tut ; après une courte pause, Timothy leva sa baguette et le chœur se mit à chanter.

Dès la première note, je sentis la puissance du morceau. Pour le Kyrie et le Gloria, je chantai avec les autres ténors. Après le Credo, il y avait encore trois pièces : le Sanctus, le Benedictus et l'Agnus Dei. Mais vu la fin tragique de la dernière interprétation du Credo, je n'avais pas encore eu l'occasion de

207

les entendre. Timothy m'avait assuré que les chanteurs les maîtrisaient, et heureusement c'était aussi mon cas. Mais j'avais l'impression que le Credo était l'élément magicke essentiel de la messe et que les sections finales ne servaient qu'à faire retomber la pression et à conclure la messe.

Lorsque nous arrivâmes au Credo, la partie solo m'emporta comme jamais elle ne l'avait fait au cours des répétitions. Je sentais l'énergie circuler dans le chœur et prendre forme, canalisée par ma voix comme de l'eau dans un entonnoir. Et c'était Seth qui s'emparait de cette énergie pour la diriger, lui dire dans quelle direction couler, tandis que le dôme de la chapelle résonnait encore une fois des battements d'ailes des chauves-souris dans l'obscurité.

Je ne sais plus à quel moment je me suis rendu compte que tout allait très mal, que Seth ne dirigeait pas l'énergie là où il aurait dû. Il ne se concentrait pas sur la ruine misérable de l'oiseau qui gisait sur la table au centre de la pièce, mais sur autre chose qui se trouvait en-dessous, enfoui sous terre. Pourquoi ? Savait-il au moins ce vers quoi il dirigeait toute cette puissance ? Seth n'était pas le genre de magicien à laisser le moindre détail au hasard, et j'étais persuadé, quoi qu'il soit en train de faire, qu'il avait un but bien précis.

Mais l'atmosphère de la chapelle en était perturbée. Les chauves-souris, qui jusqu'alors voletaient au hasard sous le dôme, commençaient à s'agiter de plus en plus, jusqu'à décrire un grand cercle d'ailes et de fourrure qui battait l'air au-dessus de nos têtes.

Seth, puissant et rayonnant, leva les bras vers le ciel comme si l'énergie qui le traversait l'illuminait de l'intérieur. Puis il psalmodia le texte du livret grec d'une voix tonitruante qui se réverbéra sur les murs du bâtiment. *Acceptez ce sacrifice, l'offrande non consumée de tous les fruits a été déversée devant vous, entre tous les dieux et les fils d'Ouranos...*

J'arrivais au crescendo de mon solo. Ma voix montait encore et encore dans les aigus, et je dus mettre toute mon énergie et toute ma concentration dans la note finale, qui sortit avec force et pureté, nourrie de toute la puissance qui m'habitait.

... prenez le sceptre de Zeus et acceptez de partager avec Hadès le règne sur toutes choses terrestres, envoyez vers la lumière les âmes de ceux d'en bas...

C'est alors que, pour la première fois de ma vie, je sentis et entendis ma voix craquer, produisant un son étrange et discordant comme si deux fausses notes étaient chantées à la fois.

Les vitraux volèrent en éclats.

Peut-être pas tous, mais plusieurs, tandis que les corps lourds des corbeaux étaient projetés à travers et venaient tomber sur le sol en marbre, ensanglantés et sans vie. Seth poussa un cri et se protégea le visage avec les mains de la pluie de verre brisé qui s'abattit sur sa tête et sur son corps nu. Des centaines de corbeaux vivants envahirent la chapelle et remplirent l'espace de leur vol frénétique et de leurs becs et serres coupants comme des rasoirs. Ils déferlaient sur nous, renversaient à terre les bougeoirs et les encensoirs, éteignaient les flammes et nous plongeaient dans l'obscurité au son des hurlements des membres du chœur. On entendit le fracas du métal lorsque la coupelle de fruits tomba de la table et déversa son contenu sur le marbre.

Et, par-dessus le bruit causé par toute cette agitation et les piaillements des oiseaux, j'entendis le cri désespéré poussé par la voix de Seth.

Quelqu'un de plus réactif que moi appuya sur l'interrupteur et les fausses lampes à gaz s'allumèrent sur-le-champ, révélant une scène apocalyptique. Les corbeaux étaient rassemblés au centre de la pièce autour de Seth, qui hurlait de douleur et de terreur tandis que Bowyn et quelques autres essayaient de les effrayer et de les disperser. D'autres chanteurs passèrent près de moi en courant, mais ils semblaient se diriger vers la porte.

Je commençai à courir vers Seth, mais ce que je vis m'arrêta immédiatement : Rafe avait disparu derrière une colonne massive à une dizaine de mètres de moi. Il n'en ressortit pas.

Ma conscience me disait bien de rejoindre ceux qui combattaient les corbeaux, mais je savais que je n'accomplirais pas beaucoup plus que la vingtaine de personnes déjà présentes. Et une autre voix dans ma tête me disait de suivre Rafe. À moins qu'il ne se cache derrière la colonne, il n'avait pas pu disparaître… sauf s'il y avait une porte. Et s'il y avait une porte, j'étais prêt à parier qu'elle menait au sous-sol du Temple.

Après un dernier regard au chaos qui régnait dans la chapelle, je jetai à terre ma partition et me lançai à la poursuite de Rafe à travers les bancs. Arrivé à la colonne, j'en fis le tour et vis mes soupçons confirmés. Rafe n'y était pas caché, il avait disparu. Maintenant que je savais ce que je cherchais, je tâtai le moulage élaboré qui se trouvait sur le mur d'en face et réussis rapidement à détecter une étroite fissure qui aurait pu être le bord d'une porte. Il n'y avait pas de poignée, mais un déclic se fit entendre lorsque j'appuyai et la porte bascula vers l'intérieur.

D'étroites marches en pierre descendaient en colimaçon vers la gauche, plongeant dans les ténèbres sous la chapelle.

Je n'avais pas de lampe, mais je vis de la lumière en bas des marches et commençai à descendre. J'arrivai dans une petite chambre en pierre – une crypte dont les murs étaient recouverts de plaques de bronze bien alignées, verdies par le temps. Des sarcophages en pierre se trouvaient en son centre.

Rafe m'attendait ; il se tenait de l'autre côté de l'un des sarcophages. Mais plus encore que Rafe, c'est ce que je vis sur l'un des sarcophages qui attira mon attention, fit se dresser chaque poil de mon corps et me fit presque hurler d'horreur.

Même dans la mort, Christopher était magnifique, mais il avait la peau cireuse et pâle, presque blanche. Il n'y avait aucun doute, cela faisait au moins deux jours qu'il n'était plus de ce monde. Il ne restait plus aucune trace de vie en lui, et le sang ne semblait pas avoir circulé dans ses veines depuis longtemps. Il était aussi inerte qu'une poupée de porcelaine. Il avait été déshabillé et baigné, ses cheveux peignés en arrière lui découvraient le front comme s'il sortait de la douche, et il portait désormais une robe blanche en lin. On l'avait allongé sur le sarcophage les mains croisées sur la poitrine, dans la position d'Osiris massacré. Une odeur de cannelle imprégnait l'atmosphère moisie et confinée ; le corps avait sans doute été oint d'huile d'Abramelin.

— Tu as échoué !

Le cri de Rafe ramena mon attention vers lui. La calme suffisance qui le caractérisait s'était évanouie, et je constatai pour la première fois à quel point il pouvait être laid lorsque la colère déformait ses traits.

— Vous avez tous échoué ! J'ai mis quinze ans à traduire ce manuscrit et à trouver quelqu'un qui serait capable de mettre en pratique le rituel.

— Rafe, l'interrompis-je, comment Christopher est-il mort ?

— Ce sale prétentieux m'avait promis qu'il réussirait avec ton aide. Il m'a promis l'immortalité… la jeunesse éternelle…

— Comment Christopher est-il mort ? répétai-je en haussant le ton.

Rafe s'esclaffa en balayant ma question d'un geste désinvolte de la main.

— À ton avis ?

Il se dirigea vers un coin de la crypte où se trouvaient un sac de couchage déplié sur un tapis de sol pour une personne, du pain, du beurre de cacahuète, des fruits et une brique de jus d'orange, assurément tous volés dans la cuisine d'Alex. Il y avait aussi quelques livres et une grosse lampe torche, que Rafe attrapa de sa main droite.

— De la façon attendue. De la façon dont il était destiné à mourir. Une dose un peu plus chargée que d'habitude, et le tour était joué ; il est mort de sa plus belle mort.

— Tu l'as tué ???

J'étais si choqué que mon corps tout entier était engourdi. *Ce n'est pas possible, ce n'est pas réel… Pas ici…*

Rafe s'approcha vivement. Paniqué, je bondis en arrière, mais il interrompit son attaque, son visage si près du mien que je sentais son souffle sur mes lèvres.

— Alors comme ça, tu pouvais le sauver ? siffla-t-il. Tu pouvais le ramener à la vie ? Cela fait des années que je connais le but de ce rituel ! J'avais juste besoin de quelqu'un d'assez puissant pour le réaliser. Mais tu n'as aucun pouvoir, n'est-ce pas ? Et Seth non plus. Vous êtes tous des faibles ! Vous n'êtes qu'une bande d'amateurs prétentieux !

C'était difficile à entendre, mais probablement vrai. L'étude de la Magick m'avait procuré au fil des années un sentiment de pouvoir. J'en étais venu à croire que je pouvais contrôler les fils du destin et de la chance dont était tissée ma vie. Mais il y avait toujours eu en arrière-plan la crainte que rien de tout cela ne soit vrai, que je ne sois qu'un imbécile. Un imbécile comme des millions d'autres qui croient aveuglément en la Magick ou en diverses divinités, un aveugle au milieu de tant d'autres, mais un imbécile tout de même.

— Je n'ai jamais prétendu être capable de ressusciter les morts, Rafe.

Je l'avais peut-être pensé, mais je ne m'en étais jamais vanté.

— Jeremy !

C'était la voix de Bowyn qui m'appelait depuis les escaliers. J'avais laissé la porte ouverte et il avait dû me voir disparaître de la même façon que j'avais vu Rafe. Je ressentis un immense soulagement, mais avant même que je puisse lui répondre, Rafe poussa un cri de rage inarticulé et me frappa sur la tempe avec la torche. La lampe en plastique se brisa et plusieurs morceaux volèrent à travers la crypte. Le coup me jeta à terre ; je m'effondrai à genoux, terrassé par la douleur, tandis que Rafe abandonnait la lampe désormais inutile et fonçait vers une porte qui se trouvait de l'autre côté de la crypte.

— Jeremy !

Bowyn surgit en bas des escaliers et se précipita à mes côtés.

— Tu es blessé ?

Question stupide. Évidemment, j'étais blessé, mais j'appris qu'on perdait moins facilement connaissance dans la vraie vie que ne voulaient nous le faire croire les films et les séries. J'avais un mal de tête terrible et me sentais vaguement nauséeux, mais je fus capable de me relever avec l'aide de Bowyn.

— C'est Rafe, lui dis-je. Il a tué Christopher.

Bowyn venait de voir le cadavre, qu'il fixait avec incrédulité.

Une fois debout, je vis nettement qu'il y avait un tunnel derrière la porte par laquelle Rafe s'était engouffré. Et je pensais savoir où il menait.

211

— Il est parti par-là, dis-je en prenant Bowyn par le poignet pour l'entraîner. S'il arrive à atteindre la maison, il pourra facilement prendre une voiture et nous semer.

NOUS N'AVIONS pas de torche, mais ces fausses lampes à gaz étaient décidément partout ; ici, elles étaient fixées dans des appliques murales tous les six mètres environ, reliées entre elles par des tuyaux en métal qui contenaient sans doute des fils électriques. Le passage était baigné d'une lumière jaune scintillante. Les murs étaient vieux, le tunnel ayant sans doute été construit en même temps que la maison. En certains endroits, il était directement creusé dans le granit qui constituait le sol du New Hampshire septentrional. Ailleurs, des couches de pierres et de mortier empêchaient les parois de s'effondrer vers l'intérieur. L'endroit était humide et de l'eau coulait le long des murs, formant des flaques que Bowyn et moi devions franchir ou contourner ; mais il se dirigeait globalement en ligne droite vers la maison et nous arrivâmes bientôt à l'autre bout.

Le tunnel débouchait dans la maison, dans les toilettes du sous-sol. Je ne l'avais pas découvert car la porte était dissimulée dans la paroi carrelée du mur tout au fond de la pièce. Il y avait une poignée côté tunnel, mais pas côté toilettes. Comme pour la porte secrète de la chapelle, il fallait en connaître l'existence et trouver où appuyer pour l'ouvrir.

Le chemin le plus rapide vers l'extérieur était par les escaliers qui remontaient près de la vieille cave ; Bowyn et moi nous y précipitâmes. J'ouvris la porte de la cuisine, qui était étonnamment vide. Nous comprîmes pourquoi dès que nous arrivâmes dans le grand hall : Alex était dans le bureau qui donnait sur le hall, occupée au téléphone, pendant que ses assistants et quelques membres du chœur étaient rassemblés près de la porte.

— Je ne comprends pas bien ce qui s'est passé, disait-elle dans le combiné. Quelqu'un a été attaqué par un animal et on m'a dit qu'il était gravement blessé. Oui, notre adresse est…

Nous nous frayâmes un chemin à travers la foule des néophytes et ouvrîmes la porte qui se trouvait au fond du hall. Elle donnait sur un perron, à l'arrière de la maison, et sur un étroit chemin pavé qui rejoignait le chemin principal. Celui-ci se séparait ensuite en deux, l'une des branches menant à la chapelle, l'autre au garage.

Mais nous étions incapables de distinguer tout cela, tant le brouillard était épais. Il était difficile de voir quoi que ce soit dans l'obscurité, à part les lampes qui jalonnaient le chemin. Même celles-ci semblaient distantes et presque inatteignables. Alors que nous nous dirigions vers le garage, je sentis quelque chose me frôler le visage. Je crus soudain que nous étions encore une fois attaqués, mais la chose disparut après ce bref contact avec ma joue.

— Ce n'est pas vrai ! pesta Rafe depuis un endroit que je ne parvins pas à identifier. Où est ce maudit garage ?

Je fus surpris, car malgré le brouillard je voyais les lampes qui encadraient la porte du garage. Avait-il perdu la tête à ce point ?

— La police est déjà en chemin, Rafe, lui criai-je. Tu ferais mieux de te rendre.

Je ne m'attendais pas vraiment à ce qu'il m'écoute ; après tout, c'était une idée stupide. Sa seule chance d'échapper à la prison était de mettre la main sur une voiture et de foncer vers le Canada avant que la nouvelle de sa fuite soit diffusée. Mais je n'avais fait que répéter ce que j'avais entendu dans des films…

Je perçus du bruit sur ma droite.

— Tu aurais dû coucher avec lui, Jeremy. Il l'aurait fait en échange d'un peu d'héroïne.

— Je n'avais aucune envie de coucher avec lui, rétorquai-je. Je voulais juste l'aider.

— C'était un beau garçon. On n'aide jamais un beau garçon à moins qu'il soit nu les jambes en l'air. Christopher l'avait bien compris. Mais où sont ces satanées lumières ?

L'arrogance et la panique se mêlaient étrangement dans sa voix à présent.

C'en fut trop pour Bowyn. J'avais perdu sa trace dans le brouillard, mais j'entendais toujours sa voix, et l'émotion menaçait de lui faire perdre le peu de maîtrise de lui-même qu'il conservait.

— Ce n'était qu'un gamin, espèce d'abruti ! Comment as-tu pu faire ça à un gamin ?

— Ce gamin innocent a tué ton fils, Bowyn.

S'ensuivit un silence stupéfait, au cours duquel je sentis à nouveau que l'on m'effleurait l'épaule dans l'obscurité. Cette fois, j'identifiais clairement… des plumes.

— De quoi parles-tu ? aboya Bowyn ; mais il connaissait la réponse, nous avions tous lu son message.

— Je ne pensais pas qu'il le ferait. Je ne l'en croyais pas capable, mais je n'ai eu qu'à lui jurer que Marianne s'en sortirait indemne. Et qu'il aurait droit à un petit extra en plus de sa dose du jour.

Si j'avais eu une batte de base-ball à portée de main et vu la tête de Rafe près de moi, je n'aurais sans doute pas hésité une seconde. Heureusement pour lui et pour ma conscience, ce n'était pas le cas.

— Hé ! s'écria Rafe dans l'obscurité. Qu'est-ce que c'est que ça ?

— Pourquoi ? demanda Bowyn d'une voix brisée. Pourquoi lui as-tu fait faire une chose pareille, espèce de malade psychotique ?!

Je m'aperçus que les lumières disparaissaient en effet. Celles qui se trouvaient près des divers bâtiments étaient invisibles et la seule qui luisait encore près de nous émettait une lueur vacillante, comme si on la voyait à travers les feuilles d'un arbre agitées par le vent. Mais je savais bien qu'il ne s'agissait pas de feuilles.

C'étaient les corbeaux. Nous étions au milieu d'un tourbillon d'oiseaux, et Bowyn et Rafe n'en étaient sans doute pas conscients.

Rafe répondit à Bowyn d'une voix pleine de défi.

— Mais parce que Seth était en train de craquer ! Entre Jeremy qui l'ignorait et Marianne et toi qui menaciez de partir, il n'était plus bon à rien. Il fallait qu'il se concentre sur le rituel, ce qui supposait que Marianne et toi deviez rester.

— Et tu as fait faire le sale boulot par Christopher, espèce de lâche !

Bowyn avait l'air enragé.

— Il était content de se rendre utile, répliqua Rafe. Et puis, il a commencé à se sentir coupable d'avoir fait souffrir Marianne. Il m'a fait peur quand il a évoqué le fait d'aller implorer son pardon. Nous avions besoin d'un cadavre pour le rituel de toute façon, et je l'avais déjà choisi depuis plusieurs mois.

Une aile immense me frappa l'épaule, puis une autre vint m'effleurer le visage.

— Bowyn, où es-tu ?

— *Jeremy !*

Tout à coup, ils furent partout autour de nous, piaillant furieusement et martelant tout mon corps de leurs battements d'ailes. Je protégeais mon visage avec mes mains et mes bras, mais les corbeaux ne semblaient pas avoir l'intention de s'attaquer à moi. Leurs serres m'écorchèrent à quelques endroits, mais ce fut Rafe qui commença à hurler comme si on l'assassinait.

Bowyn parvint à me retrouver et se recroquevilla sur moi en formant un bouclier de son corps. Nous nous agenouillâmes sur la pelouse, roulés en boule sous l'assaut des milliers d'oiseaux, tandis que les hurlements de Rafe se faisaient de plus en plus aigus et rivalisaient avec les piaillements des corbeaux. Ils étaient sans doute en train de le tuer, mais nous ne pouvions rien faire pour lui, assiégés que nous étions par les ailes, les serres et les becs. Ce fut interminable ; les cris semblaient ne devoir jamais finir, et mon corps tout entier tremblait de terreur.

Plus horribles encore que ses hurlements furent les gargouillements étranglés que Rafe se mit à produire au moment où, sans doute, ils lui ouvrirent la gorge ; puis nous n'entendîmes plus rien.

Bowyn et moi restâmes sans bouger un long moment dans l'herbe humide et froide, jusqu'à ce que les croassements des corbeaux aient disparu au loin. Dans le calme qui suivit, le seul son qui me parvenait était un bruit de succion à peine audible ; j'osais à peine imaginer ce qui le produisait.

Les ailes, qui pendant de longues minutes avaient fendu l'air autour de nous, avaient disparu. Au bout de quelques minutes, Bowyn redressa la tête et me dit calmement :

— Ils sont partis.

Nous nous levâmes pour contempler les alentours. Les lampes étaient de nouveau visibles dans le brouillard. Plus un seul corbeau ne traînait dans les environs.

On distinguait une forme noire sur le sol à quelques mètres de nous. Bowyn s'approcha, me laissant seul un instant, encore tremblant et occupé à essayer d'avaler ma salive dans ma gorge sèche. Mais lorsque je l'entendis murmurer *Oh mon Dieu…*, je ne pus que m'approcher.

La robe de Rafe avait été réduite en lambeaux par les volatiles, et il gisait nu dans l'herbe saturée de sang. Car, même une fois la robe déchiquetée, les oiseaux avaient continué à lui labourer le corps à l'aide de leurs becs et de leurs serres. Ses yeux sans paupières fixaient le ciel sans lune, ses dents parfaites luisaient à la lumière des lampes, sans lèvres. Son visage et toute la partie supérieure de son corps avaient été presque entièrement écorchés, révélant les muscles et les tissus sanguinolents.

L'une de ses mains, posée sur sa poitrine, était encore agitée de soubresauts comme si elle tentait d'écarter les assaillants ; mais ce qui me fit vomir dans l'herbe, ce fut ce bruit ignoble, lent et discret, ce gargouillement qui montait des ruines de sa gorge. Rafe serait mort sous peu, mais quelques souffles bouillonnants résidaient encore dans ce corps lacéré et broyé.

XXXII

LA POLICE arriva avec l'ambulance – les deux agents habituels, qui semblaient abonnés aux affaires du Temple. Seth était vivant. Il souffrait de quelques écorchures et son œil droit était sérieusement abîmé ; j'avais entendu les ambulanciers envisager la possibilité qu'il le perde. Mais il allait survivre. Il nous fut impossible d'approcher pendant qu'ils s'occupaient de lui et l'installaient sur une civière.

Bowyn prit l'agent Westcott à part après le départ de l'ambulance pour l'informer de la situation.

— Il y a deux autres... corps. Il est probablement trop tard pour les aider, mais...

Westcott retint l'ambulance quelques minutes pendant que Bowyn et moi les emmenions, lui, son coéquipier et un ambulancier, auprès du cadavre de Rafe.

— Juste Ciel, s'écria Westcott lorsqu'il découvrit l'horrible spectacle.

Je dois reconnaître que je ressentis une grande satisfaction lorsque son coéquipier rendit son dîner. Je sais, c'est mesquin... mais je détestais l'idée d'être la seule petite nature sur place.

L'ambulancier examina Rafe et le déclara mort.

— Mais qui était-ce ? demanda Westcott.

— Rafe.

— Le voyou qui reluquait mon coéquipier ?

Son antipathie pour Rafe ne faisait aucun doute.

— Lui-même.

— Emmenez M. Harriman à l'hôpital, ordonna Westcott à l'ambulancier. Nous allons devoir appeler la police d'État pour celui-ci.

Westcott se tourna vers nous après le départ de l'ambulancier.

— Qui voudrait bien m'expliquer ce qui a pu faire ça à un homme adulte ?

— Des corbeaux, répondit Bowyn.

— Des corbeaux, répéta Westcott sur un ton méprisant. Il a été lacéré par des oiseaux ?

— De très gros oiseaux, précisai-je.

216

— J'ai dû voir en tout et pour tout trois corbeaux dans les environs cette année. Et je ne crois pas qu'à trois ils soient capables de mettre un homme dans un tel état.

— Je vous assure que nous avions bien plus de trois corbeaux sur le domaine ces derniers jours. Il y a tout un tas de cadavres dans un coin ; ils ont attaqué la maison la nuit dernière.

— Montrez-moi ça.

— Je pense qu'il y a autre chose que vous aimeriez voir avant.

NOUS EMPRUNTÂMES le chemin pavé qui menait à la chapelle au son de l'ambulance qui s'éloignait. Westcott avait envoyé son coéquipier chercher du ruban dans la voiture de police afin de circonscrire la scène de crime.

— Ensuite, allume quelques lumières et attends la police d'État.

Puis il nous avait suivis jusqu'à la chapelle.

Je n'avais pas vu le lieu du rituel depuis que je m'étais faufilé sur les talons de Rafe ; je fus aussi choqué que Westcott par la violence de la scène qui s'offrit à ma vue. Du sang était répandu sur le sol, bien qu'en faible quantité. Il devait provenir en partie de Seth, mais surtout des oiseaux. Il y en avait une vingtaine, voire une trentaine, éparpillés sur le sol, misérable amas de plumes sanglantes gisant parmi les fruits écrasés et le sable des bols d'encens renversés. Une fumée discrète envahissait la pièce entière, émanant des encensoirs et des bougies éteintes.

— Juste Ciel, marmonna Westcott. Mais d'où sortent-ils, ceux-là ?

— C'est Christopher, dis-je.

L'agent et Bowyn me regardèrent tous les deux d'un air interrogateur, et je développai.

— Il avait une sorte de lien privilégié avec les corbeaux. Il les nourrissait tous les jours.

Je n'étais pas persuadé que c'était aussi simple, nous avions vu bien trop de corbeaux au Temple pour que les quelques miettes qu'il leur jetait suffisent à expliquer leur présence, mais Westcott hocha la tête, apparemment désireux de croire cette réponse facile et logique.

Il fit le tour du cercle pour prendre la mesure du carnage.

— Vous comprendrez que nous devions interroger toutes les personnes qui étaient présentes dans ce bâtiment ce soir.

— Bien sûr, répondit Bowyn.

— Allez-vous me dire ce que vous fabriquiez avec toutes ces bougies et ces symboles sur le sol ? Ou devrais-je perdre mon temps à rassembler toutes les pièces du puzzle ?

— Un rituel de la nouvelle lune, répondit Bowyn, fondé sur une œuvre musicale pour chœur que nous avons trouvée dans un manuscrit du quinzième siècle.

— Et que viennent faire les corbeaux là-dedans ?

— Les corbeaux n'étaient pas invités. Ils ont fait irruption pendant le rituel et ont attaqué Seth.

Techniquement, ce n'était pas faux. Bowyn omettait certains détails, comme le fait qu'un corbeau mort était utilisé dans le rituel par exemple. Westcott en entendrait sans doute parler par Timothy ou l'un des chanteurs, mais rien de ce qu'avait dit Bowyn ne pouvait être considéré comme un mensonge. Et il avait raison de se montrer prudent tant que nous n'avions pas consulté un avocat. Westcott était du genre à en conclure que nous nous adonnions à une sorte de sacrifice humain.

Il était manifestement sceptique à l'idée que des corbeaux puissent venir délibérément perturber une cérémonie religieuse afin d'attaquer le prêtre, mais pour lui la nuit ne faisait que commencer.

— Ce n'est pas ce que je voulais vous montrer, dis-je au policier. Il y a autre chose en bas.

Je les emmenai tous les deux jusqu'à la porte secrète et nous descendîmes l'escalier incurvé en pierre jusqu'à la crypte.

— C'est pas vrai ! s'exclama Westcott en voyant le cadavre de Christopher paisiblement allongé sur le sarcophage. Mais qui c'est, celui-là ?

— C'est Christopher, répondit Bowyn d'un air sombre.

Le policier s'approcha et posa deux doigts sur le poignet du mort comme pour chercher son pouls.

— Je suis presque sûr qu'il est mort depuis au moins vingt-quatre heures, précisai-je.

Je ne pouvais pas en être certain, mais j'avais l'intuition que sa mort coïncidait avec l'attaque des corbeaux. Il y avait bien une explication à cet assaut, et si elle était de nature surnaturelle, cela m'allait tout aussi bien.

Westcott me lança un regard dubitatif, puis détacha sa lampe torche de sa ceinture et en projeta le faisceau lumineux dans l'un des yeux de Christopher, puis dans l'autre, afin de voir si ses pupilles se dilataient.

— Comment le savez-vous ?

— Parce que Rafe me l'a dit avant de m'attaquer et de se sauver par ce tunnel.

Je recommençai l'histoire depuis le début et lui expliquai comment j'avais suivi Rafe jusqu'ici.

— Apparemment, Rafe fournissait de l'héroïne à Christopher et a provoqué une overdose.

— Vous voulez dire, intentionnellement ?

Je m'approchai du sac de couchage où Christopher avait dormi. Je ne voulais pas toucher aux preuves, mais il s'avéra que je n'en eus pas besoin. Le sachet en papier cristal était visible à côté. Il y avait aussi un bol contenant des résidus d'herbes verdâtres, à un mètre du sac de couchage dans un coin de la pièce. En me penchant, je reconnus immédiatement l'odeur tenace de la menthe pouliot.

— Oui, répondis-je.

— Pourquoi ?

— Rafe avait promis de l'héroïne à Christopher s'il mettait du pouliot dans l'infusion de Marianne, mais lorsque celui-ci a commencé à se sentir coupable au point de lui laisser un message, Rafe a craint qu'il ne parle. Il lui a donc donné une trop forte dose le soir même.

— Mais pourquoi diable Rafe aurait-il voulu que Mlle Truit fasse une fausse couche ? demanda Westcott d'un air confus.

— Parce que si elle avait eu ce bébé, Bowyn et Marianne auraient quitté le Temple, ce qui aurait dévasté Seth. Rafe était obsédé par Seth.

Je faisais quelques arrangements avec la vérité. En réalité, Rafe était obsédé par la jeunesse éternelle que Seth pouvait lui procurer – par l'immortalité.

— Mais je soupçonne Rafe d'avoir eu l'intention de tuer Christopher dès le début, ajoutai-je.

— Pourquoi ? Que lui avait-il fait ?

Je contemplai ce visage de cire immobile, ces yeux vides qui fixaient le plafond maintenant que Westcott les avait ouverts.

— Il était beau.

NOUS RETOURNÂMES dans la chapelle afin que Westcott retrouve son partenaire et puisse prendre quelques photos de la scène, là-haut, puis dans la crypte. Westcott demanda à Bowyn de m'emmener à l'hôpital lorsqu'il remarqua enfin l'entaille que j'avais sur la tempe là où Rafe m'avait frappé avec la torche. J'étais aussi couvert d'égratignures provoquées par les corbeaux, tout comme Bowyn. Il n'y avait sans doute rien de sérieux, mais un petit examen ne nous ferait pas de mal. Et cela nous permettrait aussi d'échapper aux interrogatoires pour l'instant.

Alors que nous retraversions la chapelle tous les trois, Bowyn s'arrêta brusquement et me saisit par l'épaule. Je m'arrêtai à mon tour et me tournai vers lui, mais il était fasciné par ce qu'il voyait à l'intérieur du cercle ; je suivis son regard.

Le corbeau qui se trouvait sur l'autel nous regardait.

Je ne suis pas en train de dire qu'il était allongé, mort, de telle façon qu'il *semblait* nous regarder. Non, il était dressé sur ses pattes, clignait des yeux et tournait la tête afin de mieux nous observer. Il n'était pas impossible qu'il n'ait jamais été vraiment mort, peut-être était-il juste inconscient… mais j'avais du mal à y croire. Cela faisait bien plus de vingt-quatre heures qu'il était tombé dans la cour après s'être écrasé contre la maison.

Il respirait avec peine, comme s'il était blessé ou paniqué, mais lorsque Bowyn tenta de s'approcher, il poussa un cri et sauta en bas de l'autel. Ses larges ailes ébène battirent l'air violemment pendant un moment, comme s'il avait du mal à se maintenir en suspension, puis l'animal sembla trouver son rythme, et après quelques puissantes impulsions s'éleva vers le plafond et s'engouffra par la porte ouverte de la chapelle avant de disparaître dans les ténèbres.

XXXIII

SETH RESTA trois jours en soins intensifs à l'hôpital de la Vallée de l'Androscoggin avant d'être transféré dans une chambre ordinaire. Les coupures et égratignures dont il avait le visage et le corps recouverts n'étaient pas trop sérieuses, mais son œil droit avait été arraché de l'orbite, ce qui avait causé de sévères dégâts au nerf optique et provoqué une hémorragie interne. Il aurait pu perdre la vue de l'œil gauche également, mais il avait eu de la chance.

Pendant sa convalescence, la police passa le Temple au peigne fin à la recherche de preuves, et tous les résidents furent interrogés à plusieurs reprises. Personne n'avait connaissance de l'existence d'une crypte sous la chapelle – pas même Timothy. Les sarcophages qui s'y trouvaient dataient du dix-neuvième siècle, juste après la construction de la maison, et la plupart d'entre eux portaient le nom d'un Aldridge, la famille qui avait vécu dans la maison pendant plus de cent ans. Seth, en revanche, était probablement au courant de l'existence de la crypte et du passage secret, puisqu'il avait supervisé les travaux de rénovation. La porte secrète qui donnait dans les toilettes avait dû lui plaire. Il en avait parlé à Rafe, mais savait-il que celui-ci se servait de la crypte pour cacher Christopher alors qu'il était censé être en désintoxication ? Lorsque Westcott l'interrogea à l'hôpital, Seth soutint que non.

Avec Bowyn, nous avions montré à Westcott l'énorme tas de corbeaux morts lors de l'attaque de la maison. Ce spectacle l'avait laissé perplexe tout en confirmant notre version de la mort de Rafe ; il était donc prêt à croire que cet accident était la conséquence d'un cas peu courant d'empoisonnement ou d'épidémie dans la population des corvidés.

— Il s'agit peut-être d'une maladie qui s'est répandue parmi les corbeaux du Canada, avança-t-il. Une maladie qui affecte le cerveau.

— La maladie du corbeau fou ? plaisanta Bowyn, ce qui eut le mérite de susciter l'un des rares sourires que je vis jamais sur le visage du policier.

La mort de Christopher, quant à elle, ne pouvait pas s'expliquer par la présence d'oiseaux fous, mais Westcott semblait enclin à nous croire quand nous lui disions que Rafe avait confessé le meurtre. Cette solution avait autant de sens qu'une autre. Il croyait aussi volontiers que le mobile était son obsession maladive pour Seth ; il soupçonnait Seth d'être une sorte de Charles Manson ou Jim Jones en devenir.

L'histoire officielle rapporta donc que Rafe, individu instable, avait rejoint le groupe religieux – Westcott utilisait probablement le terme *secte* dans ses rapports – et développé une obsession pour le leader, Seth. Lorsque Marianne était tombée enceinte, Bowyn et elle avaient prévu de quitter le Temple, ce qui avait grandement perturbé Seth. Rafe avait donc décidé qu'un terme devait être mis à cette grossesse afin de satisfaire Seth et s'était servi de l'addiction de Christopher pour manipuler le jeune homme et lui faire faire le sale boulot. Lors du départ de Christopher en désintoxication, Rafe s'était rendu jusqu'à Berlin afin de le convaincre de rentrer avec lui. Christopher vivait dans la crypte le jour avec suffisamment d'héroïne pour en être satisfait, et sortait une fois la nuit tombée pour aller mettre de la menthe pouliot dans la menthe verte et faire des razzias sur la cuisine. Ce petit manège n'était censé durer que quelques jours, jusqu'à ce que je quitte le Temple et cesse de fureter dans leurs affaires.

Sauf que Christopher aimait bien Marianne et se sentait coupable d'avoir provoqué sa fausse couche. Il avait donc fini par dire à Rafe qu'il voulait confesser son crime. Rafe avait paniqué et provoqué une overdose afin qu'il ne puisse plus parler. L'attaque des corbeaux semblait bien pratique, et je soupçonnais Westcott de penser que Bowyn et moi avions assassiné Rafe nous-même pour nous venger de ce qu'il avait fait au bébé. Mais ce qui jouait en notre faveur, c'était le fait qu'à l'arrivée de la police, Bowyn et moi n'avions pas une tache de sang sur nous, alors que nous n'avions pas eu le temps de nous nettoyer. Il en fut donc conclu que les coupables étaient les corbeaux fous.

Une affaire classée et rondement menée, en ce qui concernait la police.

De mon côté, quelques petites questions continuaient à me tarauder.

SETH RENTRA à la maison le jour des funérailles de Christopher. Notre décision de l'enterrer dans le cimetière du Temple pouvait sembler étrange étant donné ce qu'il avait fait à Marianne et Bowyn, et nous nous étions interrogés à ce sujet. Nous avions contacté son père qui, comme on pouvait s'y attendre, s'était montré insensible à l'annonce de la mort de son fils. Dès qu'il avait compris que des funérailles à Berlin allaient lui coûter de l'argent, il avait raccroché.

Nous avions déjà décidé de payer pour l'enterrement modeste de Rafe au cimetière de Berlin. Comme Christopher, il n'avait pas de famille. Nous avions contacté son oncle par e-mail sans obtenir de réponse. Mais, contrairement à Christopher, personne au Temple n'avait jamais vraiment apprécié Rafe. Certes, il était séduisant et s'était montré disponible pour quiconque voulait s'amuser avec lui, mais cela ne pouvait dissimuler sa détestable arrogance. Je savais qu'une partie des fonds de la communauté était réservée aux enterrements lorsque aucun proche ne venait réclamer le corps, et antipathique ou pas – meurtrier ou pas... – il était tout de même l'un des nôtres. Ses funérailles furent donc financées par le Temple. Mais personne n'y assista. Seth s'y serait peut-être rendu s'il n'avait pas été à l'hôpital, mais il ne devait en sortir que deux jours plus tard.

En ce qui concernait Christopher, la situation était différente. Ce qu'il avait été capable de faire pour un peu de drogue était abominable, mais presque personne au Temple n'avait été au courant de la grossesse de Marianne. Des rumeurs avaient circulé au sujet de sa fausse couche, mais le nom de Christopher y était rarement associé. Parmi ceux qui étaient au courant de ce qui s'était passé, la plupart – moi inclus – le prirent en pitié et eurent l'impression de ne pas lui être venu en aide lorsqu'il était en situation de détresse.

Je m'étais retrouvé tard un soir affalé devant la table de la cuisine en compagnie d'Alex, Bowyn et Marianne afin d'évoquer le sujet. Marianne avait été claire :

— D'accord, enterrons-le ici, mais je veux que sa tombe soit loin de celles de Jack et Jay. Et, si je finis moi aussi dans ce cimetière un jour, ne me mettez pas près de lui ou je vous jure que je reviendrai vous hanter pour le restant de vos jours.

Seth présida les funérailles ; avec son bandeau sur l'œil et ses cheveux grisonnants, il ressemblait à un Odin des temps modernes. C'était approprié, vu les circonstances. Marianne refusa de s'y rendre et Alex resta avec elle par solidarité, mais de nombreux initiés et néophytes étaient présents. Paul, son compagnon de chambre, pleura à chaudes larmes près de sa tombe. Et Bowyn, malgré ses sentiments partagés, resta près de moi en me tenant la main. Lorsque les cloches retentirent sur tout le domaine du Temple, j'entendis un croassement guttural au-dessus de ma tête et levai les yeux vers le corbeau solitaire qui survolait le cimetière et se dirigeait vers le nord.

C'était le premier corbeau que je voyais au Temple depuis la nuit du rituel.

— J'AURAIS AIMÉ être sorti de l'hôpital pour les funérailles de Rafe, nous avoua Seth alors que nous marchions tous les trois, lui, Bowyn et moi, après l'office. Il comptait pour moi, vous savez, et je crois que, malgré tout ce qu'il a fait, je comptais aussi pour lui, au moins un peu.

Étonnamment, je trouvais réconfortante l'idée que, malgré la sexualité superficielle et les délires psychotiques que Rafe avaient introduits dans le Temple, il existait au moins un lien affectif entre Seth et lui.

— Nous aurions renvoyé le corps en Grèce par bateau si son oncle avait répondu aux e-mails de Marianne, expliqua Bowyn.

— Il n'a pas d'oncle, intervins-je.

Bowyn me lança un regard interrogateur.

— Comment le sais-tu ?

— Parce que Rafe m'a dit qu'il avait passé quinze ans à traduire le manuscrit. Il avait besoin de quelqu'un qui pourrait transposer les notations musicales de la Renaissance et d'une autre personne disposant de suffisamment d'expérience magicke pour mener à bien le rituel ; mais il n'avait pas besoin d'un traducteur de grec.

— Mais alors, tout cet argent que nous avons envoyé sur le compte en banque de l'oncle n'a servi qu'à acheter de la drogue ?

— En grande partie, mais je suis sûr qu'il s'est aussi constitué une petite réserve, en plus des quelques centaines de milliers de dollars qu'il a tiré de la vente du manuscrit.

Seth se tourna brusquement vers moi. Il marchait un peu à l'écart et n'eut pas à s'arrêter.

— La vente du manuscrit ?

J'appréhendais cette discussion, mais il fallait bien y venir.

— S'il a mis quinze ans à le traduire – ce qui signifie qu'il a commencé à l'adolescence – c'est qu'il l'avait en sa possession. Je suppose que c'est sa famille qui l'a acheté aux enchères après la guerre, et qu'il l'a gardé après la mort de ses parents. C'est donc lui qui a dû te le vendre, non ?

Seth fronça les sourcils.

— En effet. Il ne m'avait pas paru nécessaire d'en informer qui que ce soit mais... c'est vrai, je l'ai rencontré lors d'une vente aux enchères pour un autre manuscrit à Munich. Il n'avait pas l'intention de vendre le Ficin. Il m'a juste dit qu'il espérait rencontrer un spécialiste de l'œuvre de Ficin. Nous avons découvert que nous étions... compatibles et j'ai accepté de l'aider en échange de l'achat du manuscrit, qui pourrait ainsi être préservé dans notre bibliothèque.

— Donc tu savais que l'oncle Adrian n'existait pas ? insistai-je.

Seth prit son temps avant de répondre ; on n'entendait plus que le frottement paisible et continu de l'ourlet de nos robes sur l'herbe.

— Oui, je le savais, avoua-t-il enfin.

— Seth ! s'insurgea Bowyn. À quoi donc pensais-tu qu'il employait cet argent ?

— Je n'en savais rien, répondit-il avec irritation, mis à part qu'il dépensait beaucoup. Je sais bien que c'était malhonnête envers vous, mais il avait besoin de disposer d'argent sans puiser dans les réserves qu'il avait en Grèce. Transférer de l'argent depuis une banque étrangère prend du temps et occasionne des frais ; nous avons donc ouvert un compte local en disant à Marianne que l'oncle de Rafe y avait accès. Ce n'est pas une somme considérable, si on l'étale sur l'année. Et le Temple peut la récupérer sur mes fonds personnels, si ça vous dérange.

Cela s'appelle du détournement de fonds, pensai-je. Mais avant que Bowyn n'enchaîne dans cette direction, je poursuivis :

— Rafe n'utilisait pas cet argent pour acheter de la nourriture ou des vêtements. Il s'en servait pour se procurer de l'héroïne.

— Je croyais que Christopher t'avait dit qu'il se fournissait à l'aire de repos, remarqua Seth.

— Eh bien, il a menti.

— Menti ? Comment ça ?

— Son compagnon de chambre m'a dit qu'il s'éclipsait la nuit et qu'il revenait une heure plus tard complètement stone. Il ne pouvait pas se rendre à pied à l'aire de repos, se faire sucer et rentrer en une heure ; il lui en aurait fallu au moins deux. Il se fournissait forcément au sein du Temple – mais pas par Rafe.

Je sentais que Seth était à bout de patience.

— Mais tu viens de dire que Rafe utilisait l'argent du Temple pour acheter de la drogue !

— Oui, mais pour être exact j'aurais dû dire que Rafe n'était pas le seul dealer au Temple.

— Et qui accuses-tu maintenant ?

— Ça me paraît évident.

Je m'arrêtai afin de forcer Seth et Bowyn à faire de même et à se retourner pour me regarder en face. Je fixai le premier avec insistance.

— Toi.

Seth était habile, mais pas au point de réussir à dissimuler la panique qui s'empara de lui juste avant qu'il ne se retourne pour continuer sa promenade.

—Tu te fais des films, mon amour. Christopher m'attirait, c'est vrai, mais…

— Mais il se refusait à toi, l'interrompis-je en le rattrapant.

Bowyn suivait, confus.

— Il est arrivé ici en croyant avoir enfin trouvé un refuge, un endroit où il n'aurait plus à se prostituer ni pour son père ni pour personne. Mais tu le désirais, et lui désirait reprendre de la drogue. Il savait où s'en procurer, mais n'avait pas l'argent nécessaire. C'est alors que Rafe est arrivé avec un plan…

Seth commençait à se mettre en colère.

—Tu tiens vraiment à tout mettre sur le dos de Rafe.

— Mais pourquoi Rafe aurait-il tenu à mettre Christopher dans le lit de Seth ? questionna Bowyn.

— Exactement, bonne question, enchaîna Seth en l'encourageant d'un signe de tête.

— Rafe ne s'intéressait pas à Christopher – peut-être un ou deux coups vite faits, mais guère davantage, et il aurait facilement pu *acheter* Christopher pour ça. Mais il savait qu'il lui faudrait un corps pour le rituel. Un corps humain, pas un cadavre d'animal. Il a donc inventé ce faux oncle pour prendre de l'argent dans les fonds du Temple sans attirer l'attention, ce qui n'aurait pas manqué d'être le cas si Seth s'en était chargé directement.

Je n'eus pas à m'expliquer davantage : Seth et Bowyn savaient bien que Marianne était au courant de toutes les transactions, y compris celles de Seth.

— Puis Rafe a insisté auprès de Christopher pour qu'il le mette en relation avec le dealer, afin de contrôler l'approvisionnement. En échange d'un approvisionnement plus ou moins régulier en héroïne, Christopher t'autorisait à faire de lui tout ce que tu voulais, à condition qu'il soit drogué.

— Je pensais que tu me connaissais mieux que ça, Jeremy.

Bowyn avait l'air bouleversé.

— Mais enfin, Jeremy, pourquoi Rafe se serait-il embêté à faire tout ça ? S'il voulait que Christopher fasse une overdose, il n'avait qu'à lui fournir de la drogue un ou deux jours avant la cérémonie. Il n'avait aucune raison d'échafauder toute cette stratégie et d'impliquer Seth.

Ce dernier sourit, triomphant, mais je ne me laissai pas démonter :

— Seth n'aurait jamais accepté de garder la mort de Christopher secrète et d'utiliser son cadavre pour le rituel s'il n'avait pas justement été impliqué dès le début, s'il ne s'était pas rendu complice de lui avoir fourni des substances illégales pendant des mois et s'il n'avait pas été présent la nuit où Christopher a fait son overdose.

Je vis le sourire de Seth s'évanouir et les yeux de Bowyn s'agrandir. Ce fut celui-ci qui prit la parole.

— Pendant le rituel, Seth… tu ne dirigeais pas ton énergie vers l'autel. On aurait dit que tu l'envoyais plutôt… vers le sol…

— Dans la crypte, terminai-je en regardant Seth droit dans les yeux. Car tu savais que Christopher s'y trouvait et que tu t'accrochais désespérément à la possibilité que le rituel fonctionne, que tu sois capable de ramener Christopher à la vie et de vous absoudre, Rafe et toi. Tu ne voulais pas faire mourir Christopher, j'en suis convaincu, mais quand Rafe l'a tué, tu étais déjà pris au piège de sa stratégie machiavélique.

Si j'avais été seul avec Seth, il aurait continué à nier. Il était avant tout un homme de spectacle, toujours prêt à donner la réplique, à s'en sortir par une feinte ou un tour de passe-passe. Mais face à nous deux, il ne pouvait pas tenir. Il chercha sur le visage de Bowyn la confiance sur laquelle il s'était toujours reposé – la confiance qui lui avait permis de supporter mon scepticisme. Bowyn l'avait toujours soutenu en tout, même lorsque tous les autres le délaissaient ; mais cette fois-ci, Seth ne trouva pas dans les yeux de Bowyn le réconfort qu'il attendait, et il détourna le regard, les épaules basses.

— Il était si beau, dit-il après un long silence. Je savais que Rafe était jaloux, mais il se joignait à nous, et ça ne semblait pas gêner Christopher. Alors… je me suis dit que chacun obtenait à peu près ce qu'il voulait. J'ignorais où tout cela allait nous mener.

Je le croyais. Je savais qu'il était capable de s'aveugler au point de croire que satisfaire ses propres désirs rendrait son entourage heureux. Il avait toujours pensé ainsi.

Sauf que, cette fois-ci, l'histoire s'était terminée avec deux cadavres.

XXXIV

BOWYN ET moi livrâmes Seth à la police ; il ne résista pas. En fouillant sa chambre, Westcott trouva plusieurs sachets d'héroïne dissimulés au fond d'un tiroir. Seth prétendit ne rien savoir à ce sujet, et c'était peut-être vrai. Rafe avait dû les cacher là, ne pouvant rencontrer le dealer de Christopher tous les soirs. Seth prétendit également ne pas connaître l'identité du fournisseur, et là encore je le crus. Cet homme resterait libre, puisque les deux personnes capables de l'identifier étaient mortes et enterrées. Ce n'était probablement pas un résident du Temple, ce qui était déjà une bonne nouvelle. S'il avait vécu ici, Christopher aurait sans doute été capable de faire affaire avec lui sans passer par Rafe et de négocier un meilleur arrangement.

Il serait difficile d'impliquer Seth dans le meurtre de Christopher après la confession de Rafe. Mais je me plaisais à penser que Seth avait été horrifié tout autant que n'importe quel être humain doté d'une conscience pouvait l'être en découvrant que Christopher ne se réveillerait pas après la dose mortelle qu'il avait ingérée. Comme Rafe l'avait impliqué dans une affaire de drogue qui s'était étalée sur près d'un an, il avait eu le choix entre risquer une très longue peine de prison ou cacher le corps et tenter de le ramener parmi les vivants. La deuxième solution lui avait peut-être paru absurde, mais elle était préférable à une vie derrière les barreaux.

Le procès dura plus d'un an. Finalement, Seth fut condamné uniquement pour trafic de drogue, le jury n'étant pas parvenu à évaluer son degré d'implication dans le meurtre de Christopher. Il encourait un maximum de vingt ans de prison, mais selon son avocat, la peine serait sans doute réduite. Dans tous les cas, Seth resterait derrière les barreaux pour au moins dix ans.

JE RESTAI au Temple jusqu'à la fin de mon congé sabbatique – c'est-à-dire environ deux mois – me servant de mon travail sur le manuscrit de Ficin comme prétexte. La véritable raison était que je ne voulais pas rentrer à Durham. Je n'avais aucune envie de quitter Bowyn et le Temple. Malgré

228

tous les malheurs dont j'avais été témoin depuis mon arrivée, je considérais cet endroit comme ma maison.

Tout changea au moment de l'arrestation de Seth, même avant que le verdict ne soit prononcé. L'Ordre existait déjà avant que Bowyn et moi le rencontrions, mais cela faisait des années que Seth était le centre du Temple. Sans lui, la question de la pérennité du lieu se posait. Au cours des deux mois que je passai au Temple, de nombreux initiés firent leurs bagages et nous quittèrent, y compris Paul Denning. La divinité de Seth Harriman n'avait jamais fait partie des enseignements de l'Ordre, Dieu merci, mais beaucoup d'initiés ne la remettaient pas en cause – ou, s'ils ne le considéraient pas comme un dieu, le voyaient au moins comme un guide spirituel éclairé. Il était frustrant de constater le nombre de membres qui étaient là juste parce qu'ils croyaient en Seth, et non en ce qu'il leur enseignait. Mais la majorité resta, au moins pour un temps, en attendant de voir comment évolueraient les choses.

Le Temple appartenait à l'Ordre. À l'origine, il était la propriété de Seth et d'Alex, mais ils l'avaient depuis longtemps cédé à l'organisation, qui était enregistrée en tant que société à responsabilité limitée. En l'absence de Seth, le conseil dont faisaient partie Alex, Bowyn, Marianne et – à ma grande surprise – moi avait le droit d'élire un nouveau président. Le vainqueur fut Bowyn. Alex avait l'intention de rester fidèle au poste et Marianne avait accepté d'attendre au moins un an avant de prendre une décision concernant son avenir. La survie du Temple et de l'Ordre était donc envisageable, à moins que les départs soient trop nombreux pour que l'organisation conserve son sens.

LE MATIN de son premier sermon, je me retirai avec Bowyn sous le kiosque après l'office. Alex et Marianne ne tardèrent pas à venir nous y rejoindre pour un rapide débriefing. Bowyn était inquiet et craignait ne pas avoir autant d'impact que Seth.

— Laisse-toi le temps, lui dit Alex. C'est juste une question d'entraînement.

— Seth s'en serait sorti dix fois mieux.

Alex secoua la tête en lui souriant.

— N'essaie pas d'imiter Seth. C'est le Barnum de l'occulte, et ce n'est pas ton cas, Dieu merci. Je crois que nous avons eu notre dose de jongleurs de feu et de trapézistes.

Elle avait ce sourire plein d'affection et de souffrance cachée qui se peignait souvent sur son visage lorsqu'elle parlait de Seth.

— Il faut juste que tu trouves une voix qui te soit propre, confirma Marianne. Et tu sais quoi ? Il n'est peut-être pas nécessaire que la même personne prenne en charge tous les offices. Certains initiés parmi les anciens pourraient te remplacer de temps en temps.

Bowyn parut surpris. Ce serait un changement radical par rapport aux dix années précédentes, mais Marianne était peut-être sur une bonne piste. Le Temple devait se défaire du culte qu'avait construit Seth autour de sa personne et prendre une voie plus égalitaire. Que les initiés les plus expérimentés aient leur mot à dire au sujet du contenu et de la forme de l'enseignement était une idée judicieuse.

Alex devait s'occuper de la préparation du déjeuner et Marianne donnait un cours de tarot ; elles nous laissèrent donc tous les deux sous le kiosque. Bowyn était perdu dans ses pensées, peut-être suite à la proposition de Marianne ; je m'assis donc au frais sur le banc en bois sans rien dire, observant les initiés qui traversaient la pelouse pour se rendre à leurs différents cours. Les arbres avaient perdu leurs feuilles et leurs branches nues tranchaient sur le ciel d'un bleu éclatant. J'aimais les couleurs de l'automne et j'aimais les premières neiges, mais cette période de l'année, grisâtre et dépouillée, m'attristait toujours.

Enfin, Bowyn soupira et vint s'asseoir tout contre moi ; la chaleur de son corps me réconforta.

— Je ne sais pas si j'en suis capable, me dit-il.

— Capable de quoi ?

— De sauver cet endroit.

— Tu préférerais le laisser se désagréger ? lui demandai-je en haussant les épaules.

— Non.

— Quelqu'un d'autre relèverait-il ce défi à ta place ?

Il secoua la tête.

— Non. Alex s'occupera de la cuisine, comme elle l'a toujours fait, Marianne des comptes. Enfin, j'espère qu'elle continuera. Mais je suis le seul qui puisse prendre en charge la gestion de tout le système.

— Bowyn, lui dis-je avec une pointe d'exaspération dans la voix, crois-tu vraiment que c'était ce que faisait Seth ? S'occuper de la gestion du Temple tout entier ?

Il réfléchit un instant puis se mit à sourire.

— Ça semble peu probable, non ?

— Seth était à peine capable de se gérer lui-même, alors le Temple… Ça a toujours été toi qui gérais, et il n'y a pas de raison que ça change.

Je commençais à avoir mal aux fesses sur le banc froid ; je me levai et m'installai à califourchon sur les cuisses de Bowyn, face à lui. Ceci eut bien sûr pour effet de relever ma robe jusqu'au niveau de mon entrejambe, et il réagit en prenant dans ses mains glacées une partie bien précise de mon anatomie.

— Ah, ça va pas ?! m'écriai-je, ce qui provoqua chez Bowyn des éclats de rire réjouis.

— Je me réchauffe les mains.

— Abruti.

Je restai tendu un moment, jusqu'à ce que la température de ses mains s'ajuste à celle de mon corps.

— Ce qui va changer, poursuivis-je en continuant à serrer un peu les dents, c'est que nous n'aurons plus une figure charismatique à la tête de l'ordre, et ça peut être un problème. C'est triste à dire, mais une forte personnalité attire plus de gens qu'une bonne philosophie. Donc si tu veux que le Temple reste fort, tu vas devoir y mettre un peu du tien de ce côté-là.

Bowyn considéra un instant ce que je venais de lui dire, tout en continuant à me caresser sous ma robe. Ses mains se réchauffaient et je commençais à prendre du plaisir. Des gens se baladaient autour du kiosque, mais je n'étais pas contre une petite séance de masturbation en public. L'exhibitionniste enfoui au fond de moi commençait à ressortir.

—Suis-je charismatique ? me demanda Bowyn.

J'éclatai de rire et le regardai avec tendresse

— Eh bien, tu es beau, ce qui ne gâche rien. Et oui, je te trouve charismatique. Tu dois juste apprendre à ne plus te cacher dans l'ombre de Seth.

— Tu comptes toujours repartir à Durham ?

— Fin décembre… oui. Mais je reviendrai. Souvent.

Certains promeneurs s'étaient arrêtés pour nous regarder sans le moindre signe d'embarras. Mais lorsque Bowyn me suggéra à l'oreille « Retournons dans notre chambre », je ne protestai pas. Même au Temple, l'intimité avait parfois du bon.

Nous quittâmes donc le kiosque et empruntâmes le chemin pavé qui menait à la maison en nous tenant par la main. L'air de novembre devenait un peu trop froid pour les robes légères que nous portions, et le temps était probablement venu de ressortir les grosses robes d'hiver. Mais pour l'instant, la chaleur de nos mains suffisait à éloigner de nous la fraîcheur.

JAMIE FESSENDEN s'est décidé à devenir écrivain au collège. Il a publié quelques textes courts dans le magazine littéraire de son lycée, et l'une de ses nouvelles a été classée au top 100 d'un concours national ; mais ce n'est que vingt ans plus tard, lorsqu'il rencontra son partenaire Erich, qu'il se remit à écrire sérieusement. Erich n'a cessé de l'inspirer et de le motiver, poussant Jamie à imaginer plusieurs scénarios ; il en mit en scène quelques-uns dans des films indépendants à petit budget. Il se lança ensuite dans l'écriture de romans, dont le premier fut publié en 2010.

Après neuf ans de vie commune, Jamie et Erich se sont mariés et ont acheté une maison dans les environs de Raymond dans le New Hampshire, loin de tout lampadaire ; dindes et cerfs se promènent dans leur jardin, et les coyotes leur chantent la sérénade tous les soirs. Jamie a récemment quitté son emploi d'analyste support technique afin de se consacrer à l'écriture à plein temps.

Site internet : jamiefessenden.wordpress.com
Facebook : www.facebook.com/pages/Jamie-Fessenden-Author/102004836534286
Twitter : @JamieFessenden1

Par JAMIE FESSENDEN

Meurtre en montagne
Requiem meurtrier

Publié par DREAMSPINNER PRESS
www.dreamspinner-fr.com

Lorsque Jesse Morales, un jeune diplômé de l'université qui aspire à devenir auteur de polars, se porte volontaire pour travailler au sommet du Mont Washington pendant une semaine, il s'attend à travailler dur. Par contre, il ne s'attend pas à trouver un corps en plein milieu du brouillard, gisant parmi les rochers, le crâne brisé. Le corps est celui d'un jeune touriste nommé Stuart Warren, qui s'est séparé de ses amis pendant qu'ils visitaient la montagne.

Kyle Dubois, un détective de la police d'État veuf, est appelé à se rendre sur la scène du crime en plein milieu de la nuit, ainsi que son coéquipier Wesley Roberts. Kyle et Jesse sont instantanément attirés l'un par l'autre, sauf que la fascination de Jesse pour les affaires de meurtres rend cela difficile pour Kyle de prendre le jeune homme au sérieux. Mais Jesse trouve un moyen d'apporter une aide précieuse au détective en prenant une chambre dans l'hôtel où les amis et la famille de la victime résident et en s'introduisant dans leur cercle. Très vite, il commence à apprendre des choses qui pourraient les aider à résoudre l'affaire… ou l'amener à se faire tuer.

www.dreamspinner-fr.com

www.ingramcontent.com/pod-product-compliance
Lightning Source LLC
Chambersburg PA
CBHW022110240626

47153CB00007B/2310